20年
纪念版

# 圈里圈外

庄羽 / 著

海豚出版社
DOLPHIN BOOKS
CICG | 中国国际传播集团

**图书在版编目（CIP）数据**

圈里圈外：20年纪念版 / 庄羽著. -- 北京：海豚
出版社, 2024. 10. -- ISBN 978-7-5110-6967-2

Ⅰ. I247.5

中国国家版本馆CIP数据核字第2024KS8326号

**圈里圈外（20年纪念版）**

庄羽　著

出 版 人：王　磊
策 划 人：王　水
责任编辑：李文静　张　镛
封面设计：汤若静
排版设计：肖　勇
责任印制：于浩杰　蔡　丽
法律顾问：殷斌律师
出　　版：海豚出版社
地　　址：北京市西城区百万庄大街24号
邮　　编：100037
电　　话：010-68325006（销售）　010-68996147（总编室）
印　　刷：涿州市荣升新创印刷有限公司
经　　销：新华书店及网络书店
开　　本：889mm×1194mm　1/32
印　　张：10.5
字　　数：208千
版　　次：2024年10月第1版　2024年10月第1次印刷
标准书号：ISBN 978-7-5110-6967-2
定　　价：68.00元

任何一位作家的成名作在他（她）的写作生涯中都具有格外的意义，不仅可以为自身赢得声誉，也会带来更多的读者群，获得更多的出版资源。这部作品正式出版以前曾经分别在海外中文网站和天涯网上连载，读者们的热情使我在写作的道路上受到前所未有的鞭策和激励，出版以后也使我在文学领域得到一定的认可，结识许多珍贵的朋友。

2002 年的 11 月，这部小说由中国文联出版社首次出版发行，后经由文汇出版社、二十一世纪出版社和云南人民出版社多次再版发行，2009 年以后又有多家出版机构接洽再版和影视拍摄事宜，因为种种原因均被搁置下来，最主要的原因是我想郑重地修订这本书的内容，使它能以全新的面貌出现在读者的面前。

《圈里圈外》无疑是我的成名作，因为 20 多年以前我对这部作品被抄袭而进行的维权诉讼并且最终胜诉的事件，使得这个"名"早已经超越了文学范畴进入著作权法领域，甚至成为轰动的社会事件，也使得人们更加热衷去讨论社会事件而忽略了对作品本身文学性和故事性的讨论。尽管因为我的维权行为使得这部作品的诉讼案件成为文字著作权侵权领域当中的经典案例，为后来的许多案件提供了参考，甚至开创了文字著作权维权领域获得精神损害赔偿的先河，站在一个作家的角度总希望人们谈论更多的是文学作品本身而非其他。然而无论如何，对这部作品和我本人来说这些都是独特的经历。

作家的创作无一不是透过自身独特的生命体验有感而发地向读者叙说。作家林语堂在《苏东坡传》这本书的序言里写道，"作品往往会流露出作者的本性"，写作《圈里圈外》那一年我 23 岁，完全以一种横冲直撞的肆意态度写下那个时代里几个年轻人在对爱情与事业的追求当中遭遇的挫折与迷茫，以我今日的心智回头去看当年的文本未免心中有些忐忑，唯恐 20 年前写下的横冲直撞的文字达不到自己当下对作品的标准。使我感到欣喜的是，即便以中年人的心境重读，依然感动于初晓和小北对生活乐观的鲁莽与纯真，由此可见我的本性中亦少不了鲁莽与天真的成分。对于一个中年人来说，这实在谈不上是优点，然而换个角度来看的话，当下这样焦虑且卷的社会中，能够抛却克制和一丝不苟的体面，在潦草中坦诚相对算不算是当下的社会人们身上一种稀缺的品格？

绝大多数作家的写作都离不开某些真实的事件，作者在文学作品中披上主人公的外衣吐露隐秘抑或羞涩的内心感受，虽然欠缺一些技巧和深刻的思想，却使得故事看起来格外可靠。《圈里圈外》是我对千禧年前后某些群体的记述，那是一段充满机会和风险、因为缺乏秩序而略显嘈杂、每个人都摩拳擦掌跃跃欲试，为了成功而甘愿去冒险的年代，70 后这代人的青春年代，生机勃勃。

不论到了何种年纪，每一个人需要常常拥抱过去的自己，那个曾经怯懦、莽撞、或许笑料百出却意气风发的年轻人正是我们最初的样子。这也是我将这部作品重新修订并出版的初衷。

感谢多年以来一直关怀和陪伴我的亲友和读者朋友，感谢海豚出版社再版这部旧作，20多年以来围绕着这部作品我的家人、朋友们陪伴我一起经历了许多难以想象的艰难时刻，也收获了巨大的荣耀，所有的经历都不会白费，会使我们成为更好的人。

最后，我想发出一份郑重声明：委托海豚出版社将《圈里圈外》再版所获得的全部版税定向捐赠给中国华文教育基金会反剽窃基金，用于推广阅读和保护原创。

爱尔兰作家科伦·麦凯恩说，"当你在转圈的时候，这个世界很大，可是如果你勇往直前，这个世界就很小。"共勉。

庄羽

2024.8.12

# 1

基本上我是像猪一样的度过我的每一天，实际上我身上的确有一种类似猪的气质，我管它叫忧愁。生活中，我习惯按照猪的方式把这个令人迷醉的城市分成若干圈：工作圈、娱乐圈、朋友圈、文化圈……

我的猪朋猪友很多，他们分布在社会的各个不同阶层，有文化名人、机会主义头子、资本家，以及外资企业里的包身工，甚至我家胡同口开黑车的贾六最近与我的交往也日益密切起来。每次走到胡同口，他的快报废的破夏利就哗啦哗啦颤抖着停在我面前，每次我都硬着头皮坐进去，花打捷达的钱找回坐拖拉机的感觉。有一回我坐贾六的车去国际俱乐部酒店，门童把我当成快递公司取邮件的，用嫌弃的眼神乜向我，一度令我尴尬，之后为了避免类似的遭遇，每次去所谓的高档场所我都从小区的后门绕出去，穿过两条小胡同打辆正儿八经的出租车。

　　我是个娱乐记者，没什么钱，在北京活得还凑合，每个月的钱除去打车、上网、吃饭、喝酒、买衣服、健身之外，要是再能有富余的话，那肯定是报社的会计昏了头往我的工资卡里打了双倍的工资，当然这种令我兴奋的失误她还从来没有出现过，因此我没什么存款。不过，我现在有钱了。我把一个认识了很多年的女孩儿从混草台班子到成为一个明星的"堕落史"写成了小说之后，被制片公司买断了版权，又被改编成了电影，他们砸下重金做宣发，说这是一部柴火妞逆袭成为白天鹅的故事，主打一个励志，票房竟然出奇地高。作为勇于胡编乱造的回报，我有了一张写着好几个"0"的支票。

　　如今，伴随着人民群众给了我一点点荣誉，我终于清醒地认识到我所从事的是一个多了不起的职业——像个造梦人去抚慰人们疲惫的心灵。

　　表面上看起来我的生活一如从前，实际上已经有了本质的变化，我现在出门都不用害怕忘带钱包了——很多人都看过我写的电影。当然，总有个别觉悟比较高的人民群众对我的编剧身份持怀疑的态度，假借文艺批评说我也就是个三流编剧，对此我欣然接受，嘴巴长在别人身上，别人说什么那是他的自由，和我没有关系。

　　实际上我的知名度并不像人们想得那么低。那回电视台有个栏目还请我去做了一回嘉宾，只是因为请的大腕很多，我没捞着什么发言的机会，但摄影师着实给了我一些特写镜头，每次足足有三秒钟，相信一定有许多热心观众能记住我真诚的笑脸。

　　人活着不过就是一种心态，甭管什么时候，只要自己不觉着尴尬，别人都拿你没辙。

# 2

　　那天又忘了带钱包，为了避免碰上贾六，又是绕道小区后门出去打了辆出租车，我要跟一个朋友去捉奸。半路上发现钱包没在书包里，当时就跟司机师傅表了态，我说您别担心，把我送到目的地，我朋友会替我付账的。那师傅一听就急了，义正词严地朝我嚷嚷："少来这套，这事我也不是没遇到过，上回有个女的赶去怀柔度假村，她也说到了那儿肯定有人付账，结果呢，到了地方人就不见了。八十多公里我还放空车回来，这叫什么事啊！您都上度假村去消费了，还在乎我这一百多块钱？我累死累活一天开十三个小时，连个份子钱都赚不出来！"他絮絮叨叨一脸的愤恨，好像上回去度假村的人是我。为了表明我不是他想的那种人，我说："师傅，咱掉头回去，我上家拿钱包，然后我还坐你车走。"那时候车已经从四环外的五道口开到了北三环蓟门桥，他还是义无反顾地掉头回来了。

　　我家门口有一涉外宾馆，里面住了很多语言学院的外国留学生。

到胡同口，我看见贾六，他正跟另外几个开黑车的同行探讨怎么蒙留学生钱，热情地向同行兜售经验。

我看见贾六，对他招手："六哥，快给我拿点钱！没带钱包，着急走呢。"贾六便颠颠地跑向我，解下他腰间的小挎包，问我一千够不够，我说："差不多。"从窗户接过他递给我的钱，直接叫司机师傅把车开走了，连个"谢谢"也没说。其实我并不是一定要跟贾六借钱，只是想证明给司机师傅看，在我们家这一片儿，我的群众基础有多好。

果然，他对我刮目相看，说我一看就是诚信的人，紧接着向我大倒苦水，中心思想是开出租挣的钱太少。

到了目的地，看见我的猪姐妹李穿正在车里抽烟，戴一墨镜，穿件紧身黑毛衣，嘴唇红得发紫，活脱脱一个《古墓丽影》中的劳拉。

李穿以前是个空姐，自从五年前认识了她的现任丈夫张小北，已经由一个清纯的劳动模范堕落成了现在的地主婆。

当年，小北还只是一个偶尔才能坐坐头等舱的专卖盗版影碟的小贩，在张小北近乎变态的追求下，刚刚失恋的李穿认准了张小北是一只潜力股，于是押上了自己的后半辈子。她大概天生具有投资天赋，果然，张小北这只潜力股一路狂飙，到现在已经积累了几千万的身家，早就摒弃了盗版碟的买卖，摇身一变成了网络公司的CEO。男人这东西一旦有了钞票做后盾，总能找点儿麻烦点缀平淡的生活。张小北不甘心就这么被李穹套牢，种种迹象表明，他在婚姻之外还正儿八经地交往着一个女朋友。李穹是个眼里不揉沙子的主儿，声称今天一定要抓现行，家法伺候。

李穹见我从出租车上下来，马上扔掉手里的烟头发动了汽车，没等我屁股在副驾驶坐稳，"轰"地一脚油门，车已经飞了出去。

"注意点儿行车安全，"我一边扣上了安全带一边嘟囔，"知道的是去提奸，不知道的还以为咱俩是逃犯呢！"

"孙子！今儿高低得见见张小北这朵狗尾巴花给我招来一什么德行的小蜜蜂。我今儿要不揍得他满地找牙，算白活了。"

我劝李穹，"咱可说好了啊，不能在外面闹，大家脸上都不好看，好歹小北现在也是个有头有脸的人了。"

"面子是别人给的，脸可是自己挣回来的。他自己都不要，我还给他脸？"停车场李穹一脚死踩刹车，我头咣一下撞到挡风玻璃上，鼓起一大包，没容我喊疼，李穹已经下了车。看着她一副出去玩儿命的架势，我硬是忘了疼，一路小跑着跟上她直奔酒店 1101 房间。

据可靠情报，张小北和他的小蜜蜂就匿藏在这里。

# 3

张小北开门一看见李穹就乱了阵脚。李穹一屁股坐到沙发上，眼睛里闪着寒光，一会儿射向张小北一会儿又射向小蜜蜂，看了好一会儿就是不说话。这种套路我多少知道一点儿，先用气场压制住两个狗男女，气焰上打击、磨灭敌人斗志，然后一举歼灭。不过谁知道呢，李穹这家伙把孙子兵法运用得出神入化，左一计右一计，计中有计，随时有可能改变战术。我站在一边助阵，只觉得呼吸困难浑身冒汗，不由得着急，暗暗担心一会儿张小北没怎么着我先倒下那可就尴尬了。

那女孩儿清清秀秀，最多不过二十五六岁，身材举止都透着骄傲，面对着李穹居然毫不胆怯。

"你哪儿的啊？"李穹总算是开口了，用当年老佛爷吩咐李公公的语气盘问她，颇具原配夫人气场。我在心里着实为她捏了一把汗，只因我了解李穹其实是个纸老虎，充其量也就是个塑料的。为了不至于让她露马脚，我适时咳嗽了一声，用那种别人欠我八百块钱的眼神藐视着胆敢与我对视的小蜜蜂。我这一咳嗽，被躲在身后的张小北使劲掐了一把，疼得从牙缝里吸凉气还不敢出声儿。

"问你话呢，你哪儿来的！你们俩什么关系？"李穹拍案而起，把我都吓得一激灵。

那女的倒是很从容，瞟了张小北一眼，不卑不亢回应李穹，"有事儿说事儿，你喊什么呀？什么关系你不是都看见了吗，就是普通朋友的关系。"说着话居然还白了李穹一眼，是可忍孰不可忍，我正要冲出去理论，李穹已经抡圆了胳膊结结实实打在她脸上。

"你怎么打人呀！"女孩捂着脸，气愤地朝李穹嚷嚷。出乎我意料的是张小北竟没有为他的新欢挺身而出。

"打你算轻的！亏你说得出口，还普通朋友！哪个普通朋友孤男寡女的跑出来开房？"李穹转过脸看着张小北，"滚过去，跟你小蜜蜂站一块儿！"张小北站在我身后，她这一声仿佛冲着我喊的，我忙移动了身体以便李穹能够直面他。

张小北到底是张小北，噌噌两步走到李穹跟前，抓住她的胳膊往一边儿拖："你别在这儿撒泼行不行？有什么事回家说。"

"回什么家？"李穹一把甩开他，"你还想回家？我告诉你张小北，你丫要是不要脸我也就不怕丢人了，今儿这事儿我要不给你抖搂到妇孺皆知，就算我李穹白活这么大！我还告诉你，离婚，你想都甭想！"她开始一把鼻涕一把泪地数落张小北，"我就想问问你张小北，嫁给你这些年我有没有对不起你的地方？我到底做错了什么了，你找这么一个狐狸精来恶心我，咱俩之间有什么深仇大恨你今天给我说说清楚，嫌弃我人老珠黄配不上你，咱可以离婚，你犯得着这么恶心人嘛！"

我在旁边看她哭得那么凄惨，心想再不下场不行了，显得我没用似的。于是上前扶着李穹在沙发上坐下对张小北说："站着干吗！还不赶紧倒杯水，看给李穹气得！"

张小北肚子里的火一股脑冲我来了，"怎么哪儿都有你啊？我还给她倒杯水，我给她跪下得了！瞧瞧她这左一句右一句的，就不能有话好好说？就不能心平气和地咱把话都摊开了好好说吗……至于的吗就为这点事儿，人生那么漫长，谁没错过那么一两回呀……"他自知说走了嘴，只得硬着头皮往回找补，"……我这意思就是说，有什么事儿，咱平心静气好好说不行吗，咱们的目的是解决问题……"

张小北的话音未落，李穹已经抄起茶几上一只烟灰缸朝小蜜蜂砸过去，被她躲过，落在地上摔得粉碎，"我说你大爷张小北！你要脸吗？"

见此情景，张小北就像闹钟里面报时的小人儿似的倏的一下蹿出来挡在女孩前面，急赤白脸指着李穹鼻子叫骂，"你也别忒过分了啊，我这儿好好跟你说……我不理你就完了。"

"你他妈包二奶还有理了张小北？这种小婊子我弄死她都算替天行道！你不想让我跟你好好说吗，行，没问题，我给你三天时间，你把这小蜜蜂给我处理清楚了，我再跟你好好说说咱俩的事儿，不然的话我跟你丫没完，指不定干出什么让你后悔的事儿来！"李穹义正词严地命令张小北，"三天时间，你把她给我处理了！"随后对我挥挥手，"走！"

我于是又像个小跟班儿似的跟在她身后走出了酒店。

出了门我一直没有说话的机会，听她发动汽车产生的惊天动地的轰鸣声，真想跟她商量商量我打个车走行不行。又一想，决不能扔下她，这个时候她跟个煤气罐似的，易燃易爆，为了和谐社会，我只能义无反顾地上了她的车。

"李穹，咱慢点儿开，这事生气也没用，回头把自己身体气坏了正合了人家心意，你信我的，小北的品质还是好的，咱给他几天时间他会处理清楚的。"我劝说李穹。

"男人就没一个好东西！"李穹又戴上她的大墨镜把宝马当成赛车开。

我又一次慌忙拉紧了安全带。

# 4

认识张小北是在七年前，那时我才刚参加工作没多久，大冬天的，他总是穿件脏兮兮的军大衣站在我们家胡同口的天桥底下，逮谁都倍儿客气压低声音问一句："师傅，要碟吗？进口的国产的都有，美国奥斯卡大片儿，便宜。"鼻子尖冻得通红，满脸诚恳，偶尔还挂着清鼻涕，活脱脱一个大尾巴狼。

有天晚上，我开完报社的选题会回家从他身边经过，感觉一个黑影向我倒来，慌忙躲过，伴随着"咣当"一声响，"黑影"倒地不起。我低头一看，这不是每天都见面的大尾巴狼兄弟嘛！二话没说就在过路群众的帮助下把他送进了海淀医院。当年的小北同志远没有现在这么富态，要不是从他身上翻出一张北京的身份证，打死也没人相信他是一北京孩子。我翻遍所有的口袋才凑齐了医药费，守着他在急诊观察室发着四十度高烧不省人事打着点滴，最具传奇色彩的是哥们儿醒来之后并没有按常规问我他在哪里，而是虚弱地问我："我包儿呢？天桥底下那包儿拿了吗？我碟都在里边呢。"

那时电话还远没有现在这么普及，我问清了张小北他们家地址，又叫来一个大学同学陪着我，一起骑车一个多小时才找到他们家，向他父母宣布了小北同志不幸入院的消息。张小北他爸警觉性特高地揪住我问是不是车祸，是不是我撞的。我对天发誓不是车祸，再说我没车，就一辆二六的飞鸽，就是撞也不能把他撞咋地。他爸这才将信将疑地跟我往医院走，寸步不离，生怕我半道儿跑了。我只好对他实话实说："不瞒您说大叔，我还垫了几百块钱住院费，您放心，没还我钱之前就是赶我我也不走的。"

我想我今天的冷漠跟那次助人为乐却被当成肇事者的经历有着直接关系。

那件事过去之后的某天，我又在天桥下遇见小北，他是专程等我来道谢的。

张小北请我吃了一顿涮羊肉，直到那时我才知道他是清华大学的高才生，打算跟几个同学合伙开一家电脑公司，为了筹集资金才到天桥底下卖盗版碟。多年以后每当我路过中关村，看见天桥底下推着自行车或者背着小书包向路人兜售光碟的青年，都能想起那个寒冬里在天桥下如大尾巴狼一般的张小北。

有一回和朋友去北大南门附近的咖啡馆，路过地铁站，有一个神情略带憔悴的青年压低声音问我：“小姐，办文凭吗？身份证、护照都能做，价钱好商量。”记忆深处那个兜售盗版光碟的张小北登时鲜活起来，好像就在昨天。

如今我注视面前时尚美丽的李穹，脑海里回想的却是那年在医院，张小北晕倒时还紧紧捂着军大衣口袋那两百来块钱的场景，不禁感慨万千。谁能想到他今天这么有出息！

李穹又一脚踩死刹车把宝马车停在东三环边上一家酒吧的门前，“走！”下了车她继续狠狠地踏着正步向前走。这家叫作“1919”的酒吧是我常来的地方，以前我做小报记者的时候负责娱乐版，经常追着采访对象到这儿来。

一进门就看见了奔奔，用贾六形容奔奔的话说：丫是北京一大鸡头，坏得出水儿。贾六跟我说话从来不忌讳，他总说自己是一糙人，只会讲些糙话，糙归糙，往往蕴含着哲理。

奔奔是孤儿，我最早听说她的名字也是从贾六的口中，她把贾六当成铁哥们儿，每天都会照顾贾六的生意，用他的车往北京大小酒店、旅馆、招待所、练歌房以及一切需要特殊服务的场所做运输业务。投桃报李，贾六真切念着奔奔的好儿，总想给她拉生意。每一回我坐上他的车都能听到奔奔的最新消息，有一回他和我说，“初晓你说我的生活多有意思，我既能认识你这么一个写书的作家，文化人，我还能跟奔奔那种社会败类做朋友……就奔奔那样儿的败类，我跟你说不夸张，枪毙她十回都不够！"饶是嘴上这样说，若看见奔奔受了欺负他是第一个不答应的。

我跟奔奔第一次见面也是贾六安排的，是在一家粤菜馆里。面前的女孩明眸皓齿，穿一套纯白色带帽运动服，头发整齐地在头顶束成一个高马尾，使我登时怀疑起贾六在我面前对她一贯的描述。

贾六一见她却眯着眼扑哧笑出了声儿，"我操，奔奔你丫怎么打扮得跟个处女似的。"

奔奔很豪迈地在贾六肩膀上怼了一拳，"讨厌不讨厌啊！你要再这么挤对人，我就走了啊，瞧不起谁呀！还处女？这年头你骂我傻B都比骂我处女强。"

奔奔彻底改变了我对特殊行当从业人员的肤浅认识，她与人交往从来都是不卑不亢的态度，有时甚至是骄傲的。和贾六一样，她的言语有时粗鄙，可是很耐人寻味，经得起推敲。譬如她说的那句"这年头你骂我傻B都比骂我处女强"就很符合她的职业特点，从侧面反映出她性格当中坦率的一面。

# 5

回到我和李穹走进"1919"那天的场景。一进门我就看见奔奔正在发狂地变换各种姿势摇头，有传统的上下摇、一般的左右摇，还有高难度的八字摇法，她瘦削的身形像装了发动机一般动力十足，似乎永远不会停歇的扭动使我心生敬畏。

我们坐下以后李穹要了一瓶百威，我则点了一杯咖啡，心里已经做好了今天要把她背回去的准备。

"李穹，这会儿你先冷静冷静，别逼小北，我了解他，绝对逃不出你手心儿。"我对着李穹打包票。

李穹又一次拍案而起，对着我大吼一声："你也是一见色起意的家伙，我就知道你当年跟张小北有过一腿，到现在还帮着他。"

怪只怪我当年觉悟太低，没有把张小北对我的邪恶感情掐死在萌芽状态，甚至在跟他好了一段时间以后险些被他忽悠着领证结婚，完全丧失了作为一个心怀理想、热爱自由的未婚女青年应有的情操，以至于留下了李穹口中"有一腿"的不良记录。如今面对李穹同志正义的责问，我再一次受到了良心的谴责，只好更坚定地表达了在张小北婚外情问题上的立场："李穹你可得相信群众啊，这回我可是铁了心地跟你站在一起，对待张小北这种社会败类就算枪毙他十次都不过分。"我顺嘴就说出贾六形容奔奔的话向李穹表忠心，没有买卖就没有伤害，妓女跟嫖客的性质都一样，奔奔该枪毙多少回张小北就该枪毙多少回！

"……再说当年我还太年轻太幼稚，你不能因为过去我走过弯路就怀疑我对真理的信仰不是？"

李穹白了我一眼，气鼓鼓地将剩下的半瓶啤酒一饮而尽，她本来就不胜酒力，再加上心里有事儿，半瓶啤酒喝下去马上就有了反应，目光呆滞起来。定定地看了我一会儿，她忽然笑了，"那你跟我说句实话……这么多年了，我今天就要你一句实话——你那时候跟张小北有没有那什么过？"她看起来嘻嘻哈哈，我却心里打鼓。

"你怎么这么下流！"我白了她一眼佯装生气，"真没看出来！"

见我急了，李穹又哈哈笑起来，舌头打结说话也有些不太利索，撒娇似的，"那你跟我说，你们到底到什么阶段了？这么多年的朋友，我可是从来没追究过你们啊。"她说"追究"的时候意味深长地看着我。

"勾肩搭背，拉拉手，仅此而已。"

"我不信。"她扁着嘴看我，满脸怀疑，但我知道她心里对这个回答是满意的。

"你看我像那种随便的人吗！我跟他好过和跟他睡过觉这是两码事！"

突然就看见奔奔快步朝我们走来，"呀，初晓，你来了怎么不叫我！"转身对跟在她身后的一个年轻小伙子说，"你去把我存的酒拿来。"不容我拒绝又开了口，"初晓你们别买酒了，就喝我存的……哟，这个姐姐怎么了？看起来不太高兴。"她指李穹。

"没事儿，"我说，"跟她老公闹别扭了。"奔奔接过小伙子递来的一瓶皇家礼炮放在桌上，"你们喝着，我那边儿还有朋友，"她对着不远处的一张桌子挥挥手，压低了声音在我耳边，"有个哥们儿刚从澳洲回来，大半年都是一个人儿过的，大半年全靠自己……你懂吧？"

"你可真仗义。"我笑。

"嗨，人在江湖嘛，谁叫我干这行呢，又是热心肠儿，就见不得朋友受苦，谁还没个父母啊你说是不是！不跟你聊了，我这儿真挺忙的，改天请你吃饭……对了，这个姐姐，"她看着李穹，"姐夫要再欺负你，妹妹我给你出气！咱可千万别把自己气坏了，不值！"

奔奔真是八面玲珑。

我忙不迭寒暄，"你忙去吧，忙你的，这儿有我呢。"

"没事，没事，姐姐的事就是我的事啊，谁还没个父母啊，有事说话。Bye-bye！"

"谁还没个父母"这是奔奔的口头禅，每一次听她说这句都不由得使我想起她孤儿的身世。

"这也是个小蜜蜂，瞧那小屁股扭得！"李穹一边开了奔奔拿来的酒一边轻蔑地瞄向她。

"看不起谁呢！"我替奔奔鸣不平，"小蜜蜂就得了，人家可是蜂王。"

"你怎么还认识这样的人啊，堕落了你，开始不学好了。"李穹说得极其轻蔑。

这话让我哭笑不得，"哦，我就不能多认识俩人了？我认识她就堕落？劳动分工不同，不分高低贵贱。"

"别跟我臭贫！"她一杯接一杯地喝酒，转眼就是一杯，一转眼又一杯，没一会儿就喝进去小半瓶。我心里含糊，"你可别喝多了，一会儿你还得开车送我回去呢。"

她含糊地答应着，一连好几声叹息，抓着我的手："给我想个辙，你说我该怎么办？万一他要是想跟我离婚可怎么办？"

我忽然心酸，拍了拍李穹的肩膀："他敢？"

"那有什么不敢的，人家现在不比当年了，天天都加班儿，一直在进步，你再瞧瞧我这一脸的褶子……除了吃喝玩乐，我可什么都不会了。"

"张小北不是那种人，他就是玩玩儿图个新鲜，天天吃鲍鱼偶尔看见块臭豆腐抹一口尝尝滋味儿那也保不齐的，你就把心放肚子里吧。"

李穹听了坐到我旁边，头靠着我的肩膀，起初只是抽抽搭搭地抹眼泪，"他怎么这么对我？就算我现在没工作，那家里家外还不是全靠我一个人儿扛着？好么央儿就弄这么个女的，我就不要面子了吗？我外面那些姐们儿她们怎么看我？"大约越说越觉得委屈，她突然放声大哭，我忙起身连拖带拽地拉着她往外走。

我送李穹回家，回到她和小北两个人居住的将近三百平米的大平层，一水儿的意大利进口家具，妥妥的豪宅，家里两个保姆都住带卫生间的套房。很多次我到他们家，从迈进花园一般的小区大门开始就不由自主开始羡慕李穹的生活，那样体面上档次，在楼下按门禁时还没觉得太受刺激，等到电梯下来直接把我送到他们家门口，两个保姆一人拿着拖鞋一人拿着湿毛巾站在门口笑容可掬地恭候客人到来的时候，我的羡慕登时就会化作嫉妒——偶尔受到这样的礼遇已经让我深深迷恋不能自拔，这不过就是李穹的日常！终于有一天我把真实的感受如实向她告知，并警告她不要过于脱离群众，李穹非但没有生气，居然笑得上气不接下气，"你们这些搞写作的别的本事没有，穷酸起来那可是一套一套……我又不是今天才过这种日子，尽情羡慕我吧！"

"不是羡慕，是嫉妒！"我大言不惭，"真想把你的一切据为己有。"

李穹因此笑得更加肆无忌惮，并几次揶揄我考虑接手她的一切生活，包括张小北在内。

然而自从那次李穹因张小北的婚外情而醉酒被我送回家以后，对于她的奢华公寓以及两个保姆伺候的精致生活，我却登时失去了兴趣——浅薄虚荣如我也不愿牺牲尊严换取优渥生活。

# 6

我的男朋友高源是个导演，一年中总有几个月的时间在外地拍摄。此时他正在宁夏拍电影，听说拍摄地闭塞又荒芜，很多时候手机没有信号，这样一来倒是省下许多电话费以及多了许多独处的时间。

突然降温，北京开始下雪了，北风呼啸，天冷得邪乎。

我把书桌搬到家里沿街的窗户边上，一边看雪一边在聊天室里跟网友闲聊。

多年的聊天生涯，我早已在与獐头鼠目的蛤蟆抑或鬼斧神工的恐龙们在键盘敲打声和意淫当中练就了一身武功。在网络聊天室，我最常与人谈论的是爱情，用自己的一套理论挽救了不少痴男怨女，我摆事实讲道理，试图让人们明白，爱情只是假道学家们提上裤子以后宣扬的五讲四美中被粉饰过分神圣美好的虚无，蒙蔽数代才子佳人前赴后继追逐的精神乌托邦。因为这样的清醒，我在网络聊天室里很受大家追捧，谁都愿意过来和我聊两句，而我也对陌生人的仰慕十分受用。没有人知道，网络世界那样清醒、视金钱和爱情如粪土的网名后面藏着的同样是个俗人，说的一套和做的一套尽管背道而驰，我也丝毫不以为耻。

西方神话和中国传说中的主角都是一男一女，人类到底是由亚当夏娃或是女娲伏羲繁衍创造的并不重要，重要的是，人生苦短及时行乐。每一个人都应该真实地活着，让理想回归理想，现实回归现实。

就在不久前，还有一个陌生的女网友和我联系，她爱上一个网友，一方面对自己的容貌没有信心，担心"见光死"，一方面又唯恐对方饥不择食占有她，她为此事纠结了很久，以至于食不下咽，希望我能给她一些中肯的建议。我只能说不论爱情还是婚姻，都应该是两个精神独立的成年人互相做出的选择，两情若是久长时，即便不能朝朝暮暮，至少也要相看两不厌，如果能够情投意合，那简直就是上辈子积德换来的福报，就像我和高源。

正在聊天室里跟网友瞎贫的时候，张小北给我打来电话，声音沙哑而低沉："初晓，我想求你个事儿……"自从他发达了之后，再难得像这样低声下气的姿态和我说话，多数时候他对我颐指气使，讲话的语气都像个乡长。

"你别这样，有什么事儿您就直接吩咐，你现在这样让我有那种一千多度近视还忘了戴眼镜模棱两可的感觉。"

张小北同志一听爽朗地笑了，他赞扬我说："要论耍贫嘴，你认第二没人敢认第一，一般男的贫不过你。"我说你才知道啊，他说："你这个人浑身上下就这点儿优点了，逗乐儿，骂人还不带脏字儿。"

我随口说那缺点是什么呀，他说缺点是没心眼儿，好糊弄，整个一傻缺青年。

我从聊天室里退出来，跑到阳台上把窗户推开，风呜呜地灌进来，打在我脸上生疼。

电话里有一句没一句地跟张小北聊着，隐约感觉他有很重要的事儿要和我说，或许跟李穹有关？我们俩互相兜圈子，谁也没先开口提到那天他被李穹抓了现行反革命的事儿。

那天晚上我把李穹送上楼，她一进屋就到洗手间里抱着马桶吐了个天昏地暗，胃里的那点儿储备全呕出来了。两个保姆忙活着又是放水给她洗澡，又是给她煮醒酒的汤，一直折腾到后半夜三点多，她才抱着枕头沉沉睡去。

那一天我在她家沙发上坐到天亮，准备等张小北回来跟他严肃地谈谈，然而他一夜未归。

李穹家境好，从小吃穿用度就比周围人高出一大截，从学校里一出来就被招进了乘务队，跟个蝴蝶似的让人羡慕，心高，气傲，彼时的张小北能娶到李穹真是走了狗屎运……

我正琢磨着那天李穹喝多了的事儿，电话里张小北急了："不是，你到底听没听我说话啊？"

"听着呢，你说你说，公司现在不错，打算明年上市，你接着畅想。"

"操，你现在怎么拽得跟全国粮票儿似的！"张小北心里有火，我又软绵绵的让他发不出来，只好从我的态度问题上下手了。可以想象得出来，他的那张脸现在肯定特扭曲，跟放进搅拌机里搅过似的。

"我说张小北，咱有事儿说事儿，别对群众耍态度行不行？你想让我干什么就直接说，兜什么圈子啊？还有啊，你别仗着自个儿有俩糟钱儿，婚外情被李穹抓了现行，你心里有气就往我身上撒，我又不欠你的！"

听我这么说，张小北更火儿了："初晓你还真拿自己当块肉啊，别跟那儿矫情了，我不就摊上点事儿你偷着乐吗。我知道你丫怎么回事，就你那点儿花花肠子，你不就因为我当初把你甩了一直没找着机会出这口恶气吗！"

"你等会儿等会儿，你得健忘症了吧张小北？"我像连续吃了两个煮鸡蛋没捞着喝水似的嗓子眼儿里堵得慌，"咱俩谁甩谁呀，是我甩的你好吗，是我反悔了不想跟你结婚了，我看不上你了，不是你甩我……"我的话还没说完，他那边儿已经挂了。

# 7

过了二十分钟以后，我听见楼下有人喊我名字，这完全符合张小北的一贯做派——从哪里跌倒换个地方再爬起来。我打开客厅的音响，将音量调到最大，合着《出埃及记》铿锵的节奏开始用毛巾擦地。又过了一会儿，家门被砸得震天响，我气恼地拉开家门，"滚，别让我再看见你，我看见你就跟吃了肥肉似的，我恶心……"

门口的邮递员一脸蒙："您这是跟谁说呀？"

地上要是有一条缝我真恨不得立刻就钻进去："对不起，认错人了。"

他忍着笑，递给我一封挂号信，我道了谢正准备回屋，张小北从电梯里出来了，见着我怪腔怪调地撇着嘴，"哟，挺懂事儿啊，知道我要上来，提前跟这儿等着我哪！"

"你真想多了，天还没黑就开始做上梦了。"我恨恨地剜了他一眼。

他嘿嘿笑着进了家门，"哎呀，这么多年了还是这个脾气，这也就是你，换了别人我早走了。"像是自言自语又像是说给我听，嘴里说着要走却一屁股在沙发上坐下去，从手里拎着的纸袋子里掏出一个长方形盒子，"上回我去香港不是答应送你点儿东西吗，这个手机国内还没有卖的，早就想给你送过来。"

我把手机推回到他眼前，"张小北我求求你了，有什么事儿你就直接跟我说行不行，我这无功不受禄，这个时候你给我手机……你是舍得给，关键我就是再喜欢也不敢要啊！"

"那我可就有话直说了……"他清了清嗓子，"这几天我想来想去，这个事儿也只有你能帮我了……"说着话他一拍大腿，身子往沙发上一靠，仰面长叹了一口气。

"我打从认识你那天，哪回你一拍大腿一叹气，我就知道我又得干点儿没脸没皮的事儿了。你甭不好意思，真的张小北，千万别不好意思……上刀山下油锅，我绝不含糊。"实话实说我也正要为高源下一部电影投资的事儿去求他，万一他的事儿我能帮上忙，投资的事儿也好向他开口。

"是这么回事……高源不是要杀青回来了嘛，我知道你们俩在演艺圈里有好些朋友，你帮个忙，给引见引见。那谁，萌萌说她想往文艺圈发展发展。"

"萌萌？"

他又急了，"别装傻！我女朋友。"

一提她我就搂不住火儿，"那没戏，搁以前兴许还可以，她现在不是毁容了吗？"

"毁容？"

"李穹照她脸上又扔烟灰缸又抽嘴巴子的，没毁容？"

"没有哇。"张小北不明所以。

"那她脸皮可够厚的……"

"我就知道你没憋好屁！"他恨恨地瞪我，"你跟李穹一丘之貉！"顿了一秒又开始装可怜，"没跟你开玩笑，当个正事儿来办成不成？这么多年我就好不容易碰上这一个真心对我好的，你也看见了，李穹把人家打了我主动要补偿她，人家什么都不要……我答应过她，不管怎么样帮她上个戏……"

"你为什么这么做？"

"因为我爱她。"

"别不要脸了，你爱她？那李穹呢？"

"我怕她。"

"你能不能成熟点儿？你为这么个女的……你跟李穹这么多年都过来了……你就不能做个正派人？"

"别说那些没用的，做人根本无所谓正派，帮还是不帮，给个痛快话儿！"

时间像是停滞了，我们互相看着僵在那里，对我而言这不是一个容易做出的抉择，帮他会伤害李穹，但是同时帮到高源，不帮，自然李穹也不会知道……

"天知地知你知我知。"他看出我的犹豫，"就当你弥补我当年被你甩了留下的伤害……"

"滚。"我恨恨地剜了他一眼。

他再一次叹了一口气，"那就这么定了，我还有事儿先走了，你抓紧时间运作。"

我追他到门口，叮嘱道："千万别让李穹知道。"

他意味深长地看了我一眼，重重地点头，然后走了。

这些年小北胖了许多，那个在天桥底下卖盗版碟的青年早已不知去向，如同他口中常提起的那些曾经被我糟蹋过的纯真年代。

# 8

　　两个成熟的个体合二为一并不是容易的事，就像一加一原本等于二，恋爱中的人们要将结果改写成一，需要舍弃自我的一部分。每一次高源结束在外地的工作回到北京，我都需要重新做些自我建设，某种程度上来说，爱情是放弃一部分的自我和对他人的妥协。

　　高源并不是容易相处的人，这点从他的长相便能窥见一些痕迹：长而瘦的脸上棱角分明，眼睛不大但透出清亮，笑起来的时候因为眼角和脸上的皮肤皱在一起显得淳朴。他上小学时，电影厂拍摄一部预防某疾病的教育片，曾在他们学校挑了几个孩子协助拍摄，他因为面黄肌瘦而入选扮演一名患儿，这么多年一直自诩童星。即便到今天，他也仍然因为皮肤黑黄显得有些病态，使我怀疑他是否真的患过病而留下后遗症。

　　刚认识那会儿，我还在报社做记者，高源同志每天都买一份麦当劳巨无霸套餐跟我的胃套近乎，没多久我就扛不住了，一天不吃麦当劳干什么都提不起精神，满脑子都是高源。

高源即将回到北京，为了陪他出去见朋友，我打算到双安商场去买几件衣服。下了出租车我正准备走过马路的时候，一辆自行车逆行冲了过来，慌忙中我跳上马路牙子，那自行车却连人带车倒在了不远处，自行车后座泡沫箱里的盒饭撒了一地。

我忙跑过去扶起骑车人，"你没事儿吧？没摔着吧？"

谁想到他一骨碌爬起来指着满地的红烧肉让我赔钱。

"你没事儿吧？"我登时急了，"你刚才差点儿撞了我，我都没说什么还好心过来扶你，你要不要脸啊？"

"我不为了躲你能摔这跟头吗？别废话，赔钱。"

我们俩就这样在马路边吵嚷起来，眼瞅着围观群众越来越多，骑车人拉着群众绘声绘色描绘着他如何为了躲避我而摔倒，一张嘴就像机关枪一样当当当说个不停，我说也说不过他，想走又被他拉住，不明真相的围观者也开始对我指指点点。这样被人欺负，我气得几乎背过气去，掏出手机正要报警，马路边猛然传来一个熟悉的声音，"怎么了妹子？"循声望去，只见贾六正从他那辆呼哧带喘的破夏利车上下来，忙不迭扑过去拉住他，"我叫人给欺负了……"

我向贾六简单叙述了事情的经过，他这暴脾气立刻就上来了，顿时流氓附体，用眼角余光乜着骑车人，"怎么着哥们儿，欺负到我妹妹头上了？成心是吧？"

"什么成心不成心啊，她弄撒了盒饭就得赔……"

"瞧你那傻 B 操行，长得跟盒饭似的！"

"你骂谁呢？"

"骂你怎么了？我今儿还打你呢！"贾六特激动，原地转个圈儿没找着趁手的家伙什儿，于是推开人群走到车边从后备箱里拎出一根钢管朝着那人走去，骑车人大约也没想到碰上这么一个好战分子，甩开两脚一边喊着流氓打人啦一边开始逃生，贾六将钢管高高举过头顶紧随其后，嘴里大喊着，"你丫别跑！"

一时间我竟愣在了原地不知所措。

此时又一辆夏利停在跟前，贾六的哥们也从车里跳出来追了过去，我忙拦住他，"拦着点儿六哥，别真打人……"谁知他竟一把将我推开，捡起路边一块板砖追上了天桥，一边跑一边喊叫助威，"拍丫挺的贾六，拍丫挺的！"

贾六一兴奋，到底把骑车人给追上了，当头的那一钢管打在那人的头上，几乎也使我昏厥过去。

贾六从派出所出来已经是两天以后的事儿了，我对骑车人赔偿医疗费、误工费、精神损失费之后人家才肯出具谅解书，在民警主持之下进行了调解，当然，那些盒饭的损失我也赔偿了。贾六略显憔悴，得知我赔了那些钱，他也有点儿过意不去，"妹子真对不住了，你看这事儿闹的。"

"千万别这么说六哥，你受了这些苦还不全是为了我！我谢谢你。"我感觉自己牙都快咬碎了，"我请你吃饭吧，给你压压惊。"

"不不，哪还有脸吃你的饭，给你捅这么大一篓子，我请你吃饭吧。"

我们俩正在客气的当口，李穹来了电话约我晚上打麻将，我说没有心情没有兴趣，她又说来找我，我说不想见人不想说话就想一个人儿待着，李穹一生气就挂断了电话。张小北的电话随后就追了进来，问我张萌萌的事情安排得怎么样了，我说一直处理点儿闲事还没得空和高源说这事儿，等高源回来再说吧，谁知张小北当即就翻了脸，"初晓你就别跟我兜圈子了，想要多少钱你说话，只要帮我把萌萌这事儿办好了，你随便开价，多少钱我都给你。"

"挂了吧。"说完这一句我直接挂断了电话，油然升起一种被人羞辱的悲哀，只觉得自己在他心里轻如鸿毛，这是我曾经爱过的人啊。陪李穹去捉奸的那一天临走前她撂下狠话，给张小北三天时间打发了小蜜蜂，照目前的情形来看，形势似乎对李穹十分不利，尽管我对他俩的现状十分好奇，但李穿没有主动说起，我似乎也没有询问的道理。

我转回头看向贾六，"六哥，你觉得我这人怎么样？"

"妹子，你是个好人，好人就有好报，等你以后发了大财，千万别忘了你六哥我。"

我心花怒放，"必须的！"

贾六一激动拍打着我的肩膀："妹子你放心，今后六哥就是你亲哥，有什么需要贾六我效力的，你一句话。"

"走，我请你吃饭！"

# 9

　　每次高源从外地回到北京都显得特迟钝，我们坐车去个什么地方，他都会不停地跟你问，哎，这楼什么时候盖起来的？要不就是，哎，那什么什么怎么给拆了；再不就是抱怨，怎么老堵车啊，哪儿这么多人冒出来……就像他这辈子第一次来北京似的。

　　高源性格洒脱、心地干净，丝毫没有因为我和小北的过去而对我们俩现在的交往有任何的嫌隙，并且跟张小北颇有些惺惺相惜。也许正因为这个原因，当我向他说起陪着李穹去捉奸的经过，痛骂张小北不要脸的时候，高源破天荒地沉默了，在我一再要求他表态的情况下，也只干巴巴地说了一句，"都是成年人了，有事儿说事儿，打人又不解决任何问题！"避开了张小北的错误不提，反倒说起了李穹的不是，可见遇上事儿的时候像我这样帮亲不帮理的实在太少。

　　高源回到北京的第二天，在没有知会我的情况下便约了张小北到家里闲聊，让我没想到的是张小北不是一个人来的，他还带着张萌萌。

没有李穹在场，张萌萌活力四射，居然像什么都没有发生过那样拉着我聊天，请我帮她参谋该买哪一款手表，推荐好用的眼霜跟面膜，而我居然也并没有表现出任何的抗拒，好像不久前跟在李穹身后去捉奸的那一幕从未发生。成年人之间的虚伪可见一斑。

高源和张小北在客厅里高谈阔论，高源说："……茫茫戈壁我就看着飞机从地平线下面爬升起来，一直飞过你的头顶，我操那感觉太棒了，谁他妈敢说地球不是圆的！"仿佛发现这个真理的人是他。张小北在一旁听着激动万分，然而他永远没有高源那样火一般燃烧的激情。我想，即便到了耄耋之年，高源的眼中仍然闪动着清澈的光芒，而张小北一年一个样儿，肉眼可见地苍老。

两人正聊得热火朝天，听见有人敲门，门外传来李穹的声音："快点儿开门啊，沉死我了！"

房间里的空气瞬间凝固，我们互相对了一下眼神谁都没动。上一次是在酒店抓了张小北的现行，这回可是在我的家里，依着李穹的暴脾气，她会一把火点了这房子。

"谁呀？"高源故意喊了一声，"来了来了。"他嘴上说着来了，却站在原地探寻地看着张小北。

我慌忙把电视机打开，声音开得很大。

张小北四下看看，把张萌萌推进了洗手间，又慌忙把张萌萌的鞋和大衣一并扔了进去，压低声音嘱咐道："锁门！千万别开！"张萌萌扭捏着，极不情愿锁了门。

做完这一切我给高源使了眼色，让他去开门。

李穹提着一大袋子的水果，还有一个很精致的包装袋子，嚷嚷着："快接我一把啊！"高源赶紧接了过来。

我嗔怪她，"你怎么也没打个电话过来？这不小北正和高源两人聊得正欢实。"

李穹这才看见沙发上坐着的张小北，横了他一眼："你怎么也来了？"大约经过了酒店的事情两人还没见过面。

"哦，我打电话请过来的。这不好些日子都没见了嘛，聊聊。"高源赶紧把话接过来。

"来，初晓，咱俩到里屋说话。"李穹拽着我，"燕莎打折呢，我看见这新款的背包，买了俩，咱俩一人一个。"一边说，一边坐在床上。我随手想把门关上，想着趁这工夫，张萌萌能赶快逃生。

"哎，关门干吗？"李穹拦我，"咱俩说话不用怕他俩听见！"

"这不免得互相干扰嘛。"我死乞白赖地又要关门。

李穹对着张小北说："张小北,你把那电视声音关小点儿,你们俩要不看就干脆关了,烦不烦!"

高源一听,顺手就把遥控拿过来把电视给关了,我几乎没冲出去揍他一顿。

"你们俩现在关系怎么样?"我趁机追问。

李穹趴我耳边压低了声音,"我不着急,我想好了,就跟他耗着……反正是别想跟我离婚!"说着话她站起身提高了声音,"我先去个洗手间,憋死我了!"

这一句犹如五雷轰顶,有种要被血洗的预感。

再看张小北,面无表情,目光像两潭死水。

李穹噌噌两步走到洗手间门口,拧了一下,没拧开,再拧。

"怎么了?"我假装走过去,干巴巴地笑着,"门锁坏了,刚才小北想洗手也没去成。"扭脸儿责怪高源,"你怎么还没打电话叫开锁?"

高源愣了两秒,"哦哦,叫过了,估计在路上了。"

李穹的余光扫过我和高源的脸,"什么时候坏的呀这锁?不会是我一来就坏了吧？"

"就……小北来之前，高源上了个厕所关上就打不开了。"我硬着头皮往下编，忽然恼火开始数落高源，"你怎么弄的呀，你不回来我用得好好的，你这一回来锁就坏了……"

他一秒入戏，"不是你什么意思，我回来错了呗？你要不愿意让我回来你就直接说，别找碴儿行不行？"

"好了，好了。吵什么呀，这点儿破事儿至于吗？"李穷看了一眼张小北，"你们谁都没错，我来得不是时候，走了。"她一边向外走，"刚才朋友打电话，车坏在这附近了，我得去接一趟！在你们家上个破厕所还这么多事！"她极其不满意地嘟囔着出了门。

"不好意思，李穷。怪我了。"高源一边送她一边说。

"哪儿那么多废话啊你。"她冲高源，接着又转向张小北，"张小北，你晚上回家吧，路过银行把电话费给交了，我手机费也没交呢。"

"没问题。"张小北答应得特痛快。李穷噔噔噔地下楼去了。

关上门，我们仨面面相觑，不约而同长长地舒了口气。

# 10

　　李穿走了，张小北就坐不住了，带着张萌萌就要走，说："今天聊得不痛快，改天要几个人开车去郊区找个度假村，喝着茶聊着天，肯定愉快。"是否愉快我不知道，心里踏实是一定的。

　　我责怪高源不该将张小北和张萌萌约到家里，高源一脸无辜地说他并不知道他们之间是那种关系，张小北只说他现在对投资电影有兴趣要带个朋友来找他聊聊，率直如高源当然就同意了。我问高源张萌萌能不能担纲他下部片子的女主角，高源说张小北要是投资就得想想，否则的话他没法考虑，毕竟谁的钱都不是大风刮来的，投资人也需要回报。

　　我开始痛斥张小北，果然男人有钱就变坏，张小北已经不是当初的张小北，提醒高源对他警惕，对此高源并不认同，用他的话说兄弟情跟家庭生活是两码事。正说着话，门口传来疯狂的敲门声，伴随着李穹的叫喊，"开门，初晓，开门！"

李穹一进来就气鼓鼓地坐在沙发上，跷着二郎腿乜斜着我。我知道今天这事儿做得有点儿对不住李穹，赶紧给她泡了杯茶；又怕她今天没心情喝茶，冲了杯咖啡；也担心她喝咖啡上火，又倒好了一杯橙汁摆在她面前。高源看着我小心翼翼的模样，在一旁抿嘴坏笑。

"你们两个没良心的！没良心啊你们！"李穹哽咽着，眼圈红红的，她指着我，"你良心叫狗吃了？"眼泪像珍珠一样从脸上滑落下来，窗外火一样燃烧的光芒映在她脸上，很美，"张小北给你什么好处了让你这么替他打掩护？我看着他们俩一块儿从楼门儿走出去的！"

"我没想到他把那女的也带来，真的李穹。"我嗫嚅着，到这时候也顾不得张小北了，这一切都是他惹起来的，"不信你问高源，高源从来没骗过你吧！"

原以为李穹多少会给高源点儿面子，但是我错了，李穹看也没看他一眼。她颤抖着从背包里拿出香烟抽出了一支却怎么也打不着火，我连忙接过替她点燃，趁机在她身边坐下来，"别生气了啊，我们以后就跟张小北划清界限，保证说到做到！"尽量把话讲得诚恳，明知做不到，总得过得眼下。

"我当时就觉得不对劲了，厕所的门怎么会打不开呢！张小北坐在沙发上的表情就跟屁股着火了似的……我让他回家顺路交电话费，他想都没想就答应了……结婚五年了，他压根儿都不知道电话费跟哪儿交！而且，而且他根本就不可能回家！"

这一次，张小北真是把我跟高源坑得不轻。

"你是不是要去洗手间？赶紧去吧。"我还以为她真的要用厕所。

"我根本就没想去！"她轻蔑地看了我一眼，顿了两秒继续发问，"你说，他们干吗来了？"又看看高源，"你给勾搭来的？"

高源嘿嘿嘿嘿地笑着，也点了一支烟，"你是不是把问题想得太严重了？"

李穿冷冷地看着我，"听听，这是给他自己做铺垫呢！合着在你眼里头他找个女的搞婚外情，这都不叫事儿？我把问题想严重了？合着是我做错了？"

"我不是那（nèi）意思……"

我赶紧打圆场，"是，他不是那个意思……"

"那是哪个意思？文艺工作者是不是得有最起码的做人底线，张小北包二奶搁你们眼里都不算个事儿了？拜高踩低，我就活该被他们这么欺负？"

"你如果不能接受可以和他离婚呀！"高源这话一出口，空气登时凝固，李穹像被钉在原地面无表情。高源继续说，"是，你的婚姻受到法律保护，可是法律也只能保护你的财产，不能让你幸福……李穹我这个人说话直接，你可能接受不了……人不能活在过去，昔日龌龊不足夸，今朝放荡思无涯，男人就是这个样子……"

"你说的还是人话吗高源？这些都不是人话！"李穹突然平静下来，"自古都是劝和不劝分，你这叫什么，劝我离婚？张小北让你这么干的？我告诉你，我不离婚！我凭什么离婚，我就是不离！就算法律不能保证我的幸福，他也别想安生！"接着她转向我，"还有你，别以为你能从张小北那儿捞着什么好处，我劝你早点儿跟他们划清界限，那种不达目的誓不罢休的女人我太了解了，她既然能破坏我的家庭也能破坏你的，哪个男人能给她好处她都会义无反顾贴上去的，不信咱们等着瞧！"说完她抓起茶几上的钥匙包头也不回向外走去。

"李穹……"我追到电梯口，她停下看着我，脸颊有泪水滑落，"见过了新人笑也见着旧人哭，你心里什么滋味？"她抹掉眼泪吸了吸鼻子，"相信我的话，这女的不好惹，绝对就是那种苦大仇深为了达到目的不择手段的你信不信？你怎么还把她往家里招呼，好日子过够了疯了你！好自为之吧。"

我站在原地，望着关死的电梯门发呆，她送给我的背包还放在客厅里，精致到让我不敢去触碰。

# 11

为了帮张小北追李穹，当年我们简直把所有下三烂的手段都用上了。

那时候李穹有一个男朋友，是个律师。自从张小北在飞机上邂逅李穹之后，满脑子想的都是怎么样挖墙脚，而我则义无反顾地充当了他的狗头军师。

李穹是独生女，自从某次借着送李穹回家，顺道去拜访了李穹父母以后，张小北就成了她家的常客。李穹爸爸喜欢吃海鲜，大冬天的我们就四处找人从威海往北京运海鲜，李穹妈妈爱看电影，张小北利用他从事盗版光碟贩卖的优势成包地往李穹他们家送大片，当年李穹他们家的光碟足够开一个音像店的。即便如此，李穹仍然礼貌地和张小北保持着好朋友的距离。

当时张小北同学已经黔驴技穷，对我的战略非常迷信，我像个总司令似的一挥手，"给丫造舆论，铺天盖地的！"

于是我跟张小北在李穹的家人、朋友、同学、同事中间造谣说李穹芳心早已被张小北攻破，甚至李穹家门口卖早点的我们都宣传到了。张小北一天一封情书往李穹宿舍送，一个礼拜一箱大螃蟹往李穹家里塞！大冬天的给李穹家买白菜，明明李穹她妈已经在八楼把门打开都等了半天了，张小北愣站楼底下不动弹还扯着嗓子喊："阿姨您就跟屋里等着，我这就把白菜给您扛上去！"只要从李穹家楼门口走出一人来，不管认识不认识的，张小北都跟人搭句话。

两个月下来，基本上在外人眼里，张小北已经是李家半个女婿了，包括李穹她爸妈也对张小北表示了肯定。就剩李穹本人还死心塌地地跟那律师男朋友腻在一起，为了打散这对狗男女，我不得不亲自出马。

律师是个很帅的小伙子，张小北跟人家一比简直土得掉渣，为了让他和李穹提分手，我总是趁李穹飞航班的时候去咨询法律问题，要不然就是等他打赢了案件，生拉硬拽替他庆祝，然后装作不经意向他提起李穹早就和张小北好上了。罗马不是一天建成的，墙脚也不是一天就能撼动，我与小北分工明确，我每在律师心里种下一根刺，张小北就加强一点儿对李穹的攻势，下定决心要打一场持久战。不久之后，整个律所都在疯传我在追求那个律师，这事儿甚至还传进了我们报社。

某天我走到律所门口从楼里冲出一个人老远就叫我的名字，"初晓，你到这儿干吗来了？"此君是我们报社广告部的著名大嘴巴，他要知道一件事儿就等于单位全知道了，我不由得紧张。

"我来找梁律师有点儿事儿。"

谁知他当即大笑起来，"原来他们说的这人就是你呀！刚才我同学还问我呢，说咱们单位有一女的狠追梁律师，天天来……我想了半天都没想出是谁，合着就是你啊。"

"你可别瞎说！"我忙上前拉他走到偏僻处，"是她女朋友让我来考验考验他！"

一转脸儿这话就传到律师耳朵里，梁律师以丧失基本信任、人格受辱为由愤而向李穹提了分手。第二天，我就收到张小北的电话，说基本可以确定李穹失恋，她在宿舍哭了一个晚上，张小北都守在旁边。也就是从那次以后，李穹才开始认真地审视并且坚定地认为张小北的前途不可限量。

就这样，张小北硬是把李穹给追到手了。为了表示对我的感谢，张小北在东来顺摆了一桌，我俩吃了十盘涮羊肉，席间把我的罪状抖搂了一地，从撺掇他给李穹造舆论到最后亲自出马毁李穹的单纯形象。最后我不得不自掏腰包付了那天的账单。

# 12

　　我跟高源靠在床头，一人抱台笔记本在聊天。我们上 OICQ，他的网名是我给起的，叫"过来"，是妈妈曾经养的一只小京巴的名字；我的网名叫"英俊"，是高源养了多年的乌龟的名字，我们都把对方看作自己最心爱的宠物。

　　我俩没事经常一人一台笔记本靠在床头各聊各的，偶尔也一起到"联众"去打麻将或者玩"锄大地"，一起联网打游戏，玩江湖。高源玩什么都差我一截，连上聊天室泡妞也不是我的对手，他对此颇不以为然，声称如果我给他一个机会，他将把妞泡遍。这让我想起了古希腊物理学家阿基米德那句名言："给我一个支点，我可以撬起整个地球。"我才不在乎呢，那都是理论，实际上根本就没有支点，实际上我也绝对不可能给高源机会！所以我和地球一样，都是安全的。

　　我在网上看到高源一个同学，叫乔军，他总是笑话我土气，管我叫大姨，一见我上线就凑上来说，今天晚上哥哥带你吃饭去，别高源不在家就把你闷坏了。

我给高源发了一个消息：乔军说今天晚上带我去吃饭，你不在家，他怕我闷。

高源收到我的消息，抬起头看了我一眼，"别告诉他我回来了，去！"

我马上给乔军又发消息：我去。

乔军好像很高兴似的，回复道：你可知道天下没有免费午餐？

大部分人在遇到无端挑衅时总是下意识回避乃至退缩，殊不知这样的退让很容易被人视作软弱而使得挑衅骚扰的行为更进一步。刚刚参加工作时，在报社带我的师傅曾告诉我，不论发生什么事，进攻就是最好的防御，正如巴顿将军在战争中提出的指导思想，进攻，进攻，再进攻！

于是我向乔军发起进攻："如不嫌弃我愿意充当你现场情人，趁高源不在，还可进一步发展。"

"你这浑蛋怎么从来不按套路出牌，真他妈乱拳打死老师傅，晚上见。"

我和高源笑到前仰后合，眼泪都出来。

乔军原本是个自由导演，有一部电影在国际电影节获奖以后他成立了自己的公司，拍了几部颇有质量的文艺片以后改行做了宣发。上大学时他就住在高源的上铺，对外一直宣称两人是异父异母的亲兄弟。

跟形形色色熟悉或不熟悉的人吃饭，一直都是我生活中的重点。离开报社的铁饭碗，生产资料和生产力都只有自己，饭局成为不可或缺的资讯交换平台。也因为如此，我常常感觉到人上了饭桌就像演员化好了妆站到舞台上或者像战士冲锋陷阵，机会摆在那里，赢得自己的同时也剥夺了他人的。

我跟乔军约好了在二环边上的一家餐馆见面，那餐厅有姜母鸭吃，老板也是他们同班同学。大家一边把那里当作食堂填饱肚子抹嘴就走从不给钱，一边又总是照顾老友的生意，不论什么聚会，那里都是唯一的承办单位。

晚上六点天已经黑透了，因为之前的那场雪，地上还有些潮湿。我和高源穿着厚厚的羽绒服从楼里出来他就自然地拉住我的手。刚到胡同口便听到贾六的夏利车嘎啦嘎啦的喘息声，他摇下车玻璃热情地打着招呼，"高源，初晓，你们俩干吗去？"

透过车窗我看见奔奔和一个小伙子坐在后座上，男孩子的穿戴很有韩剧男主的气质，对我们一笑露出两排洁白的牙齿。忘了什么时候听贾六说过："丫奔奔净变着法儿地颠覆生活，最近刚找一小男朋友，你都猜不着是干吗的！大学生！你就说丫有多损吧！"我猜这男孩大概就是贾六说起过的大学生，奔奔的男朋友。

"哟，你们出去啊，"我跟他们打招呼，互相介绍了奔奔和高源，"我们去一个朋友那儿吃饭，介绍一下，这是我男朋友高源……这是奔奔，我的新朋友。"

"人家高源是一大导演。"贾六高声地对奔奔补充道。

高源登时腼腆起来，"你们好。"

"姐夫好。"奔奔摇下车窗向高源摆摆手，"哪天咱们也一起吃个饭吧？"

"好啊，就到我家里来吧。"高源客气得不行。

"说定了。"奔奔和高源的眼睛很像，弯弯的亮亮的，"对了姐姐，我要的东西带回来了吗？"

奔奔想要一套日本的传统服装，我请朋友帮忙买了一套刚带回北京，"已经买回来了，我还没去拿，等拿回来我告诉你。"

"行行行，过两天我过来拿，我们先走了，你们忙你们的。"奔奔把玻璃拉上，贾六又冲着我俩点点头，走了。

"那个奔奔模样长得好像李穹啊，"高源嘟囔了一句，"不是李穿的亲戚？"

"我怎么觉得你们俩挺像的……"

"胡说，怎么可能和我像，我看就像李穿。"

我们坐上了出租车，一路上我的心里一直在想着李穿的事，总觉得自己对不起她，愧对她那样全心全意的信赖。突然对张小北有了恨意，当梦寐以求的爱人和理想中的生活都变成现实，这个浑蛋居然弃如敝屣。这样想着不禁脱口而出，"你们这些男的一个比一个浑蛋，一个比一个王八蛋！"这没头没尾的一句话引来出租车司机诧异地回望，"怎么的，两口子打架啦？"

我便将李穿的事隐去了姓名说给司机听，他点支烟说，"一般来说女的比男的活得长，我老婆就说，凡是年轻时候对不起自己媳妇儿的男人，到老了动不了的时候都应该给一个嘴巴再喂一勺饭……"

高源看着我，"还能给口饭吃就不错了。"

我和司机一齐笑出来，"知足常乐。"他说。

我跟高源在"姜母鸭"门前下了车，里面灯火辉煌的，透露着繁华。快过春节的缘故吧，门外高悬起了红灯笼，所有服务小姐都穿着大红的旗袍，一见有客人光临，就像见到了远房的亲戚。

小赵是领班，个子不高，白里透红的皮肤加上一双水汪汪的大眼睛，见到人来总是露出纯真的笑容，我们都喜欢她。远远地看见我和高源从出租车上下来，她便抢先从店里跑出来，"源哥，初晓姐，你们来啦！"

高源一见她就开起玩笑来："赵儿，一会儿我要是喝多了你送我回家。"

小赵看看我，还是笑嘻嘻地对高源说："三天不打上房揭瓦，皮又痒了吗？"

高源索性撸起毛衣的袖子给小赵看："瞧见没有，都是她掐的，我没法跟她过了。"然后一把将小赵搂进怀里，"我不管啊，赵儿，一会儿散了，我就跟你走！"

小赵满脸通红，一把将高源推开，高源乐得上气不接下气。他们这些人老喜欢这样逗小赵，有时从外地回来不忘带些礼物给她，把她当作自己的小妹妹。小赵这样背井离乡出来打工的女孩不止一个，她们在北京无依无靠并不容易，小赵由于乐观的天性、善良的心地、勤勉的品德在一众出来打工的女孩当中脱颖而出，得到老板的信任和高源乔军他们这些人的喜爱。

"乔军来了吗？"我问她。

"来了，在楼上。"小赵很认真地回答。

高源又逗她："乔军有没有占你便宜啊，跟哥哥说，哥哥我教训他！"小赵骂了他一句"讨厌"就跑开了，脸红得像个苹果，我隐约感觉到她心里是有点儿喜欢乔军的。

我跟高源一起上了二楼，门开着，乔军像座山雕似的歪着身子坐在主宾位置上，我刚一探头，他就高喊："女人！"

高源从我身后探出头对着乔军吆喝："我就知道你丫的不干正经事，没事就勾搭良家妇女！"

"操，你什么时候回来的？怎么连个电话也不打！"乔军看见高源很意外，也很兴奋，"我没事儿带你媳妇出来吃饭还落不是了？快坐……"

我们仨人刚坐下还没来得及喝口茶，就见张小北和张萌萌也走了进来，这次邂逅让我和张小北都有些意外，甚至是尴尬，然而他还是若无其事地拉着张萌萌在乔军身边坐下了。我猜他已经到了婚外恋的半疯期，眼里只有张萌萌以及跟张萌萌有关的一切。

# 13

乔军有回跟高源在电话里念叨，说给高源的下部片子引见一个投资人，是他最近认识的一个特别特别够意思的哥们儿以及特别有实力的老板。直到这次在餐厅的见面我才知道，乔军以前向高源说起过的投资人就是张小北。那天张小北和乔军俩人玩命喝酒，张萌萌似乎与小北有着明确的分工，忙着恭维乔军以及给他布菜，我和高源则在一旁干巴巴地看着面前的觥筹交错，很为张小北鸣不平——明明在自己的圈子里也是翘楚一般的人物，何必为了挤进这个圈子而削尖了脑袋不顾姿势。

我从来没有像那天一样厌恶张小北，越发如坐针毡觉得对不起李穹。

送小北和张萌萌离开时，我心里有说不出的别扭，喝醉酒的乔军独自坐在包房不肯出门。我和高源不得不再次返回包房去照看乔军。乔军眼神迷离满脸通红，拉着高源什么话也不说，只是不住拍打高源的肩膀，大约实在有些扛不住他的拍打，高源拉住乔军的手腕回拍了他一下，"什么都别说了，哥们儿全懂！"乔军听了，却忽然像泄了气的皮球，瘫倒在高源的肩膀上。

"走吧，"我催促他俩，"餐厅都下班了。"

乔军却猛然抬起头，"能不能听我说两句？"他向我招手，"过来，初晓你过来。"

我倒了一杯热茶放到他跟前，随即在他另一边坐下，人人心中都有不为人知的痛苦，只有在最亲近的人前才肯卸下防备，酒后的乔军扒开血淋淋的伤口给我和高源看。

"我没喝多……"乔军看着我，"一点儿没多，初晓你可千万别觉得我喝多了……我呢，惭愧……我今儿干的不是人事儿……我他妈为了挣钱脸都不要了……"

这样没头没脑的话听得我直犯愣，起先的确是不知道张小北与我和高源的关系闹了乌龙，今天大家一见面得知都是一个战壕里的兄弟，他应该高兴才对，不知怎么就成了他嘴里干的不是人事儿，难道他和张萌萌有一腿？

我和高源对视一眼，等着乔军的下文。

"你们猜猜我和张总怎么认识的？"

"通过张萌萌？"我脱口而出。

乔军紧着摇头，"No，No，No，张总的老婆是我的初恋……"

我震惊，高源却一脸的云淡风轻，看来他一早就知道乔军和李穹的关系，却这么多年守口如瓶对我只字未提。我探寻地瞪着高源，他才轻轻点头叹了口气："他们俩高中同桌，从大学到毕业好了很多年，后来凭空杀出个小老板，就是张小北，他们俩才分了手。"

我登时明白，原来彼时的李穹并不只有梁律师一个男友，就在我成为张小北的狗头军师，挖空心思打散李穹和梁律师的同时，她还交往着青梅竹马的乔军。可见当年的李穹并不如我所见那般简单纯洁，与其说张小北费尽九牛二虎之力追到了李穹，倒不如说李穹选择了小北。相比较而言我仍觉得梁律师才是李穹理想中的人选，如果不是他主动提出分手，小北的爱情之路恐怕不会走得如此顺利，然而我想不通李穹对乔军该是怎样的感情，明知不会嫁给他，为何还要保持恋爱的关系？

时至今日我才深刻明白，就算朝夕相处的好朋友也有不为人知的那一面。

看着乔军痛苦的模样，高源对我说，"初晓，你给李穹打电话，叫她来一趟吧。"

我下意识说这样不好吧，我不愿让李穹尴尬。

"是疖子就早晚得出头儿，叫她来吧。"

接到我的电话李穹并不感到意外，没多久便赶到了。几天没见，她好像忘了那天在我家遭遇张小北的不愉快变得平和而礼貌，客气得使我坐立不安。我知道，我们之间的友谊结束了，客气代表着疏远。

"李穹你可真有两把刷子……"我感到压抑没话找话，李穹没言语，高源也没有任何表情地看了我一眼，叫我觉得脸上发烫。

乔军看见李穹真高兴啊，从地上爬起来要给李穹出去买八宝粥，上学的时候她最喜欢喝八宝粥，高源强拉硬拽他才没去成，坐在椅子上垂头丧气，一直重复喊着李穹的名字。李穹就坐在对面的椅子上，默默地点了一支烟，一言不发。

忽地，乔军就从椅子上站起来，大吼一声："李穹，就两句话，两句话告诉你！"然后吭一声又坐回去。高源赶紧茶水伺候着他，又过了一会儿，他又噌的蹿起来，再吼一声："两句话，两句话跟你说！"来来回回折腾了五六次，连一句话都没有说完整。

小赵从厨房端来蜂蜜水，高源扶着乔军我给端着让他慢慢喝下，李穹在一边看着，闷头抽烟。过了一会儿，她走过去，对待孩子似的把乔军搂在怀里："你看见了，初晓，这就是生活，你当编剧用不着整天胡编乱造，就把我们老百姓的故事写一写，多感人哪！"乔军把头埋在李穹怀里，眼泪鼻涕都抹到李穹毛衣上，我心里忽然就想起来那天从"1919"出来，李穹也是像他这样，抹了我一身的鼻涕。

"两句话，李穹，我就跟你说两句话！"乔军还在叨叨那两句话的事儿，跟唱歌似的，究竟两句话是什么他也不说。

我看看高源，他黑着个脸。脸上本来就没有肉，眉头一皱，整张脸跟一块几个月没洗的旧抹布似的，纵在一起。

"头一句，头一句话就是……"乔军终于换了一句，"李穹，你在吗？"

"我在，我一直在。"难得今天李穹情绪稳定。

"好，你在就好，我得这么跟你说，两句话，头一句，头一句就是……高源，我想吐！高源！"这刚要说到重点的地方，乔军忽然提高了嗓子大喊高源。一听说他要吐，高源和李穹一起架着他往洗手间冲，随后我就听到惊天动地的呕吐声。

过了一会儿，李穹独自走回到包房，黑着脸说，"酒！"

我忙不迭叫小赵重新端来几个小菜，开了瓶红酒。

"少喝点儿，这些日子你都瘦了。"我怯怯说了一句，心里酸酸的。

她仰头吞下大半杯酒，抹着嘴角问我说，"你说我离吗？张小北都说了，要是我同意离，家里的东西他什么也不要，家里的存款他说我要愿意给他就给他点儿，不愿意给他也都是我的，公司股份也分给我，他说我跟他这些年也不容易……"李穹说着说着就哭了，"我想着，要不就离了吧……我们俩的事儿你最清楚，我就一个人儿，要那么多钱干吗，有点儿够用就得了，该怎么分就怎么分……"

我的眼泪掉下来，"绝对不行，我不同意……"我随便抓了一张餐巾纸擦眼泪，"他出轨他是过错方，你什么都没做错……凭什么让着他，就该让他净身出户！"

李穹深吸了一口气，"告诉你一个秘密……我小的时候住在乡下奶奶家里，隔壁邻居家里有个新娶回家的小媳妇，每天我就跟在她屁股后面玩儿。她老公是村子里的电工，每天出去干活，她就每天一个人在家里，什么活儿也不用干，给我梳小辫儿，用鲜花儿包在指甲盖儿上染指甲，会做各种各样好吃的东西，我问她为什么别的女人都去干农活她从来不用干，她就告诉我，嫁汉嫁汉穿衣吃饭，女人有了老公干吗还要靠自己，让他去干活，自己只管享受……我很后悔相信她的话初晓……我就不该离开乘务队……现在好了，回过头想上岸，身后已经没有路了。"她哭到不能自已，妆都花了。

我是一个编剧，尽管我当年参与了李穹这些故事的幕后策划活动，可是你让我生编，我编不出她的故事，每个人都拿着命运写好的剧本出场，就像我同样写不出张小北的现在。

"我们家张小北现在恨不得比市长都牛，你得找个机会写写我们俩的故事，多经典呀！叫高源拍，我给你们出钱！"咕咚又是一杯下去，"酒是穿肠的毒药，钱是惹祸的根苗！你说是不是？"

"对不起李穿，什么都帮不上你。"她并不知道我的一句对不起当中包含着什么，如果她此刻的痛苦是百分之百，那其中有我带来的百分之五十，甚至更多。如果男人对女人的背叛还能找到诸如诱惑太多这样的借口，朋友间的背叛只能归结为卑劣，在李穿绝望的哭声里，我千万次责备自己并且悔不当初，假使有机会重新回到那个张小北晕倒在地的天桥底下，我绝不会去扶他，相反，我要踩着他倒下的身体头也不回经过……不，还要再踏上一万只脚，让他永世不得翻身。

高源扶着乔军又回来了，乔军的脸型跟高源有点儿像，都那么瘦长，本来皮肤就有点儿偏黄，刚才这么一闹腾简直像个蜡人。吐过了，乔军好像清醒了不少，一看见李穿还在喝，二话没说，端起我跟前的酒杯就要跟李穿干杯，高源把他拦下了。

"你上一边儿去！"乔军气急败坏地把高源从椅子上推到地上，高源的额头撞在桌子的一角，破了皮。

"干吗呀你乔军！疯了是不是？"我这人矫情，就许我自己把高源掐得跟大花萝卜似的，见不得别人让他受伤。

"这儿没你事，滚蛋！"高源突然对我发火儿，"上一边儿去！"

见我站在原地不肯动，高源重重拍了桌子，我仍不为所动，固执地和他对视，过了足足两分钟，我俩憋不住一齐笑出来。我恨恨剜他一眼，默默走出了包房。

# 14

我越来越喜欢写故事，越来越喜欢看电视剧和电影。我写的故事里总能有自己的痕迹，也总能在各种各样的电影电视剧里发现自己的影子。高源总说我没什么大出息，是的，我承认自己真的不是一个好的作者，只想如实记录下生活的一隅。

那天把乔军送回家之后，李穹开车带着我和高源在四环路上不停地转圈儿，这条刚刚竣工不久的城市快速路，最高设计时速 100 公里，没有红绿灯，绕城一周只需要四十分钟，她就这样一圈儿一圈儿开下去，没有起点也没有终点，车里的电台一首接一首播放着老旧的英文歌，Carpenters 到 Eagles 依次出场，让我有种坐进时光列车的错觉。那一天我史无前例地晕车了，感到胃里乌七八糟的东西向上翻涌，李穹把车停在紧急停车带，我拉开车门冲出去吐出许多污秽，场面颇为壮观。

李穸靠在车边抽烟，脖颈的丝巾迎风飞扬，"看看，吐出来的都是思想。"这一句话深深刺痛了我的心。

深冬的北京，临近年关。午夜，空气里弥漫着潮湿，酝酿着一场风雪。

再回到车里，没有人再说话。李穸把车开得很平稳，一直开到我家楼梯口，我浑浑噩噩地被高源从车里拽出来，李穸很平静地跟高源说了句"回去给她弄点儿开水，好好睡一觉"，就走了，连个再见也没有说。

我病了，一连几天发高烧，窝在床上蒙头睡了好几天。高源把我照顾得很好，有一天半夜里我烧得浑身发抖，高源一会儿找药一会儿倒水忙得团团转，好容易好了一点儿了。他在我旁边坐下来，手搭在我的额头上，来回摩挲了两下，用许愿的口气说道："等你好了，我们一起回爸妈家过年。"

他说的爸妈指的是他父母。早两年，一到春节我们就分开几天，他回他家，我回我家，他从来没有提出让我跟他一起回他家过年，也从来不肯跟我回我家过年，从这一点来看我甚至觉得他是不准备娶我的。不知道为什么，我老觉得春节能在一起过才像一家人，并且对此心存执念，吵过许多次架。今年春节，我仍是准备跟我爸妈一起过的，我想带他们去海南过春节，机票也订好了。

我跟高源说："你什么时候去趟普尔斯马特，把那仨椅子带回来，说话就该过节了。"

我俩在普尔斯马特看见一种新型的按摩椅，价格不菲，可是全身都能按摩得到，我们决定给两边家里的老人各送一台，另外一台高源说要送给我做新年的礼物。长年写稿，我的腰椎颈椎都有毛病，高源说用按摩椅好过贴膏药，他实在受不了那股膏药的味道。尽管买给我的礼物当中有他为着自己打算的成分，我仍然毫不在意，坚信这是他对我爱与体贴的表现。伟大的存在主义心理学大师欧文·亚隆曾经说，永远没有人做任何事情是完全为了他人。所有的行动都是以自我为中心的，所有的服务都是利己的，所有的爱都是自私的。

"乔军说下午过来，回头他开车我俩一块儿去。"他正在擦窗户，忽然就跑到厨房的橱柜里把从宁夏掠夺来的两瓶药酒抱进来，"这个送给你爸行吗？"刚拿回来的时候他当成宝贝，说比路易十三还贵，我一时有些摸不清他的路数。

"我发现你现在懂事了啊。"我趴在床上，被子盖得严严实实，露个脑袋在外面，脖子伸得老长，表扬着高源。

他白了我一眼："瞧你脖子伸的，怎么跟英俊似的。"英俊就是他养的那只乌龟，他这么说，我觉得很幸福。

有人敲门，高源把张小北放进来了。

我听见他俩在厅里寒暄了两句，张小北就跟着进了卧室。他穿一套米色的西装，直奔我床前。"怎么着初晓，大过年的生病啦？"

我又巴着脖子向后看，没看见张萌萌："就你一人儿？小妍呢？"我看见他莫名想发火儿。

高源给他倒了杯水，张小北点了支烟，抽了两口，从他的小皮包里掏出两个信封，我心想真没新意，年年都是这一出。

"老样子，压岁钱。"他把其中的一个信封放在床头柜上，那里面装着一万块钱，忘了从什么时候开始，每年他都给我压岁钱。又拿着另外一个信封对我说，"这里是购物卡，北京的各大商场都流通。"

"有钱人跟我们穷人联络感情的方式就是不一样，不是现金就是代金券，我们总是拎个点心匣子。"我揶揄他。我有时候想，这十分具有象征意义，它预示着我们之间的情感就像人民币一样坚挺。

张小北不乐意了，"嫌俗气你可以不要啊，你说不要我立马装起来。"

我当即把信封划拉到枕头下，"我只是看不惯你，并不是跟钱有仇！"

每年这个时候张小北都会像这样来我家里走一趟，早几年我没什么钱，当个跑腿的小记者，一个月就那么点儿可怜的工资，偶尔能收俩小红包也不顶事儿，过年过节顶多我们单位发点儿烂苹果、咸带鱼什么的。张小北那时候也来，送几箱新鲜水果，信封里塞的几千块钱快赶上我半年工资了，我打从心眼儿里感激小北惦记着我们劳动人民的疾苦。这两年张小北的事业大发展，过年给我的红包越来越厚，而我已经不是那么缺钱了。有时我憎恶自己在小北面前没有能表达出我内心对他感激的十分之一，每当我想对他说些掏心掏肺的话，看到他脸上不经意流露出来的满足和惬意，就变得更加理直气壮，以至于张小北说他从我身上看到对"穷横"一词最好的诠释。我总希望小北同志可以在精神生活方面更加丰富，表达情感的方式再饱满一些，他却让我永远记住，无论何种情况之下内容永远比形式重要。

吃人嘴短拿人手短，收了张小北的红包，我的气焰立即矮了三分，"春节你不打算去看看李穹的父母？"

"去过了，"小北显得很伤感，"留了些钱给她父母，她爸爸这两年身体不好，我说等过了年给老两口办本儿护照到新马泰去转悠转悠。"

"李穹她爸最喜欢吃海鲜，你还记得吗？"

他叹息一声，"怎么能忘啊，那会儿他们家连电梯都没有，都是我一箱子一箱子往楼上搬，八楼啊……要搁到现在，他闺女就是仙女儿我也搬不上去！"所有的心心念念最后都成为不过如此。

"怎么着？真准备离？"

张小北叹息一声，重重点了点头。一旁擦玻璃的高源紧着对我挤眼示意不要再说下去，我只觉得胸口憋闷，不吐不快。

"小北，人都说女人是因为心太软而结婚，男人是因为很受伤而离婚，跟你们家怎么全不是那么回事啊？你的心里面有没有一点点的惭愧？"

"初晓，你帮我看看这块玻璃干净了没有？"高源打断了我的话。

我看了一眼："人心要是像块儿玻璃就好了，拿块儿抹布就能把过去的痕迹都抹掉，咱当初怎么处心积虑追人家来着？都忘了吧？人心呀，要像玻璃这么容易清理就好了。"

高源听了很气恼地把抹布摔到了窗台上。"你到底有病没病啊？"高源急了，他脾气还真不小呢，一跟我急五官就纵到一起，"大过年的你怎么哪壶不开提哪壶，愿意聊你就聊两句，不愿意聊你别说话，你别这么戳人肺管子成不成？"

"就许他干那些没脸没皮的事儿不许我们谴责？真是时代变了人心不古……"我有些想不明白，像高源这样心怀高远、理想崇高的小伙子，面对张小北这样喜新厌旧不讲情分的资本家甚至怀有一丝同情，"高源你这么替他鸣不平是不是真的想给自个儿做铺垫呢？"

"我看你这发烧不搭理你就完了,你怎么还来劲啊,你逞什么强啊?"高源的愤怒明显升级。

"她就这德行,臊着她就完了!"张小北说我。

"她浑着呢!"高源也总结了一句,连个退场的表示也没有,扔下擦到一半的玻璃,一个人跑到客厅看电视去了,搞得我很被动。

"得,你这大破坏分子一来,我们家的安定团结也打破了!"我白了张小北一眼,给我自己找了一个台阶下,"快帮我哄哄!"

"高源要不让你给折腾出精神病来,我管你叫大爷!"

"哼,李芎要不让你折腾出精神病来,我管你叫大爷!"

"你来什么劲呀?怎么还没完没了啊?"张小北的愤怒也爆发了,急赤白脸的。"我他妈真想抽你一大嘴巴!哪壶不开你提哪壶!"张小北拿起小皮包往外走。

"哎,等等,等等。"我一喊,张小北就停在门口,"递给我张纸,擦鼻涕。"

张小北气得不行,噌噌两步走到阳台边捡起地上高源擦玻璃的那块抹布直接糊在我的脸上,然后拉着高源头也不回出了家门,我悲愤交加却又无可奈何。

# 15

乔军来的时候高源已经坐张小北的车出去跑着玩了，我正拖着病体擦着玻璃。

"高源呢？"进门就问。他穿件高领黑毛衣，灯心绒的裤子，打扮得就像《廊桥遗梦》中出场的伊斯特伍德。

"高源出去玩了，不惜以打破安定团结为代价逃避劳动。"我站在阳台上擦玻璃，风一吹浑身轻飘飘的感觉，咳嗽了两声，"你先客厅坐一会儿，我这儿还剩一角儿就擦完了。"

"好歹擦擦行了，弄得跟真事似的，将来你们要结婚也不能住这儿啊。"他一边说一边往客厅走。

我也觉得这房子做婚房差点儿意思，我倒能凑合，就是觉得高源住这套两居室多少有点委屈，准备好好写几个本子，赚点儿钱再换个房子。我早就看透了，真要跟高源结婚，挣钱的事儿肯定得落在我肩膀上，他对物质欲望不高。

我好歹又擦了擦，把报纸抹布往阳台一扔，到客厅找乔军聊天了，我还想听他给我讲他跟李穿的情史呢！大概是因为职业关系，我对别人的过去充满好奇，因为那是我创作的源泉。

乔军跟高源一个毛病，除非出席正式场合，否则不穿袜子。大冬天也不穿，也不穿拖鞋，光着脚丫子在客厅走来走去。

他见我出来，问我："高源上哪儿去了？说好了我们一块儿出去的。"

"跟张小北走了，没说上哪儿，保不齐离家出走了。"我给乔军从冰箱里拿了罐啤酒。

"吵架啦？你怎么老欺负我们高源哪！"他戏谑地瞄着我。

"别逗了你！"我白了他一眼，"欺负他？我疼他还来不及呢！"

乔军就嘿嘿地笑着："你别说，初晓，女人里头最狠的就是你这种，别的女人给男人拴根绳子，叫人看了特别扭，你呢，你给高源拴根松紧带儿，乍一看挺宽松……"

我赶紧接过话茬："仔细一看还真是宽松。"

"屁！"他白了我一眼，"你真敢把高源勒死的！"

我听他这么一说自己都吓了一跳，我哪会那么狠啊？原来朋友们的眼中我竟是这样的形象，且深入人心？由此我推断高源在乔军面前没说我什么好话，否则乔军怎么会对我有这样深刻的认识。

"能不能给我讲讲你和李穹？"

"我们俩就高中同学……就同桌的你那点儿事儿呗，有什么好说的。"他竟然忸怩得红了脸。

我挺愿意听乔军讲故事，他叙述一件事儿的时候跟别人不太一样，特别投入，时常动情，经常一件小事儿说到一半先把自己感动，红了眼圈儿。

说起和李穹的过往，乔军生生给我念叨了好几个钟头，都是他记忆中难以磨灭的经典回顾。比如他跟李穹在学校大门口的梧桐树上刻下两颗心，在心的旁边刻下彼此的名字；比如俩人骑着自行车去八一湖游泳，去北海溜冰；比如夏天里李穹穿着的碎花长裙子被风吹起，他从飞扬的裙角偷窥到李穹乍泻的那些春光，直到今天乔军说起这些仍然充满少年般的惶恐与悸动。乔军在这纸醉金迷的娱乐圈子里兜兜转转十来年，依然保持少年纯真的一颗心，这使我大受震撼。

"你什么时候认识的张小北啊？"

"前年了吧，在一哥们儿的娱乐城开业典礼上，张小北人不错。"乔军点着头，"吃饭的时候，我们俩挨着……"他看着我不好意思地笑起来，"临走的时候他说老婆来接他，我送他出门，才知道李穹是他老婆……本来心里还挺难受的，后来想想，人家比我强多了，认命吧。"他的表情就像输光了的赌徒，万念俱灰。

我越发搞不懂男人这种生物了，眼见自己心中的白月光竟成了张小北的下堂妻，在看到张小北和张萌萌在一起的那一刻不知乔军心中作何感想。

"所以你心里会恨小北吧？"

乔军摇头，"我跟李穹说了，她的男人猪油蒙了心瞎了狗眼……我会一直在原地等她。"

一直没看出来乔军竟这样会说话，不由对他刮目相看了。

张小北找了女朋友这件事儿对我的刺激很大，即使当年那样不择手段将李穹追到手，时过境迁也会索然无味，我不免担忧高源有一天也会变心，总想给我们的爱情加一道保险。结婚，我必须跟他结婚，然后打死也不离！只有这一条路了。

乔军给高源打了一个电话，他说一个人在双安商场穷逛，叫乔军去找他。我接过电话问高源晚上回不回家吃饭，他说没准儿，让我饿了自己先吃。我又嘱咐他回来别忘了把那仨椅子买回来，他竟急了，"我这会儿在双安呢，上哪儿给你买去？明天再说！"我耐着性子再劝他一会儿就去买，说万一咱明天要回去看老人呢，早买了早踏实。谁知他一下炸了，"你着的什么急，着的什么急我就问你！又不是家里等米下锅现在就得买，就一破按摩椅你干吗非得让我现在就给你搬回去？显着你会使唤人是吧……"

不等他说完我便挂了电话，怕自己绷不住跟他吵嚷起来。

"怎么了，还真吵架了？瞧你嘴噘的，够拴一群驴了。"乔军跟我贫，"平常老欺负我们高源，偶尔也该灭灭你的气焰了，不然哥们儿以后出门怎么行走江湖！"他笑得特坏。

"别逗了你，没瞧见高源把我训得三孙子似的。"我没事人似的跟乔军说，顺手把他喝空的啤酒罐扔到垃圾桶里，"我这种怂人也就小打小闹还成，高源一急我就废了。"

"这就是爱，说也说不清楚。走了，晚上他不回来吃了，我找他玩去，把心放肚子里，吃饱喝足我把人给你送回来。"

# 16

以前高源老爱说一句话："时光如水，哗啦啦又是一年；岁月如歌，稀哩哩唱不成调。"晚上没事儿我一个人躺床上回忆着我们这几年在一起的日子。

从前我总是有意无意教导高源遵循错位的情感关系，所谓错位的情感关系是我在长期的同居生活摸爬滚打中总结出来的相处经验：对待女朋友和情人要用老夫老妻的模式相处，你中有我我中有你的关系才会给人带来安全感，而对待老婆则必须要像与情人相处，情话和情调都必不可少，这样才不会让女人淹没在真正繁杂琐碎的婚姻生活，感到绝望乃至所托非人。想到在不远的将来，我将要嫁给高源，享受像情人的待遇便忍不住激动起来，这一激动，体温一下就上去了，烧得我口干舌燥。我爬起来自己翻出一个冰袋敷在头上，并不管用，依稀看到楼下有汽车的灯光亮起，起身到阳台去查看是不是高源，打开了一扇窗，冷风呼地灌进来，周身登时颤抖起来，眼看着楼下的汽车又开走了，并没有半点儿高源的影子。

　　靠在床头上缓了一阵儿，我给高源打电话。他和乔军正在一个朋友家里打麻将，电话里和我说他的钱都输光了，让我现在打车去给他送赌资。我告诉他我发烧了，让他尽早赶回家。"我们一帮老同学好容易聚一聚……我今儿可能挺晚的。"他压低了声音，算是向我通报了他那里的情况，没容我说话，电话被一个喝了酒的人抢走，"你谁呀？他今儿不走了，晚上就跟这儿了。"声音听起来并不熟悉，想必的确是很久不见的哥们儿。我说麻烦你把电话还给高源我还有话和他说，本想叮嘱几句叫他别喝太多酒抽太多的烟，不想对方登时在电话里向我发了火儿，"你就是那什么萌萌吧？我警告你一句啊，差不多就得了，高源马上要结婚的人了，你老这么缠着人家有劲吗？跟你好过一回又怎么了，上过床的多了，还能娶了你是怎么着，我告诉你，听人劝吃饱饭，你要再这么不识好歹，高源拿你没辙，我们这帮哥们儿可也不是吃素的，圈子就这么大，你自个儿看着办！"

　　我只觉得脊背发凉，天旋地转。

　　此刻听筒里传来乔军的声音，"那个……初晓你别听这孙子胡说八道，丫不是喝高了就是抽多了……"

　　"他是谁呀？"

　　"我班班长，宿舍老大，你没见过，一直在他们老家开培训学校呢，这不来北京办事儿我们几个同学一起聚聚……你可千万别听他胡说八道，这孙子绝对喝高了……高源一直在里屋打牌呢，我们俩一直在一块儿呢！"

"没事儿，我就是问问高源怎么样了，没事儿，你们玩吧，你也少喝点儿，还开车呢。"我装得像个没事人，打起了十二分的精神跟乔军讲话。

"哦，没事儿没事儿，放心行了。"

"好，那你们玩你们的，我睡了。"

"好，好，再见，再见。"

不知什么原因，乔军的电话没有挂断，大概他在慌乱中按错了按键，于是我得以偷听到一些后续。只听乔军数落他们班长，"不是我说你老大，这么些年了你怎么一点儿长进没有啊，嘴跟破瓢一样，逮着什么都往外漏！高源的小命儿差点了结在你手里知道不知道？那初晓要知道这事儿她敢背个炸药包跟咱们同归于尽！"

我心说我疯了跟你们这些社会的边角料同归于尽。

接着是老大替自己辩白，"我哪知道这初晓这么大杀伤力，再说这事儿也不丢人，她知道又能怎么着，连点儿承受力都没有她干吗找高源呀！不行就废了她，打入冷宫，漂亮姑娘有的是！"

我伸长了耳朵听，想听高源说句话。无奈，太嘈杂，我没听清楚，但从那些欢呼声中能明白一个大概。

我不得不放下电话，因为一低头猛然发现自己流鼻血了，而且已经流了很多，偷听他们说话太投入了，居然没发现。放下电话，赶紧爬起来，找了点儿棉花堵住鼻孔，穿上厚厚的大衣，把自己捂得严严实实准备出去看看大夫。

眼泪这个东西很奇怪，难过了会流出来，眼睛里进了沙子会流出来，居然发个烧也会流得这么厉害。听说人体有许多自我保护功能，好像也没听说过人的身体发烧会自动流眼泪降温的。

我东倒西歪地走到胡同口，准备拦辆出租车去医院，高源有一回半夜肾结石发作我带他去过。刚往那儿一站，我一眼看见贾六，喊他："六哥！"贾六一抬头看见我，开着车就过来了。我拉开前门把自己塞进去，贾六立刻惊叫来，"哟，怎么了妹子！是不是病了？什么脸色啊！"他眼睛里满是特真诚特真诚的关心，我低着头把眼泪憋回去了。

"六哥，带我去趟医院，发烧。"

"哎哟你吓死我了妹子，你可吓死我了，怎么不早说啊，高源呢？"他一边说一边让他那车蹿了出去。

"高源出去了。"我感觉胸口有些发闷，深吸了一口气，好像从此睡过去了。等我醒来的时候正听见贾六跟大夫表决心呢："大夫，大夫，您先救人，先救人，瞧见没有，外边是我的车，钥匙我给您搁这儿，我这就回去拿钱。"我张开眼睛，看见贾六焦急的脸，没顾得上感动，就感觉头晕。

"哎哟妹子，你可醒了，你吓死哥哥我了，你真把我给吓死了。"好像我死了一回又活过来似的，贾六非常激动。

"没事儿，六哥，我没事儿，我就有点儿发烧，一会儿就好了。"

"大夫，这是一作家，真的我不蒙您，我妹子，作家，您先安排治疗，住院吧，直接就住院吧，我这就回去拿钱。"

"你受累了，六哥。"我鼻子一酸，眼泪又差点儿下来。我对大夫说："你们这儿急诊的刘主任是我邻居，住我楼上，你可以给她打个电话。"值班大夫出去打了一通电话，回来才肯安排我进病房并让贾六回去拿钱交押金。

从我住到病房里就开始睡觉，恨不得把一年欠缺的那些觉都补回来，睡得真踏实。张开眼睛看见高源在我床边坐着呢，正看一本杂志。

"你吓死我了，初晓。"这是我睡醒之后高源说的第一句话，没带什么感情，语气特平常，但随着他说话，眼泪大滴大滴地滑落下来，"好点儿没有？"

"辛苦你了。"这是我说的第一句话，说完这句话我马上后悔了，感觉我们的距离一下子就拉开了，"放心，不是绝症。"我对着他笑了一下，问他陪床的感觉，高源一脸的苦大仇深。

"笑一个，跟我笑一个！"我逗高源。高源却突然抓过我的手，放在他脸上来回摩挲着，眼泪流到我的手心里，凉的，舒服。

那一瞬间我下了一个决心，忘记那个晚上我在电话里偷听到的那些关于高源的秘密，统统忘记。

有些事情本来已经发生了，就让它发生过也就算了，不然能怎么样呢？日子总要一天一天过下去。我知道对于男人们来说，他们总有一个共同的弱点，他们都喜欢在众人面前吹嘘自己的女人在自己眼中是如何的微不足道，其实那些不经意的流露才是真实，真实的在乎。

"高源，我做了一个梦。"在我决定原谅高源之后，我又决定给他一点儿暗示，"我梦见我自己特宽容，你和另外一个女人在床上，被我抓了现行，你特害怕，怕我跟你没完，我赶紧安慰你，说高源你别怕，我就是怕你让别人给骗了，怕你挨欺负过来看看……你看，我在自己梦里终于扮演了一回你希望我扮演的角色。"高源仍然像刚才一样特激动地看着我，可是我看得出来他的局促，两个人如果相处太久其实很没有意思，如同这一刻我只凭借直觉便洞悉了他和张萌萌之间发生过的一切。

人生在世，难得糊涂。

# 17

从医院出来的那天晚上，跟家看电视，我居然在电视里看见了张小北和李穹两口子。是北京台的一个栏目，在年底为张小北做了一个专访，主题居然是关于企业家幸福的家庭生活。张小北与李穹在镜头面前表现得恩爱有加，互相吹捧。张小北说感谢李穹在背后默默支持他的工作，感谢李穹对他早出晚归表现出的大度和理解。李穹则感谢张小北自始至终给她那么多的爱，在家庭里尽职尽责地扮演着一个丈夫的角色。俩人在镜头前尽情地表演，简直像真的一样，使我大受震撼。节目中间的一段公益广告里我还看见了那天跟高源他们一起玩牌的一个女孩儿，我与她见过几次。这个被人包养起来、三天两头抽一次大麻的女演员居然担当起了一个儿童乐园的形象大使，在镜头前呼吁人们追求健康的生活，放弃吸烟，走向自然。很久不看电视了，一打开电视，吃惊不小，镜头前的这些演员真的是我所熟知的人吗？我感到很疑惑。世界怎么了？

后来想想也没什么，我不也是吗，在人前扮演一个好的自己，背地里做真实的我。

我问高源，为什么那么多人到了电视上就变得那么完美了，私底下那么龌龊又是为什么。其实我是个编剧我怎么能不明白这其中的缘由？只是想听高源的看法，他是我的生活战友，也是我一辈子的搭档，借由闲聊天可以更真切了解他的思想动态。高源也很坦率，"还不都是钱闹的。"他说。

他这么一说我忽然想起来，曾经有一个久不联系的朋友非要请我吃饭，她以前跟我一起跑娱乐新闻，混得特别不如意，结婚又离婚，自己带着一个六岁的女儿过生活。消失了几年之后杀回了祖国的演艺圈，居然打着港台著名演员的旗号，还是走的青春路线。那次见面她丝毫没有提到自己现在的身份，只是不断追忆着我们往日并肩战斗的情谊，临别的时候她对我深深鞠了一躬，轻声说了一句，"请多关照。"那一刻我的眼泪夺眶而出，紧紧拥抱了她，"多保重。"江湖儿女就此别过，那个拥抱是我对她的承诺。

眼看就要过年了，我跟高源着实忙了两天，看望亲戚朋友，这一年的人情债都了还。

腊月二十六，我们商量过年的事。我爸他老人家最近红运当头，刚结束了他腐朽的规划局小官僚生涯，领了单位一套三居室的大房子，彻底退居到权力第二线，年底在双安商场一个什么柜台购物又中了大奖——香港七日游。他特抱歉地给我打一电话，说："对不起，香港旅游只能带一个家属，想来想去，以我跟你妈三十多年的生活感情比跟你瓷实，这趟旅游我们就不准备带你玩了，自己找地方过年去吧。"

我一听他说不带我玩，正中我的下怀，但还是假装很失望地跟他虚乎了两句，我说你们不带我去香港玩，我半点儿意见也没有，只要你们玩得高兴那就是我最大的幸福，订好的机票和酒店也甭操心，退了就是。要说还是我爸了解我，说到这儿，老初同志立刻把话接过来："你说吧，你有什么要求尽管提。"

"既然都说到这儿了，饶着您是我亲爸爸我也不能太手软了，"我笑出声儿来，"您原来单位给您配的那辆车不是说好了您退下来之后掏点儿钱就能买下来吗？"

老头儿立刻反应过来，拒绝道："那可不行，话是那么说，那不等于占国家便宜嘛，再说我也不会开车。"

"我会开呀，您就帮我这个忙，想想啊，我可没求过您什么事，再说我给钱呀！"

占国家便宜是我爸他们单位的老传统，他的前任领导们退休之后都是象征性地花那么三四万块钱从单位弄辆半新的轿车。再说他勤勤恳恳了大半辈子为党为人民，临了为自己这么一回也不过分，确切地说是为他女儿，也就是我本人。

做了半天思想工作，老初同志总算同意帮这个忙。放下电话我洋洋得意地看着高源说，咱这就算有车了。高源直勾勾盯着我看了好一会儿，最后终于由衷地感叹道："你真是禽兽，连你亲爸你都不放过。"沉浸在即将跨入有车一族的喜悦当中，我没搭理高源，自己偷着乐了好一会儿。没什么大不了的，我向来是宰我爸没商量，谁让他是我爸呢，再说，这也是我们家一传统。我记得我上大学那时候，同宿舍有个女孩儿家境相当优越，有一回我们俩一起回家过礼拜天，路过燕莎她充满希望地说一句："明天我要来燕莎购物，血洗燕莎！"然后问我，"你呢？"我想了想，"我？我回家，血洗我爸。"

"老头儿老太太明天下午的飞机去香港，送不送？"我问高源。

"呃，"他正坐在地上看《海明威全集》，听我问他，抬起头想了想，"送！"

听他这么说，我感到很高兴，高源这小子一向是有点儿犯怵面对我父母的，我劝过他多少回了："丑媳妇总要见公婆的，傻女婿也迟早要曝光的，我都不怕把你带回去丢人，你怕什么呀？"他除了用同情的目光表示我在他眼中是个病人之外，基本不做什么特别的回应，反正我也习惯了。

第二天早上起来，我先给我们家打一电话，定好了中午跟高源回家去吃饭，我知道我妈又得弄一大桌子菜，都是高源爱吃的，他们打心里特重视高源。

高源也挺正式，差点儿就要把去年年初参加一个新电影开机发布会的西装穿出来，把我气坏了，一共就那一套一万多块钱的好衣服还老想穿出来显摆，有本事你吃饭别往裤子上掉啊。高源一吃饭前胸和裤子上肯定掉不少菜汤，洗都洗不掉，要不是他躲得快我的拳头又捶他身上了。

"初晓同志，我警告你，如果你再对革命同志动手动脚，我决定起义了。"高源闪过我的一巴掌，把那套西装放回去，接过我扔给他的牛仔裤和套头衫。

我乜斜他一眼："就你还起义？我告儿你说吧，你生是我的人，死是我的死人，要想从我这儿分裂出去，反正这辈子是没戏了。"

他颇不服："我要不看着你都成老帮菜，再也捞不着我这样的优秀青年了，我早走了我！"他换裤子，两条腿特细，高源看着比我还苗条，身材好，他老损我，说我的身材是"空前绝后"。

"你别跟我叫板，我挥挥手兄弟们就站咱家门口等着灭你。"

"得了吧你，你什么兄弟们呀？你也就一个贾六兄弟。"他对着镜子照来照去，"哎，初晓，说实话，贾六是不是喜欢你呀？"

"别逗了你，"我也套上一个红色的套头衫，我妈老教导说过年要穿红衣服，喜庆。"人家贾六糟蹋过的女孩儿可比你见过的都多，能看上我？"

高源咂了咂嘴："难说。那天楼上刘大姐跟我说了你在他们那儿住院呢，我心急火燎赶到那儿一看，你那贾六兄弟愁眉苦脸地守着你，正拿毛巾给你擦脚呢。"说到这儿摇摇头，又咂了咂嘴，"你说他知不知道你有脚气？"

"真的啊？"我听了倒挺惊讶，原以为贾六也就是为了我能常常坐他的黑车才对我表示那么热情来着，"说实话，贾六也是个有情有义的人，骨子里真真就是个好人，也就是吃了没文化的亏。"嘴上这么说，一股暖流涌遍了全身。

"哟，哟，哟，来劲了你还？你现在可真是饥不择食了啊，把我糟蹋成这模样倒罢了，你连胡同青年都不放过。"

我一拳头打过去，到底他这回没躲过。

"走，回家！"我们扛着带给我父母的礼物出门了，"别告诉我妈我住院的事儿啊。"

# 18

自从高源回到北京我就没怎么回过家，连电话打得都少。一晃好几个月没看见家长了，我妈一看见我就特激动地在我后背拍了一巴掌，由此更加可以确认我爱打人的毛病是遗传了她老人家。

放下手里的东西，我直奔厨房好好表现去了，高源被我家老头儿拉着在客厅坦率人生，尽管大部分时候他都是一副不苟言笑的模样，我们回来的时候却总是笑呵呵地拉着高源聊个没完。

"东西都收拾好了？"我一边择菜一边问我妈，"别忘了多给我爸带点儿药。"

"都带了。你邓阿姨前天去世了。"我说我妈有点儿忧愁挂在脸上呢，邓阿姨五十多岁，是我妈她们单位托儿所的所长，小时候还看过我，人特别好，主要跟我妈关系好。前几年她老公携带小蜜和巨款外逃，邓阿姨一下子就病了，脑血管破裂，整个人变得又呆又傻，夏天的时候我跟我妈去医院看过她，居然还能认得我。

"现在怎么这么脆弱呀，邓阿姨都那样了，真是活受罪，走了兴许还解脱了。"

"我就是说啊，要不是那姓宋的没了良心，你邓阿姨怎么会这个下场？要说呢，这找对象是一辈子的事。"

"哎，妈，咱家酱油放哪儿了？"我得赶紧把话给岔开，听我妈谈起婚姻生活比看家庭调解栏目还难受，基于她听过看过不少女人婚姻的悲剧，对于高源，她始终持观望的态度。也不是不热情和不喜欢，接纳和喜爱还是有些微妙的差别的，这一点我一直都很清楚。

"你甭不爱听，现在稀里糊涂的，将来有罪自己受。"知子莫若母啊，我这点儿花花肠子怎么都绕不住我妈。

"我爸不挺喜欢高源的嘛！"

"高源跟你爸过一辈子啊？"

"他要愿意我也不拦着。"

"你说的都是废话，他愿意我还不愿意呢。"

"老太太你也忒幽默了。"我大笑着，她年轻的时候动不动就会打我，有时候嫌打我手疼，她干脆掐我，胳膊、大腿都曾留下过她罪恶的痕迹，直到我考上大学那天，她摸着我的头笑眯眯地跟我说："彻底长大了，妈以后也舍不得再打你了。"别说，那天我的心情特复杂，也是在那天开始我决定痛改前非，重新做人。

别看我一女孩儿，打从进幼儿园开始就没让我妈省过心。第一天上幼儿园，我上的是小班，却抢了大班一个小胖子的苹果，被阿姨关小黑屋，一帮小朋友站小黑屋门口等着听我哭呢，我愣是自己在里头睡着了，捎带大小便也在里头解决了，等把我放出来，我倒没什么怨言，阿姨差点儿没哭出来，一见了我妈就告状："这是一什么孩子呀？这是一什么孩子呀？"说起来我那时候也就四五岁吧，你说你一大人跟我一孩子较什么劲？临了也没逃脱我妈一顿打，她还把人家幼儿园阿姨对我的评价当成一口头语，我一惹她生气，她一边打我还一边问"这是一什么孩子呀"。那时候我就老想，问得多新鲜呀，你自己生的孩子你问我？这样的情景也持续到我上大学那天，我变得懂事而且乖巧。

"初晓，你看着你那些发小一个一个结婚生子，你就没点想法？"

"没什么想法，唯一的感觉就是他们都老了。"我妈正切黄瓜呢，我捏了两块放进嘴里，觉得好吃，伸手想去掰半根，老太太照我的手就是一下，我说，"别的不说，你看张小北，老成什么样了？"

"我前天还在电视里看见他们两口子了，他爱人长得挺好。看着小北可是比那时候胖多了，那孩子宅心仁厚的，我早就说有出息。"

"哟，哟，庸俗了啊，你也就看着他现在有些糟钱儿呗，幸亏我没跟他过一块儿去，两口子现在闹离婚呢，水火不容。"

"为什么呀？"

"张小北婚外情，找一小妍，前些天还找高源要让他小妍进高源下部戏呢，忒不是东西。"

"唉，挺好一孩子。"我妈感慨着，"他父母现在身体怎么样？"

"老关心人家干吗呀，老头儿身体还行，老太太前年去世了。"

刚说到这里，我爸在客厅喊我，我跑过去一看，张小北也跟那坐着呢，愣了，这家伙大过年怎么跑到我们家来了？

"你怎么流窜到这儿了？"我问他。

"我路过，去个朋友家，忽然想起来，也好几年没见叔叔阿姨了，上来看一眼，没想到你们今天回家。"他看见我跟高源有点儿不太好意思。

我妈也从厨房跑出来，看见张小北特高兴，非留他吃饭，高源也跟着起哄，盛情难却，张小北来我们家蹭饭的阴谋又得逞了。

他有好几年没吃过我妈做的饭了。我刚认识他的时候，他隔三岔五就来扫荡一回，剩菜剩饭他尤其爱吃，为这，我还曾经送他一外号，叫"圣（剩）人"。

我看到这种场面心里着实有点儿不是滋味，说不出来为什么，但好像除了我本人，高源和我爸妈看见张小北都特高兴，仨人聊得热火朝天，我也插不上嘴，干脆躲进房间翻了翻以前的旧东西。

从小我就有写日记的习惯，存了满满一箱子日记本，我知道，自从我把这些东西扔在家里，我们家老头儿老太太多少遍当成名著似的那么如饥似渴研读来着，幸而没发现什么有价值的犯罪记录。我翻开其中的一本，里面除了夹着几张没用的纸条，还有我跟张小北的一张合影。在北海照的，冬天，身后是白塔，俩人都穿着当时很流行的三紧式棉夹克，我还围一条五颜六色的围巾。张小北真瘦，头发乱蓬蓬的，搂着我肩膀，足足高出我一头，鼻子尖冻得通红。看着照片，怎么也想不出来是怎么来的，我们那时候倒老是去后海，不知道为什么会有了这张北海的照片。

"看什么呢你？"高源突然的问询让我不由得手抖，照片掉到了地上，正面朝上，对着我跟高源笑。

"什么时候我跟张小北拍的这照片啊？"我捡起来，看了高源一眼，"张小北巨瘦，你瞧，让他演猴子都不用化妆。"我把照片递给高源。

张小北也进来了，看见高源手里的照片，大叫起来："这照片你还有呢，我那早不知道扔哪儿了。"

"我不正琢磨这是什么时候照的嘛。"

"别说，初晓，搁那时候你看着还像个女的。"高源趁机挤对我，他并非不知道我和张小北的过去，总是义无反顾地信赖我和小北之间的友谊。

"你什么眼神儿啊，我分明就是一女的！"我又问张小北，"为什么照的这相片儿啊？"

张小北仔细想了想："忘了，都多少年了！"

真奇怪，我跟张小北一块儿照相的时候并不多呀，我怎么就想不起来了呢？

我妈张罗着吃饭，我们仨出去在桌子前坐下来，有点儿过年的意思了，挺喜庆。老太太一高兴，破天荒地张罗着喝两杯，我们仨一一向他们敬酒，他们也对我们都表达了美好的祝愿。席间，张小北还问起了我跟高源结婚的问题，我没出声，想听听高源怎么说，高源乜了我一眼说："过了年吧，我们明年差不多了。"我爸妈听了这话感到很高兴，他们终于要把女儿嫁出去了，多年的愿望即将实现。

张小北那天还说，到我结婚的时候他要像嫁妹妹似的在北京饭店摆几桌，也不枉吃了我们家那么多的剩饭，在场的人全笑了。

吃过了中午饭，我们仨把老头儿老太太送到了机场，和等在那里的一小队同他们一样幸运的人们汇合之后登上了飞往香港的航班。他们一走，我就开始琢磨着到高源他们家怎么好好表现。

张小北在机场高速上把车开到了一百三十迈，他今天又喝高了。

"准备哪儿过年呀？"我问他。

"没概念。"他拿出烟来点上，又递给高源，"我自己根本就没有过年的概念，忙。"

"忙离婚呀？"我漫不经心地一问，高源猛地回头瞪了我一眼，我知道，高源是觉得我老拿离婚这事刺张小北有点儿不合适，他还是比我善良。

"怎么着哇，你还认准了你那张萌萌了？"我从倒车镜里瞟了高源一眼，他也正瞟我呢，我心里咯噔一下，"你玩不转她，再说她面相可没李穹那么旺夫啊，不是我吓唬你，人常说外面有个搂钱的耙子，家里有个装钱的匣子，这样生活才能蒸蒸日上，你那萌萌可是一造钱的祖宗。"

张小北又把车提高了一点儿速度，快到一百四十迈了，他问高源："你下部戏投资预算有多少？"

"没多少，"高源吸了口烟，"投资不大。"

"萌萌能行吗？"

"什么行不行的，都差不多。"高源这句其实是实话，现如今除了那些正儿八经吃过苦的老艺术家们，演艺圈里漂亮女孩没什么大分别。

"我给你投资。"张小北后面的意思就不言而喻了。

高源"嗯"了一声，没说行也没说不行。

"要不这么着得了，张小北，我专门给张萌萌写一本子，就写你们的故事，她就演她自己得了，连感觉都不用找。"我觉得拍乎得张小北一愣一愣的感觉特别刺激。

"扯淡！"张小北黑着脸吐出两个字。

"我说小北兄，还有你高源，我告诉你们一个原则，男人啊可以玩女人，但别对女人动真情，除非你想娶老婆，这是游戏规则。"这半天了，我总算说了句掏心掏肺的正经话，话音落下他们俩人即刻陷入沉默，我知道他们是在思考。人类一思考，上帝就发笑。

# 19

去高源家里过了个年，回家之后我满心欢喜。说是过年，其实也就是吃了两顿饭，我跟高源就回家了，临走，高源他妈给了我一个传了不知道几代的玉镯子，晶莹剔透，戴在手腕子上我倒没觉出来有多好看，但分量还是有一些，沉，干什么都觉得别扭。但我心里还是高兴的，这东西要是按照高源他妈那意思，从高源的奶奶的奶奶那辈儿传到今天，往近了说也是从一个晚清贵族手腕子摘下来的，值钱，搞不好都值一套商品房。我把这意思跟高源说了，高源想了想说："你要敢给卖了，我妈会跟你拼命的。"我这人一向爱财，但更惜命，因此也就打消了这个念头，但总想知道这东西值多少钱。过些日子找了个懂行的朋友看了看，那小子惊讶地看着我，你这婆婆够意思啊，往少了说这镯子也值三十万。我从他神情中读出了对我的刮目相看，似乎我配不上这镯子，三十多万，半套商品房，我结结实实戴在手腕子上美了几天，沉我也戴着。

那天打扫房间，我把镯子摘下来放在茶几上，累了坐在地上歇会儿，习惯性地伸手从茶几上划拉我的保温杯，结果保温杯没划拉着，把我的半套商品房给划拉碎了……我连个响声都没怎么听清楚，它就碎了，登时脑袋瓜子里嗡嗡地响成一片。还好高源不在家，定了定神，我把碎片找个手绢包了起来，绝望地塞进了衣柜的最底层，刚鼓捣完，高源就回来了，是跟他几个同学一起，其中有一个是他的副导演。

这帮人一来，家里就算翻了天了，我跟他们打过招呼就找个辙躲了出去，约了一个演员的太太一起出去喝咖啡。具体地说，是演员的前妻，前天刚办完离婚手续，趁着娱乐记者们都回家过年的工夫，俩人把手续悄悄办完了。

"怎么样，哪儿过的年呀？"我问她。

"还在我们家，我一个人过的，他有演出。"叹了口气，"唉，这么些年了，恢复了单身才发现，我这单身的日子跟不单身也没什么分别，前几年跟着他也是一个人过来的。"

我想安慰她几句来着，一看这意思，我歇了吧。

这姐们儿特神，整天开着她的豪车满北京转悠着吃喝玩乐，过得无比快活。

"哎，一会儿去燕莎逛逛？"她提议道。

"你呀，别老去那种宰人不见血的地方。"

我跟她算是熟悉的朋友，自然说实话，燕莎商城那种地方根本就不是给人民开的，一个盛水果的玻璃盘子卖到六百多，稍微看上点儿眼的东西就成千上万，别人什么感觉我不知道，反正在我眼里那是一专门给腐败分子洗钱的地方。

"一会儿我带你去新街口转转，那儿好些小店，专门卖出口转内销的衣服，质量绝对好，我给高源买的 POLO 和耐克没一个真的，全来自那边不知名的小店，谁看得出来呀！"

说起这些我就很得意，我花三十块钱给高源买的 BOSS 的衬衣，拿回家他也当两千多的穿着那么美，一边美还怪我瞎花钱。本来那天我一口气买了五件，看他那么激动都没敢一次都拿出来，分了三回拿给他。傻小子心里也没个数，那回跟朋友一起从燕莎往凯宾斯基饭店走，路过通道里那家非常有名的钻石店，高源蓦然想起我给他买过五件 BOSS，当场掏出信用卡，刷出大几千多给我买了一个戒指当生日礼物，说出来其实怪叫人惭愧的。

"唉，初晓，我有个特不好意思的事跟你说。"她比我大十岁，但是比我显年轻。

"说，跟我有什么不能说的。"忘了交待了，她名字叫杨美丽，圈里知道她的都叫她小 B，B 是 beautiful 的第一个字母，她老公以前叫她老 B，因为他说字母 B 有两个高峰，象征着她的大胸脯。

小 B 凑近我的耳朵，压低了声音问我："知道哪儿能弄到那种药吗？"

我以为她要毒品，吓了一大跳："你不会也吸毒了吧。"我知道一些人是吸毒的，类似摇头丸那种东西在他们圈子里更是平常得跟感冒药一般，他们管这叫 high 丸。

她白了我一眼："哪能啊？我是说那种药，就是帮助人提高情趣的。"

"春药啊？"我得确定一下，声音就比她用气声稍微高了那么一点点儿，她赶紧打了我一下，又向周围看了看，"你吆喝什么？"确定没人听见我的那声吆喝之后，才又接着用气声问道，"有地方弄吗？你们年轻人肯定知道。"

"你也知道我是年轻人啊？我用不着。"我这回也用气声回答她，"我自身生产的那点儿激素就足够了。"我还真差点儿找不着适合的词儿。"看不出来呀，小 B 同学，你还干这种坏事，要不我给你弄点儿伟哥吧，进口的，我有一大学同学那儿就有，现成的。"

"少跟我贫啊，谁不知道你们如狼似虎的年纪呀，我是说，知不知道哪儿能弄到。"

我上下打量了她一番，目光在她的大胸脯上打了好几个转儿，"好像你也用不着吧。"

"你甭管，我就问你有没有地方弄。"

我想了想，估计奔奔那儿肯定有这种东西，上回她来我家拿和服的时候接了一个电话，好像是她手底下一个小姐妹跟她诉苦，说搞不定一个什么人，似乎毕生的修炼都拿出来了，那个男人就是坐怀不乱，问奔奔应该怎么办，奔奔当时说："操，连你都搞不定，别人根本没戏，只能给他点儿化学反应了。"她挂了那电话以后拿了衣服就匆匆忙忙走了，我估计她说的那个化学反应肯定就是小B想找的东西。

我问小B："我认识一个朋友好像有，不过我不确定，我给你问问吧，你干吗呀？谁要这个呀？"我觉得特奇怪，感觉这些东西都跟犯罪联系在一起，我这个守法的大良民说起这些东西总会莫名其妙地紧张。

"你现在打电话问呀，你就甭管我干吗了，反正有用。"她一副急不可耐的样子，恨不得马上就拿到。

我听她这么说也不好再多问，拿起电话拨了奔奔的号码。下午四点多，我估计她该起床了，结果她一接电话还是睡意蒙眬。我问她那天在我家说起的那个让人产生化学反应的药她有没有，她好像忘了，一个劲地追问我什么化学反应，我坐在咖啡店里，又不好说明白，只一个劲地提醒她拿和服那天她电话里说过的，她就是想不起来。要不说烂泥糊不上墙呢，这种烂人也让人没法夸，就是想不起来什么化学反应，我只好压低了声音特直白地跟她说："就是春药，那天有人跟你说搞不定一个男的，你说上手段给点儿化学反应，就那东西，有吗？"

原以为她会哈哈大笑一阵取笑我，没想到她松了一口气，"嗨，你早说呀，有，你要多少上我这儿来拿就是了，我这也是朋友从国外带回来的，就两三瓶……我再睡会儿，你什么时候来拿再打电话吧。"没等我说话就把电话挂了。

我跟小B又坐了一会儿，六点多钟，我估摸着奔奔已经沐浴更衣完毕准备出来活动的时候，又给她打了一个电话，电话里奔奔说她一会儿要接待一个海外客人，我让她说个地方，我跟小B过去找她，她说她一会儿去远方饭店，约我们七点在饭店的大堂见面。放下电话，我又是一阵感慨，妈的，从什么时候开始，奔奔也开始为国家挣外汇了。

七点，我们准时赶到了远方饭店，大堂里灯火通明，奔奔穿着我送给她的和服坐在一个角落的沙发上抽烟。我见她一身日本艺伎的打扮硬着头皮夸了她两句，她显得十分欢喜。

"东西呢？"

奔奔从随身的包里拿出一个白色的小瓶儿，"喏，拿去，正负极！"听听，这罪恶的东西连名字都叫得这么邪恶——正负极。

我挺好奇地从里面倒出来一颗，白色的小药片，好像我常用来治疗失眠的"安定"。拿着小药片，对着灯光看了半天，问奔奔："有那么神吗？跟我平常吃的'安定'差不多呀。"小 B 也拿出来一片，自己在那儿研究。

"差不多？差远了。"奔奔有点儿不大高兴，严正抗议我对这种小药片的怀疑，"等着，我让你看看。"她朝对面的一个女孩儿招手，让她拿来一罐可口可乐，特神秘地看了我一眼，"看着啊。"我跟小 B 都不约而同地张大了眼睛屏息凝视她的举动。

奔奔打开可乐，拿着小药片在我面前晃了晃："看好了。"她把小药片迅速地扔进可乐里，又迅速地捂住自己的耳朵。几乎是在她放进去的同时，一声巨大的响儿，可乐罐好像发生了一次小小的爆炸，里面的液体全洒了出来。

面对我和小 B 惊讶的表情，奔奔颇得意："看见了吧，看见了没有？知道厉害了吧。"

我半天说不出话来。小 B 也是，张大了嘴巴半天合不上。

"管保你好使。我告诉你实话吧初晓，这些都是进口的，在有些国家是合法的，但是也特贵，跟白粉一个价位，目前，全中国也就北京有，全北京也就我这儿有。"

"你哪儿弄的？"我这人特爱刨根问底。

奔奔从座位上站起身，整了整衣服，特神秘地对我笑："我？我有什么东西弄不来呀，嘿嘿，我除了原装的童贞，什么都能弄来！"

奔奔这个大文盲外带大流氓，居然还知道童贞这么文雅的措辞，对她刮目相看的同时我也觉得别扭，宁愿她说处女膜。

"不是，"我有点儿急了，"这东西在国内不会是违法的吧？咱可别犯罪，你这到底哪儿来的？"

"你就放心吧！"她显得有些不耐烦，"在东南亚这东西满大街都是，我这也是一朋友送的，就富余出来这一瓶，多了也没有，你想要就拿去，不想要就还给我！要不要给句痛快话。"

我看了小 B 一眼，"要，要，干吗不要啊，只要这东西不犯法就行。"我松了一口气。

"好啦，今天先不陪你聊了，我的日本客人还等着我呢！ Bye。"她今天有点儿反常，老从嘴里往外蹦那么官方的外交用语，叫人非常不适应。

"哎，等等。"小 B 把奔奔叫住，"我给你钱吧。"说得特真诚，一边说一边掏钱包。

"得了吧姐姐。"奔奔习惯性地白了小 B 一眼，"当我给你的见面礼了，以后你要有什么好生意照顾你妹子我点儿就行了。"

"这……我还是给你钱吧，挺贵的东西。"小 B 这家伙一向就这样，她老觉得给了钱就不用欠人情。

奔奔极其不耐烦："行行行，五百块钱一片，那一瓶十片，给你打八折，你给四千。"

我扭头又看小 B，她脸上写满了尴尬，"没……带那么多现金。"她冲我说的，我看得出来，奔奔是成心叫她难堪的，她就这样，谁要不顺着她的意思，她就得绊谁一跟头。

"行了，什么钱不钱的，奔奔都说送给你了，拿着就行了。"我给她们打圆场，又对奔奔说道，"您赶紧忙您的去，回头再耽误您跟日军谈判。"

奔奔听了我的话，对着我坏笑了一下，嘴里又嘟囔了一句："什么他妈日军啊，早改自慰队了。"说完就扬长而去了，我本来想告诉她一句文雅一点儿又很能表达她双腿之间愤怒的话来着，没捞着机会，她实在是太忙了。

# 20

歇了小半年，我终于要开始忙起来了。有个影视公司找到我，希望我帮他们写一个关于都市情感的连续剧，二十集的。写电视剧这活儿是集体创作，影视公司找那么几个编剧，往一起一凑，你写什么故事他写什么故事那么一分配，就算完了，你带着自己的任务自己回去写就是了，等大家都写完了，再把各自写的部分往一起一攒，一部电视剧就诞生了。这回我分了四集，是写一个像奔奔那样的女孩找到真爱的故事。

我对特殊行当的从业人员认识还只是局限在表面，肤浅，为了能把我那几集编得更深刻一些，我向奔奔同志提出申请，想到她们那儿体验体验生活。没敢告诉高源，主要考虑到万一他没扛住，一口老血喷出来卧倒在病榻上，我还得留在家里照顾他。

我的角色有点儿像奔奔的秘书，协助她的工作，说白了就是她一小跟班。

奔奔照顾我，每天上下班都坐贾六开的班车，通过与奔奔一起工作的这些日子，我逐渐地认识到了，这是一个组织性和纪律性都很强的行业。奔奔的工作担子很重，压力也很大，我也很努力地工作，希望帮她分担一些困难，比如说一次又一次地跑派出所交罚款。在公关方面我还是有些优势的，有眼力见儿、会说话，都是在报社那几年锻炼出来的，到目前为止，我还没有机会做业务工作。

有几次，我跟奔奔强烈要求深入到业务第一线，都被奔奔严词拒绝了。我想，她主要是怕我把她的客户都搞砸了。

如今，我的作息规律，北京时间早上八点睡觉，下午六点起床、化妆，穿上我们行业的职业装，跟着奔奔出入北京各大酒店以及酒吧、夜总会等场所。

那天路过唐人街，一眼看见李穹跟另外几个半老徐娘站在拐角跟一年轻的少爷谈着什么。当时我正坐在贾六的班车上，我跟贾六说："李穹这会儿跟儿这干吗呢！"

贾六把车速放慢，看了一眼："这点儿，在唐人街，除了找鸭子还能干吗？"

"瞎说吧你。"

"我常在这儿看见她，还有她旁边那女的。"

"你停车，我下去问问她。"我叫贾六把车靠边停下，直接奔李穹就过去了，算起来，我得有两个月没见过她了，离婚的事也没听她再提起过。

"李穹！"我站在背后喊她的名字。

她回身一看是我，先是一愣，显然没想到会在这儿遇见，"你怎么在这儿？"

"我路过，大老远就看见你了，过来打个招呼。"

"哦，"她似乎松了一口气，"我跟朋友来这儿玩，出来透口气。"

我看向她的朋友，是个小伙子也就二十四五岁，长得很秀气。

李穹见我打量小伙子忙解释，"朋友的朋友，陪我一块儿出来唱歌。"

"一个人别太晚回家。"我点到为止。

她不说话只是点点头，还想再跟她聊两句，奔奔的电话打来了，于是匆忙跟她告别。

电话里奔奔告诉我她好不容易给我争取到了一次做业务工作的机会，把我发配到怀柔的一个度假村陪客，还特意强调只是陪喝酒聊天那种陪，如果客人提出额外要求要及时向她汇报。

以前我老跟高源的几个朋友一起到怀柔吃虹鳟，偶尔也附庸风雅去爬爬慕田峪长城，坦白地说，我很紧张。但我已做好了最坏的打算，既然要深入体验一把生活，我豁出去深入到底了，反正也知道高源已经和张萌萌深入过了。

车停在别墅的门外，我嘱咐贾六："你回去吧，开车慢点儿。"

"妹子，你真……你真要破罐子破摔？不，你看我这什么破嘴呀，我是说……你想明白了？"贾六比我还紧张，说话有点儿哆嗦。

"没事儿，顶多也就是被色狼强暴了，嘿嘿，为了创作。"我故作轻松跟贾六贫，"六哥，回头高源要知道了你得给我做个证啊，我这是为了艺术才做的鸡。"

贾六也不知道想到了什么，抓着我胳膊使劲往车里拉，"走了妹子，咱回去了，丫奔奔真操蛋！"

"别介呀，来都来了。"我又坐回车里，给贾六做思想工作，"放心放心，没事儿，不就是挣小费嘛，你不是常常教导我吗，色情行业是服务业的重要组成部分。"这几乎成了贾六教导堕落女青年的语录了，我又接着说，"再说人奔奔说了，我挣的钱她一分提成不要，回头咱拿着小费喝酒去。"

贾六特郁闷地瞧我一眼："妹子我跟你说，你跟奔奔手底下这帮人没法儿比，人家随时都有勇气脱光衣服跟人……那什么，连三角裤都不穿，你行吗？你别误会啊，我这意思是说……你肯定不行就是了，咱还是回去吧。"说着就发动他的破夏利。

我赶紧把车门打开跳了下去，"开什么玩笑！走你的行了，放心！"关上车门给贾六敬了一美国式的军礼，转身往别墅里走。

"哎，初晓，初晓！"贾六又把车停住招呼我，"有事打电话啊，随时打电话，我二十四小时开机。"

"行了，行了，你回去吧，路上小心点儿。"我叫贾六忽悠得很紧张，忽然有一种撂挑子不干的冲动，又一想，来都来了，就干一回又怎么？

做了几个深呼吸之后，我鼓足勇气走进了别墅。

第二天早上，从别墅里走出来，深深呼吸了两口山里的新鲜空气，伸了个懒腰，琢磨着怎么拦个车回家。我们行业的规矩是尽量不给客人添麻烦，出门的时候那几个客人非说要开车送我，我一想他们也折腾一夜了，严词拒绝了好意。

折腾了一宿，我困得眼睛都睁不开了。又往前走了几步，转过一个山口就看见贾六那辆熟悉的红色夏利正泊在路边。走近了看，贾六披着个棉袄车里睡得正香，手边还放着他防身用的杀猪刀，我暗想，贾六兄的警觉性还挺高。

一敲玻璃，贾六一激灵醒了，看见我，赶紧把车门打开、跳出来，双手拉着我胳膊："哟，出来了妹子，怎么样，怎么样啊？"神情极其严肃，宛如旧社会里的穷爸爸把女儿送进了地主家。他对着我左看右看的，好像我身上少了点什么似的。

"你怎么没回去呀，怎么跟这儿冻一宿啊？"我困得都快说不出来话了。

贾六急得直跳高："你快说啊，怎么样，这孙子怎么折腾你了？"没文化就是不行，这种事哪能问得那么直接呢？

我笑眯眯从口袋里掏出五百块钱来，在贾六面前晃了晃，"今天晚上'谭鱼头'，我请客，现在你先受累把我送回家。"

贾六就不说话了，黑着脸发动了那破车，往回开。他一路上就没消停，一个劲儿地跟我打听昨晚的情况，我睡得迷迷糊糊的，哼哼唧唧说的什么话连我自己都听不清。

从怀柔开到市里，一个半小时，做了一梦，梦见面前桌子上摆了一大堆钱，巴巴地数了一路。好梦，好梦啊，挣钱的感觉真好。

到了我家楼下，贾六还问呢："你还没说呢，妹子，到底怎么样啊？"

我闭着眼睛跟他说："晚上吃饭再跟你说，我这会儿……"一转身险些撞墙上，"我这会儿困着呢，腰酸背疼的。晚上我给你打电话。"说完了我就回家睡觉去了，我实在是太累了，很累，很累。

# 21

晚上七点，贾六的班车准时等在我楼下，见了我一脸的苦大仇深。睡足了觉，我精神百倍，开始跟贾六汇报我昨晚的工作情况。

前一天一进到别墅里面，给我开门的男人就上下左右将我一通打量，看得我心里打鼓，毕竟这是第一次出台，一方面我担心露怯，另一个方面也担心遇到流氓。尽管这段时间跟着奔奔工作，多少也了解一些行业规矩，比方客人递过来的酒水绝对不能喝，要喝只能喝新开的酒水；有些客人醉酒之后会吐露心声，无论听到什么都不可以发表评论，更不能向周围的人散布；出去陪客最重要的就是听客人讲话，然后恭维。这些规矩都被我暗暗记在心里，一度觉得奔奔所从事的并不如人们所想的那般只是肉体的交易，其中对人性的揣摩和社会规则的了解程度比任何学究们都要深刻。

别墅楼上的一个房间里，传出几个男女调情的说笑声和哗啦哗啦的麻将声，开门的男人带着我进了门，还没容我看清房间的陈设就听见有人高声叫我的名字："初晓！"循声望去一眼看到杨美丽的前夫姜大伟，心想这回玩儿现了。"你上这儿干吗来了？"

"你怎么也在这儿啊？"

房间里七八个男女一看我们俩对上话了，全都愣在那儿。

"我，我躲这儿嫖娼啊。"他对着我挤眉弄眼儿的，"你又干吗来这儿啊？"

"我……我卖淫！"我一看人家对我这么坦诚，我也没什么磨不开的了，斗胆说了句实话，引得在场的人哈哈大笑。看见他起身向我走来，我便压低了声音凑上去，"你真来这儿嫖娼啊？刚把你们家小B甩了就来这儿犯罪，过分了吧。"

"瞧你说的。"他揽着我的肩膀走到麻将桌前，"几个朋友从外地来，我组织大伙儿来郊区休息两天，这不想凑两桌麻将人手不够嘛，就想着叫个小姐一块儿打牌……我给你介绍，这是刚从国外回来莫斯科电影学院导演系毕业的，跟你们家高源同行。"他指着我对面肥头大耳一个胖子介绍，"这是我一老大哥，标准的人民公仆，请我们吃饭从来都是自己掏钱不花公款……"他把房间里的人都给我介绍了一遍，我一一打过了招呼，好像他们都挺尴尬，他又介绍我，"初晓，北京城里一祸害。"接着问我："说实话，你上这儿干吗来了？你真改行啦？"说完他戏谑地看着我。

听他这么说我倒真有点儿不太好意思了，拐弯抹角地表达了体验生活的意思，一屋子人都为我的敬业精神所感动。我们俩聊了一会儿，被他们招呼着打麻将，我本来不怎么会打，跟这帮正人君子往一块一坐还有点儿紧张，可姜大伟非叫我上阵，说既然来体验生活，怎么也得陪着打打麻将娱乐娱乐，我开玩笑说："五百的出台费一分可不能少。"前夫哥拍胸脯保证，"包在我身上！其实我们就是找个小妹妹过来打麻将，顶多陪着唱歌说话，你以为能干吗！"就这么着，我跟这帮人渣打了一整宿的麻将，虽说不怎么会打，可手气壮，卷了这帮家伙一千多，早上出来，小费我也没好意思再叫他们多给。

我把前一天的经历原原本本跟贾六叙述了一遍，惹得他哈哈大笑，连说初晓你可真够牛的。连我自己也觉得确实有点儿牛，但是除了贾六这事儿别人还真不敢告诉，尤其我妈，她要知道了又得掐我，掐死我。

坐在回城车里的时候我就忍不住想着要是体验生活的事儿传到我妈耳朵里她会有什么反应，虽然奔奔是个孤儿，但她一定也是妈生的，她妈要是知道自己的女儿做这样的工作，会不会像我妈掐我似的，掐到她浑身青一块紫一块？

"昨天你六哥我才神呢，陪着两个日本大集团的太子逛友谊商店，出来之后路过一个性用品商店，我看见那孙子一个劲地看那带刺刺的避孕套,我跑进去买了两盒送给他,孙子乐坏了,我把他们送回酒店的时候,孙子结账一出手就是两千美金,两千美金呀妹子!"贾六说得天花乱坠唾沫横飞,破夏利险些与前面一辆红旗零距离地接触上,我吓得直冒汗。"今天六哥请客,你想吃什么哥哥请你吃!"

本来我说请你吃来着,就凭你刚才把我吓得直冒冷汗,吓死我不计其数的文艺细胞,我也得吃顿好的补偿我自己!更何况贾六的小费一挣就是两千美金,我一晚上才卷了一千,还是人民币。

既然赚了日本客人的小费,当然得狠吃一顿日本菜,我跟贾六开车到了希尔顿,他说那儿有家不错的寿司店。

到了地方,刚下车电话就响了起来,是李穹。

李穹跟我说的第一句话是:"你死哪儿去了初晓?"语气焦灼。

我说:"我在外面跟人吃饭呢,怎么了?"我以为她又郁闷到家了,要找我出去陪她喝酒,接着又说,"要不你过来找我吧,就在希尔顿。"

李穹冷笑了一声,"真服了你这时候还吃得下饭,赶紧回家看看高源在干吗,我告诉你他跟张萌萌在你们家没干好事儿!"

"你怎么知道的?"

"我?"顿了两秒她才又继续往下说,"怎么知道的你就别管了,我早就跟你说过张萌萌这人就是牛皮糖，只要对她有用的男人她必须拉下马做她垫脚石，怎么样，让我说着了吧！你麻利儿回去看看吧！"说完就挂断了电话。

我久久地愣在原地，脑子里顿时闪现出各种不堪入目的画面，忍不住脊背发凉浑身战栗。上次无意中在电话里听到高源他们聚会时宿舍老大说的那些话已经知道了高源跟张萌萌有一腿的事实，我以为凭借着自己的聪明智慧一定可以掌控一切，以我难得糊涂的生活哲学让高源自觉羞愧从而止步于他和张萌萌之间仅有的一次苟且，然而李穹的这个电话瞬间击碎了我的幻想，果然出轨只有一次和一万次的区别，我一直以为的大智慧不过是自以为是的小聪明。

大概感觉到事态严重，贾六紧张地问我："妹子怎么了？是不是有事儿？"

我把车门打开，又坐了回去，"六哥，有烟吗？给我点一支。"贾六点燃了一支烟送到我手里，我狠嘬了一口，呛得直流眼泪，"六哥，高源可能正跟别的女的在我们家……你说，我去找他们吗？"我心里很悲哀，想当年我跟李穹雄赳赳气昂昂去拿张小北的时候我的感觉是那么轻松，甚至有点儿莫名其妙的窃喜，有点儿探险的激动。如今，终于轮到我自己了。还有一点儿，李穹和张小北之间是有那一张受法律保护着的结婚契约的，我跟高源之间可是什么都没有，全凭自愿脱光了衣服睡到一起的，我去抓他跟不去抓他又有什么分别？这些问题在我脑子里来回来回地转啊转啊转的，转到我想吐。

我看着贾六，他一脸的忧国忧民。

"妹子，按说你哥哥我这时候应该义不容辞地站出来给我妹子出气，不过你得想清楚了，你要这么一闹……我跟你说妹子男人都一个模样，不是你六哥我替高源说话，男人没一个好东西。"贾六又看了我一眼，"这么跟你说吧初晓，要是有根儿骨头递到狗嘴边儿，这狗他要不咬一口……你说是不是也不正常！男人对女人他就跟狗看见骨头是一样的！"贾六说得情真意切又掏心掏肺，"你六哥我虽然是个浑蛋，可在这事上也得劝你想好了，我说句大实话，你得考虑高源他是在什么圈子里……我是男的我最清楚，只要是男的在这种事儿上就都是一个操行，你现在杀回去，回头闹得收不了场那不是把咱的胜利果实拱手相让了吗，这事儿不划算啊！再说了，高源他心里肯定是有你的，我都看得出来！"

我听他说得也不是完全没有道理，烟也抽完了，心乱如麻，硬着头皮一挥手说："走，吃饭去！"一边走着却又为自己不平——凭什么！凭什么我明明什么都没做错却要忍受这样的屈辱！想到这些，我忽地转身几乎跟埋头走路的贾六撞个满怀，"走，六哥，跟我回家！"

回去的路上，贾六一言不发地开着车，而我的脑海则是大片的空白。快到家的时候我给乔军打了一个电话，我问他高源是不是跟他在一块儿，我到处找高源都找不到，打手机老说不在服务区。我的本意是想叫乔军给高源通风报信，到底还是脸皮薄，接受不了场面过于难堪。

乔军马上说他帮我找，找到了让高源给我回电话，问我在哪儿呢，我说我正在回家的路上，乔军马上说，我这就给你找他，让他给你回电话。

放下电话，我又让贾六往我家里打电话找我，我们家电话是带来电显示的，如果用我的电话一打，高源就能看出来。

通了，高源接的电话，贾六问他："高源，初晓呢？"

高源跟他说我最近接了个本子，大概挺忙的，贾六又跟他套瓷，问他怎么有时间待在家里，高源说回家拿点东西，然后说他正接着一个电话，不多说了。乔军真是个称职的消息员。

天都黑了，连半个星星都看不见，刮起了风，从楼下看上去我家的玻璃窗里透出灯光温馨美好，那些玻璃我节前刚擦过。

我本来说让贾六回家，可他非得跟我一块上楼，我猜他是怕我一激动，从五楼往下跳，因为我下车的时候看着我家阳台说了一句："挺高的，要是从上面掉下来，肯定就了废。"其实，贾六不了解我，我二十九岁了，对生活无比热爱，绝舍不得伤害自己，真要废也是高源。

我进屋的时候张萌萌正坐在沙发上看剧本，高源坐在她的对面，茶几上乱七八糟地放着一摊打印纸。

"初晓回来了。"张萌萌看见我，笑得跟朵花儿似的。

我径直进了卧室，把外衣脱在了床上，卧室里很干净，我的床很整洁，橘黄色的床单平整得没有一丝褶皱。从卧室出来我像没事人一样招呼贾六坐下，给他和张萌萌倒了杯水，嗔怪高源不懂礼貌，不知道招呼客人。

"聊什么呢你们？"我走向厨房，"都没吃饭吧，吃点儿什么我做。"

高源说："我跟萌萌说说戏，这两天就要开机了。"

我把头从厨房门口探出来，"萌萌想吃什么，说戏说得累不累？煮面条给你们怎么样？"

当年我跟高源一起看这部戏，刘嘉玲演老婆，面对勾引她老公的那个病人她就是这么热情地说："这位大嫂累不累？要不要我煮碗面给你吃？"我那时候跟高源开玩笑说，以后要是有人这么勾搭他，我也给对方做面条，看来今天得吃这一顿面条了。

我看了贾六一眼，他特疑惑地看着我，余光扫过高源的脸，他满脸通红，像刚被人打过耳光。

"好啊好啊，"张萌萌说，"我可是很长时间没吃过面条了。"她穿着一件领子一直开到肩膀的薄毛衣，披了一条黑色的披肩。

"萌萌，你这披肩可真好看，在哪儿买的？"我走过去，把她的披肩拿下来，"我试试怎么样，前几天还说要去买一条呢。"张萌萌的皮肤好得没挑儿，肩膀真光滑。

我在镜子前比画了比画，又把披肩还给她，说真好看，哪儿买的，她说张小北从香港买回来的，我又问张小北干吗去了，她说公司开会呢，我心里说张小北这个傻缺！一直没有把高源和张萌萌的事告诉他，不光不想让他因为张萌萌的背叛受打击，也不愿让他看到我的不幸，就像我永远不会把这事跟家长说。从这个角度看，我们俩还真的是同病相怜。

"咱们还是出去吃吧。"在我转身又进了厨房的时候高源说，凭借我们这么多年从思想到身体那么深入的了解，我看得出来他的慌张。

我说，吃面条，张小姐说她很久没吃了，我给你们做手擀面，我保证用手把面揉得要多筋道有多筋道，我让你们这一辈子都怀念我做的手擀面。

高源愣在那里，我提醒他："你们继续说你们的戏。"又把电视打开，对贾六说："六哥你看电视，面条一会儿就好，让你尝尝我的手艺。"

要说他们怎么没见识呢，我一恢复贤淑的本色，他们都有点儿不知所措。

# 22

我在厨房又是和面又是擀面条的，忙得不亦乐乎，客厅里鸦雀无声，三个各怀心事的人都在默默等着我的面条。

我擀好了面条，正切着菜码的时候高源从外面进来，在我的身后站了好一会儿才开口。"初晓，让他们都走吧，咱俩好好说会儿话。"言语中透露出绝望。

"哎呀！"我一分神，切到了手指头，血马上流了出来，高源上前刚要拉过我的手看，我马上把受伤的手指含在嘴里，吮吸着，疯了似的用右手挥舞着菜刀，指向客厅的方向，吼叫道："出去！坐那儿！等着吃面条！必须吃！"

贾六冲到厨房门口，看见我挥舞着菜刀，着实吓了一大跳，直接跳到我面前："我操，这是干吗呢！妹子，有话好好说。"说着，缴获了我手里的菜刀，"多大事儿啊值得动刀子，杀人偿命懂不懂，你是法盲啊！"我感到自己浑身的血液都往脑袋上涌，真恨不得把高源剁碎。

"妹子，有话好好说，有话好好说。"贾六放缓了语气接着劝我，"有什么话好好说！"

"滚出去！"我继续对着高源怒吼道，他转身出了厨房，被我手切到的手指还在冒血，我也走出厨房，翻出创可贴，盖住伤口。

张萌萌看见我铁青的脸，装得特疑惑的样子："怎么了初晓，要不你还是别麻烦了，忽然想起来我还有点儿事儿，就先走了。"说着她拿起手边的背包就往外走，一点儿也不在乎我站在那儿。

用来煮面条的水已经开了，水壶的报警器尖锐地叫起来。我拿起书架上不久之前买回的花瓶，扔向门口的墙角，摔得粉碎。那个花瓶是我花了好几百块钱从商场买回来的，年前，李穹因为张小北的事怒气冲天地来家里找我算账，我怕把它打碎了，还给藏了起来，因为高源说过，那一对花瓶一个是雌的，一个是雄的，摆在一起的时候组成一个圆形，象征着美满，象征着我跟他之间美好的爱情。

张萌萌忽然在门口又转身对着我，"我们什么都没干，就是在一起说剧本呢，你犯不着发这么大火儿吃醋。"她嘴上这么说，面上却是幸灾乐祸的表情，"我跟高源是纯洁的男女关系！"张萌萌又一次强调着。

我在心里一万次地想重新抄起菜刀去砍死她，最终却竭力保持着尊严平静地笑了笑，说道："你们做了什么你心里清楚，高源心里清楚，当然我也是清楚的……这是我跟高源之间的事，你不配在这儿说话。"

听了这话她仿佛受了天大的委屈，"初晓，你跟小北可是朋友，你这么说话对得起张小北吗？"她义正词严地质问我，"你这么说叫我回去怎么跟小北交代！"

她不提张小北还好，提到张小北我被彻底激怒了，咆哮着扑上前狠狠抽了她一耳光，她明知道我不可能把这件事告诉张小北，已经将我推到有苦难言的墙角却还不肯罢休。可能贾六和高源都被我的样子吓坏了，他们一个人一边拉住我的胳膊试图将我拖到一边，张萌萌则趁机一巴掌扇在我的脸上，"你以为你是谁？打我？"她显得比我还激动，"别他妈整天觉得我跟了张小北就得受你的气，你他妈的比我能好到哪儿去，好歹我跟着张小北还有钱赚，你这副长相的，恐怕还得往里搭钱！"

话音落下，高源冲上前一把薅住了她的头发，"张萌萌我警告你……"

"打我！"张萌萌突然落泪，"你打我呀，如果打我能让你好过点儿你就打……"

"你怎么那么贱呀？"我只觉得高源他们俩像个笑话，"还有你高源，演戏给谁看呢！还是人吗你们俩？"

电话响了起来，高源放开了张萌萌去接了电话，然后又把电话递给我，是我爸打来的，他说我要那辆车的事他已经帮我拿下来了，三万块钱给他们单位就行，也已经帮我先垫上了，我说等过两天我就去开车。他问起高源，说高源那时候老说起的那种新型的数码相机他在香港看到了，看着比北京便宜一千多块钱就买了下来，让我跟高源回去拿，我说高源忙着拍戏呢，我刚接了个本子，也忙，最近可能没时间。我爸就骂我良心让狗吃了，白送给我们东西都懒得回家去拿。我妈也接过电话，问我跟高源结婚的事。

我接电话的工夫张萌萌已经走了，高源和贾六垂头丧气地坐在沙发上。

花瓶支离破碎地散落在地上，我转身看着贾六，"六哥，你也回去吧，奔奔不是有事找你？别耽误了拉活儿。"一路上奔奔打过好几个电话了，贾六都说他在拉活，没空。

"妹子，有话好好说，千万别干傻事。"贾六拍着我的肩膀安慰我。

我说六哥你放心，三条腿的蛤蟆找不着，两条腿的人可是遍地跑。我说完了这话，自己都疑惑半天，不知道我跟高源究竟谁是三条腿的蛤蟆。

贾六又在我的肩膀上拍打了两下，叹息着看了一眼高源，"你呀你！这么好的媳妇，你怎么想的呀！"说完他一脸参加追悼会的表情打开门走了出去。

我深吸了一口气，双手在脸上来回摩挲了两下，指着门口我跟高源的爱情残骸对他说："收拾一下，我去煮面条，炸酱面，你最爱吃的。"说着我转身进了厨房，我往锅里下面条，我的眼泪大滴大滴地滚落在锅里，跟面条一起煮。

如果你真以为我因为高源掉眼泪那就错了，我是因为我赶上了这种父母感到悲哀，也不知道他们是怎么当的父母，女儿长到这么大了，他们从来都不说来看看我，那辆汽车就三万块钱，我爸还非说是先给我垫上的，搞不好我还得还他，一家人，你就不能买下来送给我？还有我妈，最让我感到羞愧的就是她，从小她就习惯了以暴制暴，整天打我，到现在好几十岁的人了，还那么爱攀比，虚荣，看见谁家孩子又结婚了，就羡慕得不得了，巴不得把我扫地出门。

我以前也给高源做炸酱面，可是从来没像今天做得这么用心，把锅里的油烧得滚热，热泪也滚到了油锅里，那些溅起的油花落在我的手上，带来一阵一阵疼痛的快感，不一会儿，胳膊上被热油烫起了红点儿，有的地方还起了水泡，高源冲过来，夺过我手里的铲子，扔到一边，拉过我的手在水池子里用凉水冲。

"祖宗，我求你了！"高源又把脸皱得跟朵花似的跟我说话，我还没叫他祖宗呢，他倒先把自己跟贫下中农划到一个战壕里了。

"你们都干什么了？"我问高源，"说实话！"

"说戏，初晓你现在怎么这么多疑！"

"说戏？说床戏？"

"没有，就一般的戏。"

"高源啊高源，"既然不敢动手我就只能动嘴了，"好歹咱俩在一起这么多年，你跟我说句实话怕什么的？你别忘了，咱俩可没结婚，我自己未婚跟你同居这么多年，按照我妈原先的说法，一个女孩儿家做这种事也是没脸没皮的，我怎么敢像李穹对张小北那样跟你闹啊？没脸没皮了这么多年，我今天要回脸，就要你跟我说句实话，怎么这么难哪！"我掩面痛哭，我在高源面前总共哭过两回，第一回是我们刚认识的时候，我要搬出来跟他一起住，我妈不同意，骂我不要脸，说我这种女儿丢尽了她和我爸的脸面，叫我死在外头，永远不要回家。我横下心把行李从家里搬出来，高源在我们家楼底下出租车里等着我，我一看见他，就哭了。第二回，是前年，安全措施做得不好我怀孕了，从医院回家的路上，也是在出租车里，司机突然接到一个电话，说他老婆早产，孩子提前出生了，是个闺女，他当时跟我和高源说，他当爸了真高兴，他免费把我们俩送回家，我一听就哭了。高源那回说我是因为捡了便宜，喜极而泣。

"初晓，你现在怎么老是怀疑革命同志啊？"高源搂着我，"你别受李穹影响，没事瞎琢磨，再说，你不都跟你妈表决心要一个月之内结婚嘛，咱抓紧时间筹备结婚的事吧，工作都放一放。"

"高源，我不肯拆穿你的谎话是给你留着好大的面子，你们做了什么我太清楚了，如果你们真的清白，张萌萌身上怎么会有和你一样的味道。"

高源登时愣住了。

我们家里用的沐浴露是一个朋友用天然植物特别调制的，混合了茉莉花跟薄荷的香气，市场上根本没有同款的产品。

"好吧，"高源叹了一口气，"我就跟你实话实说了，本来是想那什么来着……"他低了一下头又抿了抿嘴唇似乎又找到一些勇气，"本来是想……然后她就去洗澡了，我就是因为闻到沐浴露的味儿，一下就想起你来了……忽然就不想跟她那样了……"他慢慢走近试图拉起我的手，"是我不对，是我放松了对自己的要求，我一个马上要结婚的人居然干出这种事儿……"

"结婚？我不会跟你这种人结婚，滚！从我家滚出去！"我发狂地冲到厨房里，"还想吃我做的炸酱面？你不配！"煮好的面条全被我倒进了水池子里。高源坐在沙发上，面无表情，我拿起书架上另外一只花瓶，摔在他面前，"滚吧。"花瓶里的玫瑰还是他给我买的，天若有情天亦老。

# 23

　　我彻底爱上高源，是因为他在他们的毕业大戏自导自演的话剧《死不要脸》上朗诵的一首诗，在他们学校的小剧场里，舞台很空旷，高源扮演着一个奇丑无比的文学青年，走在午夜空荡荡的马路上，高声地朗诵着普希金的《致凯恩》：

> 常记得那么美妙的瞬间，
> 你翩然出现在我的眼前，
> 仿佛倏忽即逝的幻影，
> 仿佛圣洁美丽的天仙。
> 当我忍受着喧嚣的困扰，
> 当我饱尝那绝望的忧患，
> 你甜润的声音在耳旁回荡，
> 你俏丽的面容令我梦绕情牵。
> 岁月如流，狂飙似的激情，

驱散了往日的那些梦幻。

忘怀了你那甜润的声音，

忘却了你那娇美的容颜。

囚禁在荒凉黑暗的地方，

我曾经默默地度日如年。

没有神性，没有灵感，

没有眼泪、生命和爱恋。

灵魂现在开始苏醒了，

你又出现在我的眼前。

仿佛倏忽即逝的幻影，

仿佛圣洁美丽的天仙。

我的心儿啊，欢喜如狂，

只因那一切又徐徐重现。

有了神性，有了灵感，

有了生命、眼泪和爱恋。

这么多年过去，我还能清楚地记得当年高源在舞台上的模样：比现在还瘦，戴个很夸张的黑边眼镜，乱蓬蓬的头发，穿件发黄的白衬衣，咖啡色短裤，澡堂子里的那种蓝拖鞋。那时候我刚认识他没多久，我看着他的样子一直想发笑，我在台下玩儿命给他鼓掌，对着他没完没了地抛媚眼儿……我那时候也真纯情啊！一转眼，过去了好多年。

实际上，高源是长得很帅，我怀疑他真的没有神性，没有灵感，没有眼泪、生命和爱恋了，因为这么多年以来，他从来没对我说过他爱我的话。

"我爱你，初晓，我要跟你结婚。"高源坐在沙发上面无表情地说，"我爱你，我从来没敢告诉你，我怕你一高兴又哭起来，没完没了的，我怕你哭，我怕你。"他说得跟真的一样，我真想抓着他的小细脖子从阳台把他扔出去。

高源轻轻拉我的手，拉我到他身边坐下来，抚摸我的头发，他叫我安静下来，我一下子也蒙了，愣愣地坐了一会儿，听他鬼话连篇地说了一大堆废话，等我清醒了一点儿，我把头搭在他的肩膀上，轻声地说，"明明我什么都没做错，你们凭什么伤害我？"高源全身都开始抖动起来，"对不起。"他哭了。

那晚我跑到奔奔常出没的一家北京最高档的迪厅里，直接进了VIP包厢，是一个香港人长期包的一间房，知道的人不多，许多许多的红男绿女在这个小世界里迷醉，玩命地折腾。

我进去，看见奔奔果然在里面，她像个领袖似的带领着一屋子的牛鬼蛇神疯狂摇动着身体在跳舞，还没等我走近她，一个肥硕的男人将我扑倒在地压在他的身下。

"滚开！"我喊了一声，那胖子压得我喘不过气来并且开始在我身上摸来摸去，我不知道哪儿来的力气，抬起脚朝他两腿之间蹬过

去，他登时杀猪般地嚎叫起来，整个人在地上滚来滚去的，活像个
肉球。

　　整个包厢立刻安静下来，音乐停了，所有人看向我，这种被人
瞩目的感觉让我紧张，我从地上爬起来，整理凌乱的衣服，向门口
走去。那胖子号叫着吩咐道："别让她走！"接着不知道从哪里蹿出
四个健壮得像保镖一样的家伙，横在门口，其中的一个像抓小鸡似
的，将我提起来，提到那胖子跟前。

　　"把她衣服全给我扒光了，给我扒光！"那小子俨然一个黑社会
大佬。我吓傻了，大脑一片空白，新闻里不是说北京没有黑社会吗！

　　"等一下！"奔奔说话了，我几乎忘记了她也在这里，"这是我
姐姐，龙爷你真要办她我也拦不住，可是我得告诉各位，这是我奔
奔的姐姐，亲姐姐。"她说完了，转身出了包房，这个挨千刀的，说
句话就开溜，好歹带我一起走啊！

　　那胖子正犹豫着该拿我怎么办的时候奔奔又回来了。身后跟着
一个精瘦的中年人，耳朵巨大，脑袋的形状像个枣核，目光如炬。

　　胖子也顾不得疼了，龇牙咧嘴地从地上爬起来，"小马哥！"

　　"阿龙你玩得好过分！"小马哥一口标准的香港普通话，"好歹
也是奔奔的人，你不好搞到大家尴尬！"

胖子不服，"那她踹我这一脚，白踹啦？"

小马哥白了我一眼，转身走了，胖子随后也愤愤地出去。

奔奔安慰我，"别怕，初晓，在这些地方，没有我摆不平的事！"

我想起她跟那胖子说我是她亲姐姐时候的表情，突然很想我妈，我要有这么一个妹妹，我妈可能早给气死了。

不管我心里在想什么，都没耽误我掉眼泪。奔奔一直当我是刚才受了惊吓，拍着胸脯跟我保证，保证叫那胖子摆一桌跟我赔礼道歉。我还哭，奔奔有点儿急了，冲我喊："初晓，胖子在北京也是个响当当的人物，我都说想办法叫他给你摆一桌了，你还怎么着？你不也就是个破编剧！"

听她这么说，我哭得更加绝望，上气不接下气地告诉奔奔我跟高源要分行李散伙的事儿。奔奔哈哈大笑，她说："我以为是什么大事呢，敢情就为这个啊，这迪厅里的男人你随便挑！"这个小流氓，我就知道，她不懂什么是爱情。

正哭得可怜，李穹又打来了电话，问我："怎么样初晓，抓了现形没有？"我听出了幸灾乐祸的味道，我对着听筒破口大骂："李穹你个没良心的，你看我的笑话！你看我这样你高兴了！"难怪人们老说，不幸的人最需要的不是安慰，不幸的人需要的是同伴，有了我做伴，李穹显得平和多了。

"你怎么不说话？李穹我告诉你实话吧，我根本不在乎，高源纯粹玩她呢！他要召妓我还得给他掏钱买单，这种免费的便宜我们干吗不占！"

"初晓，这么多年朋友了，我还不知道你是什么德行？甭跟我这儿装大头蒜，你现在是个什么滋味你心里知道，我心里也明白。"

终于忍不住在电话里哭了出来，我像那天李穹在电话里对我哭诉似的，声泪俱下。

过了半个小时左右李穹来找我了，看着我哭得可怜，她也一脸的悲壮。"你没上去扇那个小婊子？"李穹问我。

我回答得很老实，扇了她一个，她扇了我两个。李穹一听，跳了起来："高源这个王八蛋没出手？！"

我摇摇头，问李穹："李穹，你说这个世界上还有没有天理啊？他们怎么能这样儿对我？他们凭什么？"我哭得几乎背过气去，奔奔从对面沙发上站起来拿了两张面巾纸给我擦眼泪。

"两位姐姐，要我说，你们犯不着为了臭男人掉眼泪。"奔奔说起什么事来总是一副巨轻松的表情，"这个世界哪儿来的公道啊？就没有，所有的公道都是自己找回来的。放心，我奔奔一没有父母，二没有兄弟姐妹，我把二位姐姐当亲姐姐待，你们这个公道，妹子我给找回来！"奔奔轻描淡写地说。

奔奔被人叫出了房间，我跟李穹要了点儿酒，在房间里边喝边聊边掉眼泪。

我问李穹张小北最近有没有再提离婚的事，李穹摇摇头，叹了口气说道："前天晚上张小北忽然哭了，哭得一塌糊涂，一句话没说，可是哭了好一阵儿。"李穹叹了口气，将一瓶BLUE喝下半瓶，"我不怕跟他离婚，真的，初晓，我跟你说实话，我不怕跟他离婚，我怕他叫别的女人给骗了，把他交给别的女人，我不放心你知道吧……我这个人从来不吃回头草……"李穹可真行，这时候了还惦记着张小北，"刚开始我想，那萌萌不过是爱钱，大不了我给她点钱算了，她也同意了，只要我给她钱，她就回湖南老家，离开张小北，谁知道张小北是真爱她，他明知道那萌萌爱的是钱……你说我该怎么办呀？"李穹也哭了，真是一塌糊涂。

"别怕，我有办法，到时候你听我的就行了。"我又像个总司令一般，仿佛当年我跟张小北一起密谋如何把李穹鼓捣到手里时的情景。

那天，李穹又喝多了，醉得像一摊烂泥。我也高了，处于半混沌状态，我把李穹交给了奔奔，自己打车回家了，临走我抓着奔奔的小细胳膊，指着奔奔鼻子问她："妹子，你刚才说的要帮姐姐我找公道的话还算不算？别他妈的借着酒劲说些虚头巴脑的话，等姐姐我要你出手的时候找不着人！"奔奔也不知道等着到哪儿去串场呢，心急火燎地要离开，一把推开我的双手，一边指挥着她的手下，一边跟我说："你大爷的初晓，我奔奔什么时候说话不算过？"等我再抬头找她的时候早已不见了人影。对我来说有她这句话也就足够了。我心满意足地拦了辆车准备往家走，刚走了三五分钟，就看见警车铺天盖地地向这边开来，登时明白了奔奔刚才为什么那么慌张。

# 24

　　高源不知道去哪儿了，家里一片漆黑，我跟个终于找到窝的流浪狗一样，灯也没开，倒头就睡。早上醒来，看见客厅茶几上这孙子留的字条：初晓，新戏马上要开机，这几天我跟剧组在一起，等这部戏拍完咱们就结婚。我把他留的纸条卷了卷扔垃圾筐里，结婚？我都已经不想这回事儿了。

　　给自己倒了杯牛奶，忽然觉得心慌，慌得不行，手一哆嗦，杯子掉在地上摔了个粉碎。

　　正收拾的时候李穹打来了电话，聊了两句突然来了灵感，一头扎进书房昏天黑地写起了剧本。做文字工作的人必须不能幸福，只有痛苦才让人深刻并且拥有无穷的创作力，我一口气就写到下午五点。我爸打来电话叫我去家里拿车，他已办好了所有的手续，我拿来就能开。

冲了个澡刚要出门，乔军又流窜到我们家来了。打开门的瞬间我在他流氓的脸上看到莫名其妙的疲倦和强颜的笑，他在我头上拍了一下，我躲了一下没躲过去。

"干吗？欺负人是不是？"

"小样儿吧你，我欺负人还是你欺负人啊？你属狗的啊？"乔军这是替高源找我算账来了。

"我哪儿配属狗啊，我属猪。"

"新鲜了啊，以前光听说母猪会上树，没听过……"乔军一看我停下来横着瞅他，就不往下说了，嘿嘿地笑着，"好，好，好，我怕你。"他在沙发上坐下来，"怎么着，这回真打算散伙了？"

"告儿你乔军，我跟高源的事你少跟着掺和，本来挺好的人都是你们给带坏的！"

"你可别不识好人心啊，我是跟你一个战壕的，高源这孙子他就不该这么办。他做出这么对不起你的事，于情于理，你哥哥我都得给你出这口气，按说呢，我今儿得揪着这孙子来给你赔罪，可是呢……高源这会儿他实在来不了……我今天真不是他叫我来的啊，我今儿代他跟你赔个不是，你这些日子也别瞎琢磨，临进手术室高源说了，等他好了，要是不残疾的话，他就回来跟你结婚，要是他残疾了，也不好意思再耽误你了。"乔军的口气忽然变得跟死了人似的，眼睛里还闪着泪。

我心里纳闷儿："你丫说什么呢？天还没黑呢就喝多了？"这家伙真能扯，这么会儿把高源鼓捣进病房了。

乔军一下子急了："谁喝多了，我好心好意过来跟你说一声……就你这脾气，初晓，不是我说你，疯狗什么样你现在就什么样儿，逮谁咬谁。"我的脾气跟狗似的这似乎已经被这帮爱造谣的人说成了事实，实际上，我脾气不知道多好，对谁不是和颜悦色？"高源人现在躺在朝阳医院呢！今儿早上叫车给撞了。"乔军说得很轻松。

我一下子跳了起来："你蒙谁呢！"嘴上这么说，心里却慌张得够呛，"根本不用想，丫设的苦肉计，我告诉你们，给我使什么招儿都没用，这是苦肉计，跟我没关系！"我挥着胳膊一连说了好几遍"跟我没关系"，却控制不住地战栗。

"我就是来告诉你一声儿让你别担心，没什么大事，那我就……先走了。"乔军边往外走边说，"我得回去看着他点儿，做完了手术一直睡着呢。"

他刚要走，我的手机又响了，是我一个高中同学，现在在朝阳医院当大夫，我还没说话，她就连珠炮似的说了一大串："你在哪儿呢初晓，你老公出车祸了，送我们这儿了，我晚上一来上班，到病房一查，怎么他在这儿呢！刚下手术……"我都没听完她在电话里说什么，挂了电话赶紧套上一件外衣，拖着乔军往楼下跑，跑到三楼的时候，乔军差点儿从楼梯上滚下去。

我心里很慌乱，说不清的感觉，只觉得呼吸急促。半路上我爸又给我打了一遍电话，问我什么时候回去开车，我说："不回去了，高源在医院呢，我得去看着他。"然后我就挂了电话，乔军一边开车，一边转过头来看了我一眼，似乎对着我笑了一下。我妈电话立刻又追了过来："初晓，别着急，慢慢跟妈说，高源怎么了，在哪个医院？"

我说朝阳医院，我也不知道怎么样了，听乔军说刚做完手术，说着说着我哭了。电话里问我妈："妈，怎么办哪？"我妈安慰我说别着急，可是我怎么能不着急呢！

我问乔军是什么人撞的，乔军说肇事的车跑了，交警大队目前在分析事故现场。初步判断是轿车撞的，目前正在寻找事故目击者。

车开到了朝阳医院，乔军拉着我来到高源的病房，看到高源躺床上的样子，我腿都软了。

高源身上插着各种各样的管子，他的皮肤本来就偏黄，灯光底下那么看着跟死人无异。乔军拍着我的头，不停地说，没事儿，没事儿。

我一直以为是高源使的苦肉计来着，现在看来，没人能对自己下这么狠的手。

高源睡着了，呼吸很平稳，站在病床边我有些不知所措。

我妈和我爸也赶来了，每人手里都提着一个大塑料袋，里面装着洗漱用品和给高源换洗的衣裳。我一看见我妈心里踏实了许多，我爸在门外跟乔军那声讨肇事逃逸的司机，仿佛那人就是乔军。

过了一会儿，乔军进来告诉我，高源他妈在对面楼的病房里躺着呢。他爸守着老太太在那边，说上午高源他妈一看见他儿子的模样，心脏病发了，立刻也送进了抢救室，我妈一听，拉着我爸赶紧过去探望。

乔军陪着我一起守着高源，他始终睡着，我同学说高源这种情况很糟糕，有可能会失忆，最乐观的估计也会影响记忆力。我听着她说，自己心里想着只要他不死就好，本来没打算原谅他的，可是看着他的样子，我又忍不住想自己跟一个残疾人有什么好计较的呢？在这个时候跟他分手我会承受不住来自良心的谴责，事情总要有个轻重缓急，这个当口高源的命是第一位的，我忽然发现我竟一点儿也不恨他了。

人有时候很奇怪，你觉得你那么恨一个人，但你骨子里对他的那些爱，一旦被激发出来，你会发现，从前你对他的那些恨，也只是因为爱。也许，这个世界上根本没有什么天公地道，特别是当女人爱上男人的时候，当一个有心的女人，爱上一个贪玩的男人。

第二天一大早，李穹和张小北来看高源，他还没醒，乔军接了一个电话就出去了，我们三个人围着高源说话。张小北看着高源的惨状皱着眉头，不停地说："谁撞的，谁撞的，肇事逃逸就该枪毙！"李穹端着一盆儿温水，我给高源擦脸。我这人有时候特别没出息，手指触到高源的皮肤，那么光滑的皮肤，那些细小的皱纹，不禁想起高源每次笑起来的时候都会皱成一朵花的模样。一想到这突如其来的灾难很有可能让高源不会笑，不会哭，不会横着眼睛跟我吵，就觉得我今后的生活了无生趣，抽抽搭搭地哭起来。

李穹和张小北又安慰了我一会儿，张小北看了看表对李穹说："走吧，别迟到了。"李穹点点头，跟着张小北向外走去，走到门口的时候，我才想起来问他们一句，要去哪儿，李穹低下头苦笑了一下，抢先走出了病房，留下张小北沉着脸，说了一句："今天我跟李穹办手续。"说完了，他看了我一眼，我心里很难过，对着张小北笑了笑，说了一句："你对得起李穹吗？"张小北看了我足足一分钟："我连你都对不起，别说李穹了。"

说完，他面无表情地转身走了，留下我一个人在那儿寻思，什么叫连我都对不起呢？最后我想明白了，张小北说的肯定是我当年削尖了脑袋给他想那些坏主意追李穹，给李穹铺天盖地地造舆论，我现在想想，对得起我的究竟有谁？而我，我又对得起谁？

# 25

张小北两口子刚走，乔军就回来了。我告诉他李穹刚来过，乔军愣了一会儿，噢了一声，问我："你早饭吃包子小米粥还是吃豆浆油条？"真让我奇怪，他现在怎么听到李穹都没什么反应了。

"我一直没跟你说过吧，张小北之所以能追到李穹全是我的功劳，为了把李穹追到手，我们俩把所有你能想到的缺德事儿都干了……我对不起李穹，也对不起你……"说完了，看着乔军，乔军端着个饭盒也不动地方，在我面前站了一会儿，脸色由黄变红，由红变青，最后从牙缝里挤出三个字来："你浑蛋！"他咬牙切齿地说完就出去了。

乔军说得好听，出去给我买早饭，直到中午了连个人影还没见着，就像当初高源不惜以牺牲安定团结而逃避劳动一样，我猜乔军亦是不惜饿着贫下中农来达到他逃避反省自己罪恶的目的。

中午的太阳升起来了，暖洋洋地从窗户照射进来，照在高源的脸上，好像他始终是一个纯洁的男人，不曾与任何我以外的女人有过什么勾当。当时当刻，高源在我的眼中真是顶天立地英俊潇洒聪明绝顶得一塌糊涂，我情不自禁地在他脸上亲了一下，已经昏睡了两天了，他差不多该醒了。一抬头，才知道我刚才的亲密举动被站在门口的高源父母逮个正着，我赶紧招呼他们："叔叔，阿姨。"

高源他妈笑眯眯地看着我："初晓，好孩子，这两天你受累了。"又对高源他爸说："看看，小脸都瘦了。"

高源他爸表示同意，跟我说："别着急，回头你阿姨回家煲点儿鸡汤，给你也补一补。"

我招呼他们坐下，老太太摸着高源的脸，红了眼圈。"我儿子这回可真是捡回了一条命啊，儿子，儿子，你可得快点儿好起来，别让你妈提心吊胆的，还有初晓，你瞧你把初晓给累得！"眼泪吧嗒吧嗒掉在高源脸上，看得我心里也是酸酸的。

"叔叔，阿姨，你们先回去休息吧，有我看着呢，你们放心回去休息吧。"我安慰高源父母。

又聊了一会儿，就在老头儿老太太准备离开的时候，高源醒了。他爸眼睛一亮就像小木偶似的一下蹦到病床前："儿子，儿子，我是爸爸，你认得吗？"他的眼睛张得巨大，嘴巴也半张着，期待着高源的回答。

"知道。"高源简短地回答了他，目光又被他妈吸引过去，"儿子，你吓死你妈我了，哪里不舒服？"

"疼。"这小子出了车祸之后说话真够简短，我担心真是撞坏了脑子。

他妈一听他说疼特高兴，连忙跟他爸说："没事儿，他还知道疼，看来没事儿。"之后又招呼我，"初晓，来，快来呀，你还不快看看高源！"

我就站在床尾的地方，含情地看着高源，不知道为什么有点儿不好意思，我从来没有在高源面前像这样不好意思过。他也看着我，我们的目光在空气中交织着，从前我们只要看对方的眼睛，就知道对方要说什么话，然而那一刻我看着高源的眼睛，却不知道他要说什么。

看了一会儿，我走向床头，刚要说点儿什么，高源开口说了一个字："滚！"

这么多年在一起我已经习惯了这种表达感情的方式。我一边拉他的手，一边跟他说话："你把我们大家都吓坏了。"他躲开我的手，脸上满是厌恶，转向他妈说："少跟我这儿装！赶紧滚！"不像是开玩笑。

我一着急，在他肩膀上拍了一下："说什么哪你？！"

高源龇牙咧嘴地皱着眉头，大声地嗷嗷叫疼，然后使劲对着我吼："我永远不想再看见你，滚！"

"高源！"他妈看不过去了，低声地呵斥他，"初晓守了你两天两夜，怎么不知道好歹呀！"

我在旁边站着，不知道该滚，还是该留下。病房里有短暂的几分钟沉默，我特坦然地看着高源，看他还能说出什么难听的话来。

他妈抓着我的手："初晓，别跟他一般见识，走，跟阿姨回家，阿姨给你炖汤喝。"

"你他妈敢迈进我们家一步，我跟你拼了！"高源看他妈拉着我手往外走，赶紧补充一句，恐吓我。

"高源！"他妈又低声呵斥他，"耍浑啊！"

突然间我也来了气，三步并作两步走到床头照着高源脑袋推了一把，"你想干吗啊？我都没说什么，你怎么还跟我没完没了……"话没说完，高源居然一声不响又晕了过去。

大夫赶来没鼻子没脸训了我一顿，问我是想让他活还是想让他死，说他本来脑袋就受了伤，你还推他脑袋，没准你这一推，能把他小命儿推没了。我对自己刚才的冲动感到十分懊悔，不敢抬眼看他父母。

"没事儿初晓，别害怕，大夫不是说没儿事嘛。"高源妈拍着我肩膀，对我表示了原谅，话锋一转，"你们俩是不是打架了？"

"没有……"我支吾着，"我们……闹了点儿小矛盾。"

话音落下高源又醒过来了，一度让我怀疑他刚才是装的，故意吓唬我。

"让你滚听见没有！不想看见你！"

我低着头，不说话，我让着你，谁叫你躺在病床上呢。

高源他爸拉着他妈出去了，大概是想给我们俩一点儿时间，单独说会儿话。

"大夫说你现在不能太激动，有什么话都等你好了再说吧。"我看着他的脸，他一副要吃了我的架势，"你要不愿意在这儿看见我，我这就回去，在家等着你回来，你想吃什么，需要用什么，叫乔军给我打电话，还有……"我刚想再说叫他别老想着工作的事，他打断了我的话，语气很平和："初晓，什么都别说了，咱俩两清，你不欠我的，我把命差点儿扔了，我也就不欠你的，走你的吧。"

虽然高源的话我听得不是很明白，但是我还是遵照他的意思，转身向外走去，我想，这孙子脑子进了点水，等他好了也就没事了。

走廊的椅子上，老头儿老太太看着我要走，把我拦住了。我说我得回家去睡一觉了，估计一会儿得有很多朋友来看高源，乔军现在又不在这儿，一会儿我跟同学说一声，叫她帮忙请个护理，让他们也回去休息了。

我回到家，什么也没想，真的就睡觉了，还做了个梦。我梦见我结婚了，跟张小北，李穹和高源给我们当伴娘和伴郎，奔奔和贾六当司仪，俩人一唱一和地把婚礼搞得特别热闹。醒了之后我呆呆地坐了一会儿，这个家好像变得空荡荡的，没有一点儿声响，让我觉得非常孤独，我把头埋在胸前，拼命地想，拼命地想，是什么原因让我走到了今天的地步，没有答案。

# 26

晚上十点多，我饿得肚子咕咕直叫，没食欲，将就着喝了点儿牛奶，给我妈打了一个电话。

我妈接起电话就问："你怎么样了，睡醒了？从医院回来我说要给你打个电话，你爸不让，说你正睡着呢……这两天累坏了吧？想吃什么妈给你做。"我爸在一旁附和："对，对，想吃什么跟你妈说，做好了爸给你送过去。"

我拿着电话不知道说什么好，喉咙里堵得慌，生生把眼泪都憋回去。

"高源怎么样了？"我尽量放松，用平常的口吻问她。

我妈说，下午他们一进病房就看见交警跟高源那儿问笔录，问他有没有注意到什么样的车，有没有看清楚车牌和车的颜色，高源说他什么都不记得了。送走了警察,我妈把煲好的汤给他放下,问我上哪儿了,高源说他叫我回家休息去了,然后就说自己累了想睡觉,我们家老头儿老太太看着他睡着了才回家。

"初晓,这会儿高源在医院里,你把自己的事撂一撂,辛苦点儿照顾他几天。回头把你爸那个躺椅给你送到医院去,要累了就在那儿眯瞪一会儿算了,省得高源有什么事再找不着你他着急。"

我妈没完没了地在那儿絮叨着让我住到医院照顾高源,彼时我跟她说我要从家里搬出去跟高源同居她将我骂得狗血淋头的场面还历历在目,几年的时间,我们虽然一直没有结婚,她早已把高源视作家人。

"我不跟你说了,冰箱里还有条鲈鱼,妈给你做点儿汤,叫你爸一会儿送过去,你自己喝点儿,剩下的拿到医院给高源。"

内心的悲伤再也无法抑制,我大哭起来,"妈妈我好想回家!"

她登时慌了,"别哭,你哭什么,这就让你爸接你去!"

回家的路上,我把白天在医院发生的事儿还有高源和张萌萌之间的一切都和我爸说了,希望他能做好我和高源分手的心理准备。他始终一言不发,直到出租车在楼下停稳,他一边下车一边叮嘱我,"一会儿见了你妈别说这些事儿。"

我妈早早地煮好了一锅汤，又做了西红柿炒鸡蛋跟米饭等着我回来吃。

从走进家门老太太就一直盯着我看，"哭了？"

我摇摇头在饭桌前坐下。

"是不是高源有什么事啊？"她一边给盛汤一边又问。

我仍然摇头，"今儿这汤真好喝，够味儿。"

"好喝，明天给高源送一点儿过去，你别都喝了啊。"我的心里五味杂陈，不知怎么一口汤喝呛了开始猛烈地咳嗽，我妈急得起身拍打我的后背，"慢点儿慢点儿喝，又没人跟你抢……知道高源住院你心里起急，越是这时候你越得稳住，没有过不去的坎知道吧……"她越说我越感到委屈，索性放声大哭起来。

抹干了眼泪吃饱了饭回到房间躺在床上发呆的时候，蓦然记起前一晚在夜总会奔奔拍着胸脯跟我保证一定得教训教训这两个狗男女的情景，心猛地向下沉，抓起电话拨通了奔奔的号码，在等待她接听的几秒钟时间里，我感到口干舌燥，心脏像是要从胸腔里跳出来。

一天当中的这个时候才是奔奔工作的开始，很多时候我通过她接电话的声音就能知道她一天生意的好坏，通常她接电话的声音温柔讲话慢条斯理就表示生意很差，反之，当她讲话暴躁不耐烦的时候就表示生意好，没时间和我废话耽搁时间。电话接通，我听见奔奔说"怎么着我的姐姐？"看来她今天生意不好。

"奔奔，你跟我说实话高源是不是你找人撞的？"我直奔主题。

"谁？"奔奔好像不知道高源是哪个，也不能怪她，工作性质决定了她每天面对大量男性的名字，一时想不起来可以原谅。

"高源，我男朋友！"我又重复了一遍。

"他怎么了？撞了？"

"你别装啊！"

"谁装了，我装什么呀……你说他撞了？撞哪儿了？"

"被车撞了。"

奔奔在电话里停了两秒，"……那不正好？"她突然兴奋起来，"你不是正想让他长个教训嘛，就该挨撞！这不是老天有眼嘛我的姐，好事儿好事儿……这是哪路英雄替天行道做了这么大的善事啊？操，要让我知道是谁，非见天地给丫提供免费特殊服务，什么酒水啊，所有消费，服务费全免！"

"是不是你干的？"

"我操，我没听错吧。"她把嗓门儿提高了八度，"我？我他妈从前天晚上警察临检开始，到现在，忙得脚丫子都朝天了，就这，还有几个没捞出来呢！"奔奔显得很委屈，我特喜欢她的措辞，每一句我都喜欢，今天她说这句"忙得脚丫子朝天"也很符合他们的工作性质，我甚至怀疑奔奔在长期从事这种行当领导工作之余，并不像大多数人一样放松了思想政治理论的学习，她的语言，总是平凡之中透露着很深刻的哲理。"我确实对他欺负你这事儿挺生气的，也真想替你好好教训教训他，问题是我这儿现在一堆麻烦事儿，掰不开镊子呀！现在我巴不得让他把我撞了让我躺医院歇两天……对了姐姐，我听贾六说你不是有公安局的关系吗，你帮我找找人行不行，罚款咱该交交，先把人给我放了成不成？"

听她这样说，我确定不是奔奔干的，"我求求你了姑奶奶，这会儿就别给我添乱了啊，高源被车撞得差点儿就残废了，他还以为是我找人干的……"

"丫就一小导演，废就废了，文艺工作者的败类，玩弄感情的孙子，死不足惜。"

"得，你忙你的。"我赶紧打断她，"我知道你对我好，真的奔奔，知道不是你干的我就放心了。"

"肯定不是我呀，我这个人虽然正义，可从来不血腥，开车撞人？！我操，多血腥呀，我看见血就晕，每个月一到血崩的日子我就哆嗦……"奔奔管来月经叫血崩，我第一次听她这么说是在昆仑跟人吃饭，邻座的一位女士一起身，裤子后面一点儿血迹被奔奔看到，她立刻高喊起来："嘿，大姐，血崩了嘿。"

"好了，你赶紧忙去吧，贫起来就没完。"

"那我那几个小姐妹儿你捞不捞啊？"

"明天中午等我电话。"

她即刻高兴得撒起娇来，"这还差不多！这才像我姐姐，谁还没个父母啊你说是不是。"

"挂，挂，挂，赶紧挂了吧。"每次跟奔奔通电话我都一头汗。

放下跟奔奔的电话我又想到贾六，可是有几天没看见他了。电话响了好半天他才接起，迷迷糊糊的，估计正睡着。

我问他："六哥，你在哪儿呢？"

"河北，有事儿？你跟高源你们俩没事儿了吧？"

听他提到高源，我心一沉。

"你怎么跑河北去了，我说怎么好几天没看见你。"

"有个急活儿，跟哥们儿一块儿过来办点儿事……你没事儿吧？你是不是有什么事儿啊，有事儿你等我几天……"

"你什么时候回来？"

"哟，那可真说不准……妹子你是不是有事儿啊？"

"没事儿，"我说，"没事儿。"

# 27

在父母家住了两天总觉得拘束，长到三十岁还被老太太像二十年前那么管着总感到别扭，正好制片公司的创作总监来电话催剧本的进度，我便以工作之名又搬回了六道口的家里。

有一年过年我妈高兴多喝了两杯，借着酒劲教导我，"儿女情长英雄气短，女人这一辈子谁都指望不上，全得靠自己，甭管将来遇见什么事儿，天塌下来你该挣钱也得挣钱，什么都是假的，钱是真的。"放在过去这样的话我是不信的，高源就是我的一切，我有什么不重要，重要的是高源有什么，他是我的一切，他的一切也都属于我；现如今出了这样的事情，我不得不开始思考在这个世界上有什么东西是真正只属于我一个人的。

回到家第一件事就是大扫除，把家里从里到外收拾了一遍，擦地，整理书架，把沙发和茶几换个新的位置，重新布置每个房间，据说经常像这样改变家里的布局会使心情不好的人换另外一种心情。我满头大汗地看着被我重新布置的这个家，心情的确好了不少，最后，我又把高源所有的衣服，他喜欢看的影碟、漫画、小说，都收拾在了一起，担心万一他突然回来找不到了着急。做完了这一切我确信自己仍然深爱他。

我还在衣柜的最底层把那只已经碎掉的玉镯子翻了出来，看着它只感到辛酸，三十多万就这么碎了，早知道它会碎还不如一到手就卖了变现！

正对着已经碎了的三十万想入非非的时候，乔军电话来了，很不高兴地问我为什么不到医院去陪着高源。我说高源现在一个病人，一看见我就激动，回头再影响了治疗，落下一终身残疾，我不就吃不了兜着走吗？所以我不去。

乔军便又开始教育我，说初晓你可真操蛋，高源他是犯了错，他不应该跟那个萌萌有那层关系，但是那天他喝多了，喝多了放松了警惕……

我提高了声音装作一副惊讶的样子，"呀，原来喝多了呀，那是我错怪他了，喝多了可以随便瞎搞，践踏我的感情，羞辱我的人格，这都不算事儿……你是这个意思吧？"

乔军沉默了几秒，忙不迭否认，"初晓，对毛主席保证我绝对绝对地不是这意思……喝多了本身，这就是他给自己找的借口，做错了就是做错了，这事儿就是他不对……问题，你是犯罪！你找人撞他你这叫雇凶杀人，故意伤害，你犯罪了懂不懂……"他越说就越激动，恨不得顺着电话线跑到我跟前来揍我一顿，停了一阵儿，他像总结似的叹了口气，"我真没看出来，你够狠，为这点事儿你想弄死他？雇凶杀人这多大事儿你知道吗！无期起步！"

我不禁冷笑："你也太看得起我了……杀人要偿命的你以为我不懂法？对付这种烂人最好的办法就是……离开他，分手，你告诉他我要跟他分手。"人就是这么奇怪，情绪顶到那儿总会说些言不由衷的话，"原来我在你心里就是这种浅薄的人，他背叛我我就得撞死他，我还有大好前途追我的人多了去了，我至于为他、为他们狗男女把一辈子都搭进去？"

乔军打断我的话："那为什么是开黑车的贾六撞他！高源看得清清楚楚，就是贾六！"

"那他为什么不报案？叫警察把贾六抓起来不就完了嘛！谁撞的他找谁去……"

"你怎么那么浑呀初晓，要不是因为你，不是中间有个你，他能不跟警察实话实说？至于吃这种哑巴亏！"

照乔军说的意思，高源明知道撞他的人是贾六却没告诉警察完全是因为他觉得贾六受了我的指使，出于对我的保护他才没说出贾六的名字。我竟然有些感动，就像真的指使了贾六去撞他。一想到这些，心中升腾起一阵暖意，还有一些足以在精神上击溃张萌萌的底气——女人之间的争斗总是这么微妙。

"高源怎么样了？"我问乔军。

乔军说，昨晚上高源半夜里无数次高喊着要炸酱面不要初晓从噩梦中惊醒，吵得对面病房一老太太心脏病都犯了。"你瞧瞧你，初晓，差点儿又背上一条人命。"乔军显得颇无奈。

我有一种感觉，乔军作为高源最好的兄弟，他对于我的评价始终介乎于欣赏和不屑一顾之间，在某些方面，比如创作上，乔军逢人便举起大拇指说我是个才女；再比如他欣赏我的为人，始终认为我正直善良是值得交往的朋友；他欣赏我对名利的态度，也曾经说过如果没有高源他会与我成为哥们儿，成为最要好的朋友。但是因为我对待高源的方式，乔军对我的好感大打折扣。他不认为我在才华和外表上能够和高源相匹配，甚至说过我的创作是受高源的指导和启发，言外之意，我应当把高源当作老师，当作前辈一样的来尊敬，而不应该把高源当成儿子一样非打即骂，限制诸如泡妞和个别想为艺术献身的姑娘睡觉之类的高尚活动。

同居乃至婚姻生活是对一个人智慧和勇气的双重考验。

在我们俩刚搬到一起的时候，还没什么同居经验。在做家务方面思想境界都不高，俩人都挖空心思想逃避劳动，抓阄、猜丁壳，这些方法都用过了，周末包饺子往饺子馅里塞个硬币，说好了谁吃到硬币第二天洗衣服擦地板收拾房子就是谁的事儿。在那个带硬币的饺子被高源吃出来之前，我饿得两眼发黑也不肯去吃一口。最后我彻底转变思想，承担了所有家务，有两件事起了决定性的影响，其中一件就是高源为了我跟人打了一架，另外一件事就是高源拍的一个电影得奖了，老有记者通过他的同学和朋友介绍到家里来找他，我想总不能叫他系着围裙满身油烟味儿跟人谈电影艺术吧，也就心甘情愿地接过了他手里的炒锅。

这几年我跟高源都有了许多许多的变化，我的许多不好的习惯都跑到他身上去了。我以前不爱关厕所的灯，高源老说我，说浪费电，我每回都皱着眉头跟他说："费不了多少电！"后来我把这毛病改了，他反而不爱关厕所的灯了。我一说他浪费电，他就跟我急赤白脸地说："用不了多少电！"以前我很爱干净，一套衣服穿脏了脱下来，放到一个桶里等着洗，后来不知道什么时候开始也跟高源学着一件衣服穿一天，脱下来扔到衣柜里，第二天换另外一件，穿一天再扔到衣柜里，所以现在我衣柜里的衣服根本分不出来哪件是干净的，哪件是应该洗的。

自从跟乔军通过电话，我就来来回回地把我跟高源之前的事想了一遍，一直想到那天他跟张萌萌在一起研究剧本。思来想去，我确定我们之间还是有感情的，于是对自己说，算了吧，都过去了，我原谅他算了。再说我把人家家里传了好几代的玉镯子给弄碎了，万一就此分手，我上哪儿弄一个还给人家？就原谅他算了。

想到这里，我把高源的衣服、CD 机、游戏机、漫画书都装在一个书包里背着出门了。路过胡同口看见卖煎饼的，想起他最爱吃这一家老板做的煎饼，随手给他买了一个，额外加了两个鸡蛋。

我被高源他妈拦在病房门口，她沉着脸警惕地盯着我，反复念叨着一句话："真是世风日下，你也算受教育这么多年的人，怎么能做这种事儿，你要杀了我儿子！还有脸到医院来，你就应该去自首去！"

我不理她，透过病房半开的房门看见高源蜷缩着身子睡着了。

我看着她的眼睛坚定地告诉她，不是我干的。

"不是你？不是你还是我，我找个流氓开着车去撞的我儿子？"她极其轻蔑地乜着我，"要不是我们家高源心软，我说什么也得让你受到法律的制裁！"

"初晓啊，作为父母，我们不能再看着我们的孩子这么错下去了！"高源他爸也加入这场对话，"你们必须马上分手，过去的事情我们不追究了……"

"看在我儿子的面子上放你一马！"他妈补充道。

"不用放我一马，"我将背包放在病房门口，"你们现在去报警还来得及，谁撞的他就应该让警察把谁抓起来！"说完头也不回离开了医院。

我到医院附近的派出所去报案，并不单单是为了洗清自己的嫌疑这么简单，如果真如高源所说是贾六撞他，贾六应该为这样伤害别人的行为付出代价，而我，不会因为他为我出头而去做的这件事有任何的惭愧。一个人的性情可以不拘小节和义薄云天，如果假他人之名行罪恶之事再反过来道德上绑架他人，说所做一切都是为了你，那这人就是妥妥的无赖。我的心里并不觉得贾六是这种人，他的确滑头甚至身上有些流氓做派，然而我坚信自己看到了他内心的善良和懦弱。只有查明真相才能还贾六一个清白，给大家一个交待。

# 28

时光飞快，这一年转眼快到劳动节了。车祸的案子不了了之，高源还在医院躺着，贾六继续开黑车。春节前我就一直在想，我的婚礼要是能在五月举行就好了，最好就在"五一"假期，天气不冷不热、全世界劳动人民都跟我一起庆祝，多好啊。现在想来，没戏了。

想回家，又觉得回去也是一个人待着是种煎熬；想去逛逛商场，一看见熙熙攘攘的人群就莫名烦躁。左思右想拿不定主意索性就在街上漫无目的地溜达。

一条静谧的小路上有个剧组在拍戏，许多人在围观，于是我从人群后面绕过去，刚走了两步，被人抓住了胳膊，"小姐，一个人啊？"我一惊，转回头竟然看到曾经出演过我剧本的演员何希梵，他因为名字与"稀饭"谐音，我们在剧组都叫他大米粥。

"你跟这儿干吗呢大米粥？"我上下打量着他，"怎么打扮得跟个华侨似的？"这两年我们联系不多，但总能从相熟的朋友那里听到他的消息，听说是开了一间广告公司。

"哥们儿的戏，我过来给他帮忙客串个角色，这会儿没事儿了。"他掏出烟来点了一支，也给我一支，"这两年你忙什么呢？相夫教子？没你消息呀！"

"我能忙什么呀，混呗。"我眼望遥远的长安街，车来车往，忽然感到寂寥，"你怎么样？发财没有，拉我一把。"

"发财谈不上，我也就挣俩辛苦钱，走，咱找个地方坐一会儿，这日子过得都两年没见过面儿了。"大米粥不由分说拉着我往前走，走了一段，指着一辆崭新的奔驰问我，"怎么样，这车还行吧？"

"行啊大米粥，鸟枪换炮了你啊。"两年前他开捷达。

大米粥一笑："你不弄辆开开？我有朋友走私，弄一辆这车便宜着呢，还管给你弄牌子，你要喜欢，也弄辆开开？"

"得了吧你，我又不用嗅蜜，舍不得下这血本。"不过坐好车跟坐贾六那破夏利的感觉就是不一样。

顺峰酒楼门口，大米粥把车停下，我们俩往里走，门口有一个穿戴得跟党卫军似的小矮人，见人过来咣当就给敬个礼，一看见大米粥那个亲热劲儿就别提了。"大哥，又来了！"指着我，"今天这个大嫂比以往都漂亮！"满脸堆着笑，大米粥掏出一百块钱来，摔在他脸上，"眯着你的！不说话没人当你哑巴。"

大米粥闭着眼睛就点了一桌子菜，看来这种我们劳动人民卖血才吃得起的酒楼，早被他当食堂了。

"初晓，结婚没呢？"

"没呢，谁跟自己过不去呀娶我。"

"谁叫你那么能干来着，其实女人在家做做饭带带孩子挺好的，瞎折腾什么呀！"

"行啊，你愿意跟我结婚，养活着我，我就在家老老实实做饭带孩子。"

大米粥哈哈大笑起来，说初晓你就别跟我逗闷子了，谁不知道你跟高源好了。

他这一说，勾起了我的伤心事，点了瓶酒，喝个昏天黑地。借着酒劲，我把高源骂得猪狗不如。

酒足饭饱，何希梵说，这么着吧，你也别烦了，出去散散心，正好我有个兄弟想弄个都市剧的本子，你要想出去散散心的话，明儿我带你去跟人家谈谈，看给你多少钱一集适合，谈妥了，你就背着行李爱上哪儿写上哪儿写，反正吃的住的机票他们公司全包。

我一听立马答应。

当时大米粥就打电话，没聊几句就把这事儿定下来了。为了表示对大米粥的感谢，我们又开了第二瓶酒。

那天我破天荒的喝多了，张小北不停地往我手机上打电话，我越不接他越打，最后都把我手机给打没电了。

大米粥一直把我送到家门口，我本来想请他进去坐坐，抬头一看，张小北瘟神似的站在门口。大米粥以为张小北是高源，一个劲儿地跟张小北道歉，说对不起，我们俩两年多没见面儿今儿碰上了，多喝了两杯……然后把我交给张小北，扭脸儿就走了。

进了家门，张小北黑着脸到厨房拿着醋瓶子捏着鼻子就往我嘴里灌，丝毫没有人道主义精神，从嘴里灌进去，从鼻子里喷出来，我几乎窒息，推开他抱着垃圾桶就开始吐。真对不起大米粥请我喝的两瓶好酒还有那一千多块钱的极品官燕。

我两眼通红地瞪着张小北，抽冷子踹了他一脚："干吗你？挨狗咬了是不是？发疯上你自己家去。"我用手背子抹了抹嘴。

张小北十分没好气地从厕所拎来水桶和墩布，他刚要清理，被我抢了过来，真恶心，我自己打扫都觉得太恶心了。

"你瞧瞧你这点儿出息，你那点儿胡搅蛮缠也就给我使！"张小北看着我，恨恨地说。

"你有病啊，我跟你使得着吗我？让开点儿！"

"你把高源怎么了？"

"我能把他怎么着哇？"我横着张小北，"他出了车祸，跟我有什么关系？一个一个都往我身上想……合着我在你们眼里是个杀人犯啊！"说着格外委屈，肚子里翻江倒海，又把胃里那点儿存货吐出来了，哇哇地全吐张小北脚面子上了，新皮鞋，毁了。"我已经决定了张小北……我们大家不要再互相伤害了……我决定远离你们这群人渣，我躲得远远的，明儿就走！"

张小北忽然急了："你怎么净干糊涂事儿啊！现在怎么能走呢，你这一走，跟高源就算是完了。"

"这你就不懂了吧，哥哥，中华儿女千千万，不行就换！谁像你呀，叫那小蜜蜂迷得找不着北，我都替你脸红！"我一边数落张小北，一边往沙发里一躺，"我要喝水！"

张小北忙不迭倒了一杯凉开水递到我手里，这点他比高源强多了。

我接过杯子，一口气把水喝干，嘴里嘟囔着："你走了把门关上。"然后倒头就睡。朦胧当中，我感觉张小北把我拖进卧室，盖好了被子，守着我说了不少心里话，似乎他还哭了，因为我感到有凉凉的东西滴在脸上。他絮絮叨叨说了很久，我依稀只记得一句：他跟张萌萌闹掰了。

# 29

早上醒来，头疼得要死，转脸看见张小北躺在身旁，头枕着自己胳膊，睡得龇牙咧嘴。我穿着睡衣和睡裤，所有的衣服都堆在地上，上面沾满了那些没消化的海鲜，满屋子弥漫着宿醉之后酸腐的味道。赶紧翻身下床打开窗户，转手把张小北的西服扒下来，搬着他的肩膀挪到枕头上，给他盖上被子，自己去冲了个澡。

张小北死沉死沉的，我搬他的时候扭了腰，一边冲着澡，一边疼得我吱哇乱叫，好歹冲了一下套上衣服又倒回到床上，动弹不得。

张小北迷迷瞪瞪的见我在他身边躺下来，往一边挪了挪，嘟囔着："告儿你，别想占我便宜！"

我本想抬起腿端他一脚，刚一动弹，腰像被人扎了一刀，疼得我吱哇乱叫不争气地哭出来。

我属于不爱哭的孩子，小时候我妈打我，最多也就哼哼两声，打从幼儿园开始算起，我哭的次数能数得清。印象当中，上小学的时候，上课玩火柴，把桌斗里的课本点着了，捎带把我自己眉毛也烧了一半，那回哭了，一是因为知道没了半边眉毛难看，另外也是怕被学校开除。上初中的时候我们班有个女同学依仗着认识几个社会上的小流氓，向我们班的女生收保护费，个别胆小的男生也捎带着收，我气不过，上晚自习偷偷溜出去，把丫气门芯拔下来装到自己口袋里，车铃也顺手拧下来扔到垃圾箱里了。后来她通过种种渠道知道是我干的，纠集了二十多个坏分子，下了晚自习在学校门口等着我，那回我哭了，害怕被人打。那时候我还是个孩子，没见过什么大世面，实际上，跟我站在一起的好分子也不少，几十个半大孩子嚷嚷着要找那些坏孩子报仇。高中的时候，因为数学考了十九分和一些朦胧的感情问题哭过几回。大学因为没入党和另外一些不太成熟的感情问题也哭过几回。不过，最近一段时间，我掉的眼泪差不多是大学毕业之前的总和，过了年之后我运气确实有点儿差。

我这么一哭一叫唤，张小北醒了。翻身从床上坐起来，推了我一把："哭什么呢你？"

"疼。"

"哪儿疼？胃疼？有本事喝没本事扛着！"他在说我昨晚喝酒的事。

"不是，我腰疼，腰扭着了。"我说话也带着哭腔。跟张小北在一起的时候感觉很奇怪，我可以跟他随意发脾气，骂人，也可以像现在这样像他的妹妹对他撒娇，在高源面前我永远不会有这样的感觉。我想让高源给我买什么东西的话，如果他愿意，当然皆大欢喜；如果他不愿意给我买，只有两种结果，一种是我自己买，另外一种是武力解决，我把他给打服了，他给我买。

张小北不再说话，从药箱子里拿出一瓶药酒，把我的裤子往下拉了拉，上衣往上撩了撩，在腰上给我揉。手在腰上搓来搓去的，药酒好像燃烧起来，很灼热，疼痛果然就不那么厉害了。搓了一阵，张小北满头大汗，在我屁股上给了一巴掌，说："好了。一会儿热劲过去了，就不疼了。"说完又补充，"瞧你现在肥成什么样儿了，一身肥肉。"说完他去了洗手间洗漱。

"我用你管？"我继续在床上趴着。

张小北在洗手间嚷嚷："有没有新牙刷了？"

"旁边柜子里，黄色的。"我懒洋洋地回答他。

过一会儿传来哗哗的水声，他洗漱完又嚷嚷："坏了，衣服全让你吐脏了，高源的衣服都在哪儿？"

"衣柜里挂着呢，自己找。"

他围了条浴巾出来，将头探进卧室，整个身体躲在墙后面："不是，有高源的内衣吗，最好是新的。"

我抬起头，使劲儿斜着他，他有点儿不好意思，赶紧解释："刚才我一穿，掉浴缸里了。"

我想了想，上次好像给高源买过一包新的内裤，他还没穿。想起来给他找，起不来。"过来，"我喊张小北，"拉我一把！"

张小北特扭捏地从墙后边出来，就在腰上围了一条浴巾，看着他不好意思的样子竟忍不住哈哈哈地大笑起来，张小北一巴掌又打在我脑袋上，警告我："你想什么呢！别跟我这儿耍流氓啊！"

我一听他这么诽谤我这上进的好青年，也不能含糊，我说："张小北，你可得搞清楚，就目前你的条件来说，要有女的跟你耍流氓，那是你多大的福利！"我忽然想起来昨天晚上他帮我脱衣服的事来，"对了，你昨天还脱我衣服来着，你丫说实话，趁我睡着了，占便宜没有？"张小北眼睛瞪得灯笼大，我吓得赶紧转身，挪到衣柜边给他找内衣，感觉他在我背后挥了一拳，没打着，甩过来一句耐人寻味的话："我占你便宜？我能占你便宜？你什么样儿自己心里没点儿数儿吗？我认识那些女的都什么条件？再瞅瞅你……"

他正叨叨地起劲儿，响起了敲门声，我吓了一激灵，真是怕什么来什么，这当口但凡来的是个熟人，我跟张小北可就说不清了。

我看张小北也有点儿紧张，忙把衣服扔给他："赶紧穿上！"

张小北刚要开始穿衣服，见我站着不动，踢了我一脚，"赶紧出去！什么意思你？"

敲门声还在持续，但我已经打定了主意不去开，不管是谁就让他敲去吧，全当我自己没在家。想到这里，我趴到床上，用被子把头蒙住："你穿你的，我不看。"

张小北踢我一脚："开门去呀！你出去！"也不知道是谁家！

门口开始喊："高源，初晓，起来了，谁在家呢！"

我一听是邻居大妈的声音，她每个月义务收卫生费，登时松了一口气，抓了一把零钱去开了门。邻居大妈收了钱转身离开，我正要关上家门的当口，看见高源他妈从电梯里走了出来，我一阵眩晕——怕什么来什么，怕什么来什么，真是怕什么来什么！

"沈阿姨，这么早？"我想对她笑，咧了咧嘴，险些哭出来。

高源他妈也不说话，站在门口，"高源要他的一个什么镜头本儿，你给找找，我拿了就走。"挺好的一老太太，平常慈眉善目的，这会儿不好好说话，一脸的阶级斗争。

"高源……怎么样了？他好点儿了吗？"

"好多了。"她看了我一眼，口气缓和了一点儿，"你叔……他爸陪着他呢……你去给他找出来，我一会儿带走，出租车还等着呢。"

张小北的声音这时候传了出来，"初晓，有方便面没有？"我心往下一沉，完了，这回我不死也是个严重残疾，这种事情谁说得清。几乎没脱口而出张萌萌那一句经典的"我们是纯洁的男女关系"。

高源妈妈的反应跟我设想的一样儿，瞪着我，眼神比下午五六点时候北京的交通状况还要复杂，满脸轻蔑。

人们常说"没做亏心事不怕鬼敲门"，其实都是胡说，真实的情况是"没做亏心事也怕鬼敲门"，麻烦。

我把高源他妈拽进了客厅，指着厨房正在翻腾方便面的张小北向她介绍，"阿姨您别误会，这是堂哥，老上我们家来，跟高源都挺熟的。"我又介绍高源他妈，"哥，这是高源的妈妈沈阿姨。"

张小北意味深长地看了我一眼，向老太太打招呼，"阿姨好。"

高源他妈似笑非笑地来回打量着我跟张小北，"你们俩是堂兄妹啊？可不像。"

"是这样的阿姨……"

"我长得像我妈那边的人，我哥跟我爸他们长得像。"我抢过张小北的话头解释道，"这不我哥一直在上海做生意，春节也没回北京，这不现在有空了，回北京看看家里人。"

张小北紧着瞪我，转移了话题，"阿姨您吃早饭了没有，我多煮点面儿您一块儿吃吧。"

高源妈妈并不接小北的话茬，勉强笑了笑又转向我，"你把高源要的镜头本儿找找，我等着走呢。"

进屋找了镜头本儿，递到老太太手里，她看也没看我一眼，拿起来就走，走到门口回身扫了一眼客厅，轻叹了一声，摇摇头过去按电梯。张小北三步并作两步追到电梯厅，"阿姨您稍等我一会儿，我送您过去正好去看看高源。"

"那就不必了，你们忙着。"说完她走进了电梯，电梯门关上的一瞬间还不忘对我笑了笑，充满轻蔑。

关上家门，张小北劈头盖脸将我一顿臭骂，"你是不是傻呀，你缺心眼儿吧你！抖的什么小机灵啊你，还我是你堂哥，你长得像你妈那边的人……我跟沈阿姨压根就不是头回见面你不知道啊！你这叫什么？搬起石头砸自己的脚，偷鸡不成蚀把米，活该，你真是活该！"

张小北这么一说我就想起来了。上回高源拍的片子得奖回来，我们包了一个酒店的小宴会厅请了很多朋友来庆祝，高源的父母、张小北和李穿都来了，我还给他们互相做了介绍……这也没过去多长时间，我怎么就给忘了呢！

黑夜给了我黑色的眼睛，我却用它看不到光明。

# 30

最近一直在忙着写戏，紧赶慢赶把分给我那几集故事写了出来把剧本发到公司，转天就接到导演的电话去制片公司开会。

导演是比高源高几届的师兄，和他见了面我才知道原来高源受伤的事已经有了好几个不同的版本传遍了各个小圈子。导演向我询问高源恢复的情况，又问高源的新戏什么时候能开机，临了还半真半假地让我带话给高源，千万别得罪了张萌萌，那部戏投资人拿不拿钱全凭张萌萌一句话。

聊完了剧本，影视公司的林老板说要宴请主创人员和两个演员还有几个大腕儿，晚上七点在昌平十三陵附近的一个农家院儿里吃农家饭。我看时间还早，就想先回趟我父母家里把我爸给我弄的那辆车开出来。最近一直在瞎忙也没心思去拿车，都在我们家楼底下停了好几个星期了，我妈晚上怕丢了一直睡不好觉，我想早点儿开回来一是自己方便，二是让老太太能睡上安稳觉。

等我开着我的小车到达十三陵水库边上农家小院的时候已经快晚上八点了，院子门口停满了车，居然还有李穹的白色宝马。我想她怎么会到这儿来呢？到里边一看不但李穹在，连张萌萌也来了，问了周围的人才知道，合着老板说的两个演员就是她们俩！还有他们说的大腕儿原来是大米粥，满屋子的老朋友。

坏坏地乜了张萌萌一眼，我心想，上回算你跑得快今天看我怎么收拾你。这样想着，我不动声色地在大米粥旁边坐下来。

李穹和张萌萌都装得跟不认识我似的，只有大米粥一看见我就扑了过来，公司林老板一看人来齐了，赶紧张罗着介绍，指着我给大家介绍："这是初晓，本公司御用编剧。"

我让他说得都有点儿不好意思了，张萌萌在他边上，用一种暧昧的眼光看着他，李穹在对面冷冷地看着张萌萌，我真担心她忽然发作抄起家伙又向她飞过去。事实证明，今天李穹的风头绝对盖过了张萌萌，她是作为这个电视剧的一号女演员出现在这里的。我跟大米粥挨着坐，我趁别人不注意偷偷问他："这俩演员哪儿挖来的？看起来都不像专业的，新人啊？"

大米粥一语道破天机："一个是导演的关系户，听说有高层的关系，一个是林老板的相好！"

张萌萌也一直不动声色地观察我和李穹的动向，她有点儿紧张，这种场合虽然有林老板给她撑着，毕竟她现在还玩不转这帮圈子里的散仙。到场的这些人彼此都是认识的，至少，都听过名字，哪怕是初次见面的也没有陌生那一说儿，演艺圈的共性就是自来熟。

林老板简单给大家做了介绍之后，农家院晚宴就算正式开始了，人们三三两两地聚在一起，我拉着大米粥跟李穹凑到了一块儿，李穹见我朝她过去，嘿嘿地笑着。

"行，姐们儿，牛！"我对着她竖起了大拇指，"说说怎么跟方明方大导演勾搭到一起的。"导演叫方明，比高源高两三届。

李穹比年前气色好多了，似乎离开了张小北她才真的找回了以前的那些自信。她含笑乜斜我："就上个星期，跟乔军去方明家吃饭，他们非说我能演，其实就因为我们家有个亲戚是分管影视的领导。"敢情李穹到底还是吃了乔军这棵回头草了，我横了大米粥一眼："你这消息够灵通的呀，连我都不知道李穹有高层的背景。"大米粥好脾气地呵呵笑着并不说话。李穹跟我打哈哈："嗨，谁家还没俩好亲戚呀，这不赶巧了嘛！"我偷瞄张萌萌，不由得想起贾六形容奔奔的话——打扮得跟个处女似的。

不管心里怎么恨张萌萌，我不得不承认一点儿，在她的面前，无论我还是李穹，我们都是失败的女人，甚至我想起那天我在家里把她和高源堵个正着的情景，血会莫名其妙地往上涌。我招呼大米粥："来，来，来，做游戏了啊，玩不玩？"

我所谓的做游戏其实就是胡闹跟整人，这种场合经历得多了，玩起来也特顺手。

游戏就是日常的击鼓传花，一个人敲桌子或者敲一个盆盆罐罐，其余的人随便传一个什么东西，敲打声停下来的时候，东西在谁的手里，谁就要站出来，要么说，要么做，说是回答众人提出的比较尴尬的问题，做是当场做一件别人要求的事情。

"来来来，游戏了，大伙儿一块儿热闹热闹。"大米粥招呼着，这帮爱热闹的俗人们一听说开始闹了，呼啦全围了过来。大米粥把游戏规则一说，大家开始哄笑。我从院子里找了根像鼓槌一样的木头递给李穹，让她控制大局，李穹忍不住呵呵地笑起来。

大米粥一喊开始，一个苹果就开始在众人手里传递起来，最后如愿以偿地停在了我的手里，我对李穹眨眼睛，李穹不动声色。

众人异口同声地问我："说还是做！"

我假装想了想，很干脆地回答："做！"有人坏笑起来，因为以往做的内容很尴尬，而说又必须说真话。

"好！"大米粥的呼声最高，"做是吧？那我们今天就推选主演李穹来要求你做一件事。"他又转向李穹，眉飞色舞地，"记住啊，让她做什么都行，亲谁一口啊，打谁一巴掌啊，让她当场做爱做的事啊……"何希梵这种流氓才是文艺工作者当中的败类。

李穹也笑起来，她今天不管声音还是神情，都值得给一百分，矜持又不乖张。

"那就打何希梵一巴掌吧！"李穹慢慢地说，大家一下子哄了起来，"一定得打脸，用力，足够响，让站在屋外的人都听得到。这样何希梵才能满足。"

气氛一下欢快起来，在场的人们连连起哄叫好。大米粥特孙子地把林老板揪了出来，让他说句话。不出所料林老板像大部分老板一样喜欢当老好人，他说，何老师这次就当演习，我们还是敲桌子传苹果，传到谁手里，谁就给大伙儿添个乐儿，不带急眼的。

我偷瞄了张萌萌一眼，她一脸的无邪。

听老板这么一说，立刻有几个人说不玩了，退出游戏。那哪儿成啊，按照老规矩，这个时候再退出来，每人罚款一千块，即便这样，还是有人退了出去，何希梵手里一会儿工夫捏了好几千。

很紧张，气氛莫名其妙地紧张起来，李穹开始敲桌子，开始敲得很慢，后来越来越快，一个挺好看又好吃的苹果在我们这帮人渣手里转来转去，已经转了一圈儿了，除了我跟李穹，谁也不知道它要落在谁的手里，快传到张萌萌手里的时候，我装作无意地干咳一声，于是，苹果稳稳当当攥在了她手里。

我看到很多人松了一口气，我心里那种兴奋难以用语言描述，众人瞩目之下，我毫不掩饰。

张萌萌感到不知所措，我一步一步走近她，带着兴奋，有点儿像野兽走近猎物。

林老板出来挡驾："初晓，算了，算了，这回就算了。"

"林老板，你这么做人可就不对了啊，"我豁出去了，"一起玩了这么多次，这可是游戏规则，你刚才可是救了大米粥一回了，忘了你刚才亲口说的传到谁手里算谁中彩的话了？再说，这也不是什么难为情的事，对不对？这你还得感谢人家李穹，她亏得没说叫我把张小姐的衣服一件一件扒了，要不你多没面子。"众人哄笑起来，有人起哄："脱，脱衣服！"

林老板不说话了，脸拉得像个长白山，我心说去你大爷的吧，今天谁拦着我就跟谁急，遇佛杀佛遇鬼灭鬼，谁打我我要打回来！

"对不住了，张小姐。"我走向张萌萌不怀好意地笑着，来回搓着我的双手。刚扬起来，要打下去，我听见李穹"啊"的一声尖叫起来，扭头看着她："怎么了？""疼！"李穹戏精本精无疑了。有人跟着起哄，笑起来，张萌萌看了李穹一眼，脸红了。

"你躲得过吗？"话音落下甩手一巴掌结结实实抽在她脸上。

谁也不会想到我会真的一巴掌狠抽下去，清脆的响声落下，所有人都安静了，静得可怕。只有我和张萌萌知道，这一巴掌意味着什么。我等着她抓狂一般扑向我，迅速盘算着该如何应对，然而，张萌萌伸手轻抚着才挨了一巴掌的脸颊嗔怪地笑起来，"要死了你，咱俩有仇啊你使这么大劲儿！"

一时间我竟词穷了，愣在原地不知如何接话。到底还是何希梵反应快，他一个箭步冲到张萌萌跟前揽住她肩膀，"就是，怎么使这么大劲儿，你当我们萌萌是我呢，我脸皮厚不怕抽，萌萌这细皮嫩肉的……你这可有点儿过了……"不等旁人说话，他紧接着又替我找补，"你是不是喝多了？喝多了吧？"

人群里李穹抿着嘴乐："可不就是喝多了。"

何希梵顺坡下驴："喝多了没轻没重，没事儿吧萌萌？"

"没事儿没事儿……"张萌萌朝众人挥了挥手，"散了散了吧，不玩了。"

听她这么一说，众人反倒围到她身边七嘴八舌说着宽慰的话，也有人看不下去我的做派躲在暗处对我指指点点，趁着没人注意我慢慢踱到院子一处宽阔又偏僻的空地去透口气，月朗星稀，鸡飞狗跳，生活可真是热闹。

# 31

郊区的夜很静谧，空气中弥漫着泥土的香气，一个人躲在院子里发呆，我们这帮乌合之众糟蹋了这么一个好地方。

化妆师小雨是个女文青，曾经在高源的某部电影担任造型总监，她总是很安静，即使给大牌的演员化妆也鲜少主动与人攀谈。高源很喜欢这样靠谱的搭档，只要拍戏总是叫上小雨。小雨仿佛有魔法，连我这样平凡的一张脸，经过她用那些花花绿绿的颜料一涂抹也能艳光四射。

我听人说，一个女孩儿一旦成为文青就有了换男朋友的理由。小雨不然，她对爱情的态度无比执着，这些年一直跟着一个上世纪70年代成名的诗人一起生活，基本上她负责家务也负责养家。

小雨出来，不知道从谁那儿弄了一支比她拇指都粗的雪茄叼在嘴里，跟她巴掌大的小脸不成比例，显得十分滑稽。她在我身边坐下来，表情冷峻。

"你跟高源这事儿办得可有点儿不地道，一人给人家张萌萌一嘴巴，为什么呀？"我以为她对我竖起来大拇指，原来是把雪茄递到我面前，我接过来，狠劲儿嘬了两口，呛出了眼泪。

"怎么着？"我问她。

小雨瞟了我一眼，"要我说句公道话，高源不是坏人。怎么说呢……"沉吟了一下，"我觉得男人身上还是有一些动物性，动物性你懂吧？总的来说，我觉着高源不是一个坏人。"

"我知道你想说身体的背叛不是背叛，就像米兰昆德拉在《不能承受的生命之轻》中写的那样，你爱一个人究竟爱他的灵魂还是肉体，生命究竟是轻还是重，这些都是很大的选择……"刚才打人的激动在瞬间泯灭，我郁闷至极，"可能我还是太贪心了，在感情上不如你纯粹，你属于坚定地选择爱人的灵魂，我不行，自惭形秽了。"

"你跟高源其实都清楚，你们的感情其实很不一般。"她兀自笑出来，"就算是托马斯那样的浪子最终还是选择去守护特蕾莎不是吗？男人需要成长，给他一点时间。"

"问题是我的内心一半是特蕾莎一半是萨比娜，时而保守时而放纵。"

"要不然你怎么写作？"小雨总是这么会讲话。

天边群星闪耀，这些恒久的星辰见证过我跟高源刚开始相爱的那些日子里所有的花前月下，而如今，或许有一些已经随着星星的陨落而灰飞烟灭，我想哭，为了我的那些纯真年代。

我问小雨，她是什么时候知道张萌萌跟高源好上的。

她说从一开始就知道，张萌萌三天两头往高源房间跑，一会儿说淋浴器坏了要在那儿洗个澡，一会儿又说房间噪音太大在高源沙发上睡个午觉，明眼人都看得出来。起初高源都扛住了，估计后来张萌萌开始放大招，高源就范了。"这事儿也不能全怪高源，男人的生理欲望很容易被视觉刺激，但凡是个正常的男人瞅见张萌萌见天这么折腾他也得放弃底线。"

我没有说话，想起托马斯不断变换情人像被魔力驱使着去探索每一个女人不同于其他女人那百分之五的不同，不禁哑然失笑。突然又想了张小北，跟高源比起来小北显得木讷而老实，他那样见惯了大世面、赚过大钱也深谙逢场作戏之道的买卖人也对张萌萌动了真情且死心塌地，足见张萌萌的不简单了。

据小雨说，后来高源把张萌萌叫到另外一个房间里面说话，两个人说什么没人知道。小雨说她只听见张萌萌抓狂一般摔东西、叫嚷，说只要高源不让她上这个戏就要把她跟高源的事抖搂给娱乐记者听，捎带着也把我骂了个狗血淋头，高源大约气不过挥手打在张萌萌脸上，叫她爱干吗干吗所有结果他都愿意承受，死活要换掉张萌萌。

我登时明白过来张萌萌明明已经进了高源的项目为什么又出现在方明导演的主创名单上。听小雨讲了事情的来龙去脉，好像又觉得高源也没有我想的那么肮脏，起码他还懂得迷途知返，不像张小北一头把南墙撞碎，为了向张萌萌表忠心而抛弃发妻。

李穹也从屋里出来，大老远看着我抿着嘴儿笑。

我瞪着她，"笑什么笑？"

"我高兴不行啊？"

"不是，我就纳了闷儿了，现在这演员的门槛儿都这么低了吗？是个人就到剧组来当演员，还都是主演……合着我们这些搞创作的一个字一个字吭哧吭哧跟那儿写了好几个月，就为了给你们这些票友儿当垫脚石？"

"别说这么难听行不行，你知道哪块云彩有雨？怎么就知道我不行？不管干什么，爱好那都是最大的原动力，没准儿我就一炮而红了呢！"她大言不惭。

"行，"我对她竖起大拇指，"我等你拿个小金人给咱中国人争口气。"

"去一边儿去！"她傲娇地推了我一把，"我这就是打发时间混日子，张小北不是喜欢女演员嘛，我就演一个给他看看！"她到底还是意难平，"对了，我要结婚了。"李穹突然之间又兴奋起来，"我跟乔军五一结婚，你来不来？"

"不来。"我摇头，"人家结婚都是新人，你们俩旧人我去干吗，再说我现在这情况……去了也是触景伤情，红包肯定到！"

小雨听不下去，丢下我和李穹跑了，李穹见没有外人凑近了问我："张小北在你那儿过夜的事儿我都听说了，你们俩怎么打算？"

我惊得几乎跳起来："我们俩有什么打算？"

她便神秘地一笑："这有什么不好意思的？高源他妈回去就跟乔军说了，乔军告诉我的……你听我的，要觉着跟高源没戏了就麻利儿地再跟小北往前一步，眼瞅也都这么大岁数了……你甭顾忌我，我跟你说这种事儿我特想得开，人生嘛，不就是兜兜转转！"

我看着李穹，她化了淡妆，真好看，一颦一笑都透着利落与洒脱，像极了她当年做空姐时候的模样。我兀自笑了笑，并没有过多向她解释什么，我想我没有必要跟任何人解释我与张小北之间是不是纯洁的男女关系，在我的心里，只有一个爱人，他叫高源。我知道很多女人豁得出去自己，为了利益会把自己嫁给一个不爱的人，但那不是我。

我再次看向遥远的星空，黑夜中仿佛看到高源那张充满艺术气息的脸，在天幕中模糊又清晰，像一朵花儿似的对着我龇牙咧嘴地笑，没完没了。有风，不远的地方就是水库，风吹得水哗啦哗啦响得特清脆，我仿佛听见高源第一次抱着我的时候高呼的那句："不要万寿无疆，只要你做我的新娘！"这个世界当然没有万寿无疆，直到现在我也不是他的什么狗屁新娘，可是我们爱情的小苗早已经疯长成了草长莺飞的牧场。

"我得走了。"我起身，拍拍屁股上的土，"我得走了。"我重复着。

"高源他们家老太太在那儿守着呢，你见不着他！"李穹真不愧是我姐妹儿，一下就能想到我要去看高源。

我转身，对着她："你跟乔军肯定有办法把老太太给我弄走。"我看看表，"现在十点，我开回去差不多十二点，两个小时你找着乔军，给我把老太太鼓捣走！"我跟总司令似的给李穹下命令，想好了，我今天一定要见着高源。

"要是高源不愿意见你呢？"李穹提出了一个实质性的问题，叫我显得很尴尬。是的，我的确不能确定高源现在愿意看见我，或者我的出现不至于刺激他脆弱的神经。

打电话！我给高源先打个电话探探他的口风。想到这些，我走了几步路走到水库边上，拨通了高源的手机，电话响了三声，被对方给断掉了，我再打，关机。

以前我老说，感情这种东西没法说谁对谁错，之前只是凭感觉胡诌的，现在，我终于明白了，为什么一跟奔奔提起感情，丫就表现得特轻蔑了，奔奔老说男人和女人之间压根就没有感情只有欲望。我忽然感到绝望。

坐在野地里放空自己的感觉不错，很安静，虫叫声很亲切，当年我跟高源也是坐在像这样的草地上，背靠着背，说很多没边儿的话。在大学的草坪上，在校门口的榕树下，在一个叫黄亭子的茶馆里，我们说过许多许多话，关于我们自己和未知的生活。坐在那儿的一瞬间，我蓦然发现，这一切都离我那么遥远，忽地一下就飘到了一个我再也够不到的地方，我害怕了，前所未有地害怕失去，并且自责。我知道我做了许多糊涂事，包括交友不慎，认识了贾六。

电话忽然响了起来，是高源把电话又拨了回来，我第一次发现自己拿电话的手居然会发抖。

"喂？"我的眼泪比我的声音先出来。

电话那边没有说话，我能听见他的呼吸。

"你说句话。"我强装镇定对着听筒讲话，前所未有地害怕失去他。

"我是真他妈的不想再跟你说一句话！"他的声音里透着疲惫，"再没比你更浑的人了……"

"我爱你。"在一起这些年，我第一次告诉他我爱他，我自己很感动。

我的声音跟风声一齐灌进电话的听筒，高源半天没说话，我觉得他在那头哭了。

这些年，我编故事，我随心所欲地让故事里的人们肆意说着死不要脸的情话；我让那些没影儿的人在假设的生活里爱得死去活来；我感动在虚构的别人的故事里；我为那些和我八竿子打不着的张三李四王二麻子策划各种各样的情节去赢得他们的爱情；我在别人的眼泪和欢笑里感受激情。这些年，我过得浑浑噩噩，一塌糊涂。

然而高源对于我来说，是唯一真实的故事。如果这几年我在编故事之余也在书写我的人生履历的话，那么高源是我唯一的收获，我不想失去他。

车开到四环边上，我的手机疯了似的响起来，一看号码，是奔奔。想想她这个时候找我应该也没什么大事，没接。接下来我开车走了大约十分钟，电话一直响个不停，隐约感觉到奔奔是有什么紧急的事情找我，便把车靠在路边拿起电话。

"我操，姐们儿，哪儿呢？"刚一按接通键，奔奔火急火燎的声音就传了过来，"怎么这么半天才接电话呀！"

"我开车呢，怎么着？"

"操，还怎么着呢？！你丫惹大麻烦了！"奔奔一着急说话声音就不清楚，我得使劲听才能听清楚她说什么，"上回你带那姐们儿跟我那儿拿那个正负极兜了，我操，那傻B姐们儿把我兜出来了！"没听奔奔说完我心就开始凉，胳膊腿一齐开始哆嗦，我知道这不是小事，正负极算毒品，一个是买的、一个是卖的，我就是中间的桥梁，一个没留神我可能就犯罪了。

"那……那现在应该怎么办哪？"我一时没了主意了，不知道该怎么办。

"你也赶紧找个地方躲起来，你那姐们儿一被抓住全兜了，说你带着她跟我这儿拿的货……操，真他妈气人！"奔奔叹了口气，听那意思她已经躲起来了。我知道她心里肯定窝火，业务主管一躲起来，整个由她负责的这部分产业就陷入瘫痪状态了，影响经济建设呀！这直接跟经济挂钩的事奔奔能不急吗！我十分理解。

在这种跟执法部门打游击的突发事件上，我永远得听奔奔指挥，几乎已经迷信她了，光我知道的有多少回啊，执法部门在各个娱乐场所布下天罗地网地毯式地搜捕她们却一无所获，我绝对相信奔奔的领导力与执行力！

"小B怎么能这样！"我一急，差点儿把电话给甩出去，"她也太不仗义了，要不是她求我，我能带她去找你嘛！"

"不是我说，就你那姐们儿也真他妈该枪毙，我操，她找二十刚出头的学生干这事，这是犯罪呀，我操，残害祖国未来跟希望呀！"奔奔说得义愤填膺的，仿佛她做的全是为人民服务的勾当。"一把年纪了，人家都能管她叫阿姨了，真他妈的没道德做出这种事来，有钱了不起啊？！有钱就能玩弄男青年啊，有钱……"我本来一听这事就哆嗦，一听奔奔又这么说书面语我大脑立马就开始缺氧了，头晕得不行。

我说："奔奔，咱先别发牢骚，咱先说怎么办？你指条明路，花钱，找关系，姐姐我现在就动弹，天网恢恢疏而不漏的道理你懂吧，咱能跑到哪儿啊？"

"你说什么呢！"奔奔急了，"你还不跑？！你当这是小事呢？！不是妹妹我吓唬你，毒品呀这是，全中国就没几个地方有这东西，你还当是卖淫嫖娼的抓进去给俩银子就能捞出来呢！听我的，赶紧收拾收拾跑路吧！"听她说话的语气，恨不得现在能长出一对翅膀飞起来才好呢。

像我这样的守法公民跟奔奔这种社会败类最大的区别就在于，关键时刻我会显得比较冷静，运用一切思想来分析研究问题。当我运用辩证法客观实际地分析一下这件事情之后，我觉得完全没有奔奔想象得那么严重：只要问题交代清楚了，我顶多就是缴点儿罚款的事儿，我这最多就属于思想错误；而且只要奔奔一口咬定，这药是别人从国外带回来自用的，估计她也不会有什么大问题，何必一定要跑路呢？

我把分析得出的结论告诉奔奔，还没说完，她已经气得挂了电话上机场了。

我试着给小 B 打电话，原来以为她肯定已经被抓起来了，没想到还真接通了。

"你什么情况啊？怎么拿那两片药还把奔奔给折进去了？"我生气，没想到她拿这药是去做违法的勾当。

"唉，真是一言难尽，我也没想到会出事儿！"小 B 说起来也是满肚子委屈，"你说我这脸还往哪儿搁！"她声音里带着哭腔，透着惊恐。

"你问谁呢，你问我啊？你早干吗去了！"我真是快气疯了，"你那么大的人，怎么做这种糊涂事啊！你现在在哪儿呢？咱俩得马上见一面，商量商量怎么办啊！"

"是得商量商量，警察也说了随时还会找我……我也真没想到这事儿能闹这么大，我以为不就是几片进口药嘛，结果他们说这是新型毒品……我也打算到外地去待一阵儿，万一他们再找我直接把我拘留了我可受不了……"

我打断她，"你现在害怕没有用，见面说吧。"

"你在哪儿？我过去找你。"

我告诉她我在四环上，她说那就直接去我家得了，一会儿在我家见面，商量商量怎么办。

我放下电话，开车往家走，一边走我一边觉得窝火，心说真他妈的操蛋，我怎么这一会儿就卷进了犯罪团伙了。人要倒霉喝口凉水都塞牙！

# 32

　　我像做贼似的溜回家，感觉相当滑稽——我并没有做什么坏事，怎么会成了犯罪分子呢？车一拐进小区我就看见了小 B 的宝马，停稳了车熄了火马上给她拨电话。

　　"你没事吧？"我压低了声音问。

　　"你在哪儿呢？"她也压低了声音回答。

　　"刚才进来那辆车就是我，就在你对面！"

　　小 B 抬起头四下里张望，我忙落下车窗朝她挥了挥胳膊，小 B 从车里跳出来一路小跑拉开车门坐进我的副驾驶。上了车第一件事先点上一支烟深吸了一口，然后闭着眼睛倒在靠背上眉头紧皱，感觉她着实被吓得不轻，整个人都虚脱了。过了好久她才缓缓开口向我讲述了事情的原委。

　　小B跟前夫还没离婚的时候就有个二十出头的干儿子，起初她只是单纯把那个俊秀的年轻人当作伴游，每个月给几千块钱，送点儿小礼物，人家就能陪着她打球爬山游泳健身，她觉得挺划得来。慢慢地，两人开始有了突破底线的关系，干儿子跟着小B已经见惯了花花世界，当然也就不满足于每个月那点零花钱，从开始的唯命是从逐渐发展到不耐烦甚至对她恶语相向。小B当然明白两人缘分尽了到了要分开的时候，于是给了一笔钱送走了干儿子。离婚以后，有回她跟朋友们出去玩，有人跟她说买来的感情不好玩，要想点儿办法把自己变被动，更刺激，小B很快沉迷于此，不能自拔。于是不久前她以面试助理为名，把一个小伙子带回家在饮料里下了药，事后更大言不惭要求长期保持来往，结果人家觉得不对劲，出了门直接去派出所报案了。小B已经配合调查去了一趟派出所，一五一十说清楚了正负极的来源，并且留下了我和奔奔的联系方式。从派出所出来，小B就给奔奔打了电话让她做好接受问询的心理准备，奔奔太清楚这事儿的严重性，所以才马上打电话让我跟她一块儿躲出去。

　　我听着听着，真是没了主意，看着小B那张青春消逝的脸，我竟一句责备的话也说不出来，心里酸酸的感觉。

　　我拍了拍小B的肩膀，安慰她，"算了，算了，别急，想想办法，总能解决的。你跟小伙子的事儿无论如何要争取和解，算你们俩之间的情感纠纷，至于那瓶药片……就看奔奔跟咱们说的是不是实话了。"我认为自己的思路还是清晰的。

"你想想看，谁能帮上忙，钱我出！"小B也不那么理直气壮了，大约自己也知道，这个时候钱不一定管用。

乔军从家里给我打来电话，问我怎么还没到医院去看高源，看看表，时间接近午夜，尽管身心俱疲无论如何都要去医院看一眼高源。就算他睡着了也没有关系，哪怕只是看看他，摸摸他的脸，我的心里也会踏实一些。放下和乔军的电话，我随手查看了一下手机里的陌生人来电，因为电话设置了陌生人拒接的模式，发觉有陌生的座机号码已经拨打过二十多次我的电话，小B说那就是派出所的电话。她一直劝我别去医院看高源，说既然派出所打过这么多电话都没和我联系上，没准都已经找到高源在医院等着我呢，我说只要今晚地球不毁灭我都会去看他。

带着小B一路开到医院，小B坚持留在停车场，她告诉我万一有事就跑回停车场，她时刻准备开车带我跑路。

午夜，医院的楼道显得阴森。我想起我之前写过的一个桥段——警察埋伏在一间病房里，杀人犯因为去医院看望自己的爱人而被击毙。去往高源病房的路上我脑海里就一直闪现着曾经写过的故事，与我当刻的处境如出一辙。是否每一个写作的人都在书写自己的命运？

高源病房的门半开着，果然有人在和他谈话，一男一女并没有穿警服。我听见男的叮嘱高源："如果初晓跟你联络请务必通知我们，或者请她到我们那儿把情况讲一下，你放心没什么大事儿，她把问题谈清楚就没事儿了……"

我脑袋嗡的一下，心脏像是要从胸口跳出来了，一秒钟都没有停留转身便走。进了电梯，哆哆嗦嗦拨通了小B的电话，"快，快开车，马上走！"甚至都没时间想一想为什么要跑。

已经忘了怎么从住院楼跑进停车场，只知道坐进车里，听着自己咚咚咚的心跳声，光顾着喘息，一句话都说不出来。小B面无表情地将车开出去，险些撞到出口的升降杆。

怎么也不会想到因为小B的这件事居然闹到这种地步，高源大概也想不到我会跟这种事情搅和到一起，他会怎么想？

车开出医院没多远，高源的电话就追了过来，我犹豫了片刻迅速做了一点心理建设才接起。

"你跟哪儿呢？"高源语气出奇的平静。

"我……在去医院的路上，准备去看看你。"说这话我和小B对视了一眼，她的紧张程度不亚于我。

"你最近是不是有什么事儿瞒着我？"

"没有。"我脱口而出。

电话里感觉到他停顿了片刻，马上又说道："没有就好……那就好……最近你先别回家也别来医院了，先到李穹或者别的朋友家住几天，刚才来了两个派出所的警察，说有个什么事儿找你了解情况，你也别去，我怕你本来没什么事儿你一紧张再弄出点儿事儿来……你就先外边儿待几天，等事情过了再回家……"高源好像突然成熟起来，像父亲在安慰女儿，"你要是……我说万一啊，万一你要是有什么事儿，千万别瞒着我知道吗，咱们一起想办法……"

不等他说完，我已经泪流满面，"高源，我真不是故意的……我有事儿，刚才我都走到你房间门口了，听见你们说话了……我真要吓死了……"

"没事儿没事儿，多大点事儿啊就哭成这样……"他居然笑了，"拿出你牛 X 轰轰的劲头儿来，别遇上事儿就哭咧咧的……刚才警察在医院也大齐说了为什么找你，我觉着这事儿跟你没什么太大关系，你现在上我们家去找我爸，你把事情的经过原原本本地讲一遍，别隐瞒，说实话，他会给你想办法的。"

高源的父亲在检察系统工作了几十年，法律相关的部门有许多旧同事和老朋友，这件事找他拿主意是最好不过的了，只是无论如何都要实话实说，以我们目前的关系来看，这件事都是我身上的污点。特别是高源他妈刚刚目睹了我和张小北的"丑事"……

"高源……"

"怎么了？"他紧张起来，"还有事儿？"

"没有，没有了……"我抹一把眼泪，深深地吸了一口气，"我就是不知道怎么去面对你父母……我不知道怎么说……"

他松了一口气，"我当什么事儿呢，万事有我！明天他来医院的时候我和他说。"

好像突然之间我与他之间的猜忌、怀疑、怨愤都消失得无影无踪，两个人从未如此的贴近彼此，所谓患难见真情。

放下电话我便开始宽慰小B，"没事儿了，高源他爸会帮忙的。"

小B将车停在了高速路的紧急停车道，突然伏在方向盘上哭了起来，"我怎么办呀？我该怎么办？丢死人了！"

和高源的那通电话使我重新获得了情感的支撑，变得勇敢而坚定。等小B哭累了，我便趁机向她说出了自己的思路，"事已至此了，小B姐我觉得这事儿咱们分成几个步骤来处理，接受现实，面对问题，争取对方原谅，承担一切后果。"

小B怔怔看着我好一会儿，"咱就不能先出去躲躲，等这事儿消停了再回来？"眼泪把她脸上的妆容冲得乱七八糟，作为女人，半老徐娘青春不再，我深深理解她的悲伤。

"逃避解决不了问题。"

"我不行，"她突然又哭起来，"我绝对不能被抓着，奔奔告诉我的，'坦白十五年，抗拒十五天'，这事只要躲过了风头也就没事儿了……我觉着她说得对，你就陪我躲躲呗！"

我突然很想向过去的生活告别——曾经我是那样轻佻、鸡贼和不负责任地度过每一天，是时候改变自己做一个他们眼中成熟稳重、正直而勇敢的人了。这样想着，我便坚定地拒绝了小 B 的请求。

我和小 B 调换了位置，开着车带她回到我家小区，本想让她在我家住一晚明早再走，她却坚持小区门口就下了车，连她的宝马车都扔在我们小区停车场不管了，她说灾难来临最好轻装上阵。夜风带来丝丝凉意，吹乱她的头发和衣衫，透过后视镜我看到她孤独地站在街边等待一辆可以接载她到达目的地的出租车。

我停了车正要上楼，有两个人从角落里停着的一辆车里走出来小跑着追上我，"是初晓吗？"

我扭身看着他们，正是之前在高源病房出现过的两个人。

其中一个亮出证件，"我们海淀分局的，给你打电话怎么不接呀？"黑暗中看不清他的表情，依然能感觉到他语气中的不满，"你是初晓吗？"他又追问。

"我是。"

"知道为什么找你吗？"

"不知道。"我们这一代人的童年是在家长的"不听话让警察来把你抓走"的谎言中度过的，尽管我没见过一个不听话的孩子被警察抓走过，对警察的恐惧已经深深植根在心田，因此面对警察的问询的时候不假思索地脱口而出，同时警惕地看着他俩。两个人对视了一眼，个子稍矮一些的又开了口，"哦，你别紧张，不是什么大事儿，有个案子想找你了解点儿情况……"

"那没问题……"我好像突然之间反应过来原本是打定了主意要配合调查的，"没问题警察同志，我一定知无不言，言无不尽……我能不能先给我男朋友打个电话？"

"不能。"高个儿警察严厉起来，令我不由想起小B那句"坦白十五年，抗拒十五天"的话来，难不成是我良好又配合的态度让他认为我心虚了？眼瞅着气氛僵在那里，他的搭档在一旁拉了拉他袖口打圆场说，"打个电话怕什么的？稍微快点儿啊，长话短说，我们回去还有工作呢。"

# 33

这次调查断断续续进行了好几天，几天里我不断进出分局，除了毒品的事儿，我们还聊了一些娱乐八卦，包括我跟哪个明星关系比较好，他们拍戏能挣多少钱，还包括影视剧里一些亲热的镜头到底怎么拍出来的，接吻的戏拍完了以后尴尬不尴尬……我把我知道的都说了。

小 B 躲在外边也没闲着，动用了包括她前夫在内的一切关系来处理这件棘手的事情，迅速给付了高额赔偿取得了那个年轻人的谅解，小伙子从派出所撤案，小 B 的麻烦就算解除了。然而公安局追查这个案子的重点早就已经转移到了小 B 使用的药品来源上，他们说"正负极"是一种新型毒品，由于奔奔一直躲着不肯露面，警察只能一遍一遍地叫我过去问话，也许他们怀疑我本来就是奔奔他们团伙的一分子。

尽管高源在我被带回海淀分局的当晚就已经把事情的经过告诉了他的父母，并且他爸早早地找了老朋友打招呼说明我纯粹是因为不懂法才被卷入了这个案件，眼见办案民警并没有将我完全排除在案件嫌疑人之外的意思，我还是按照高源说的那样找了一天硬着头皮到他家找他爸解释了一下事情的来龙去脉。

一进门并没有看到高源他妈，我登时减轻了一些精神方面的压力。男人和女人在对一些事情的看法上有着天壤之别，多数情形之下为难女人的都是年纪更大的女人。

高源他爸听我原原本本叙述了事情的经过，沉吟片刻问道："现在有一个关键的问题得搞清楚，你的那个叫奔奔的朋友她是把这个药送给这个杨女士的，她没有收钱是不是？"

我忙点头，"确实没有收钱。"

"那就不存在买卖关系，这个就是朋友之间的一种分享……你介绍两个朋友认识，然后她们分享这么一种药品……那现在的问题是，这种新型的毒品，不，药品吧，如果像你说的是奔奔的朋友从国外给她带回来的，那么这个事情就可以解释得清楚，如果不是，那这可就是犯罪。"

听了这番话我竟暗自庆幸：得亏奔奔没有收下小B那些钱！朋友之间能谈感情还是不要过钱。

"您放心叔叔，药肯定是奔奔朋友从国外带回来的，我肯定没记错。"

听我这么笃定，高源他爸也松了一口气，"那就好办了，晚一点儿我再给他们局长挂个电话，就是一场误会嘛！不过我想，既然这个药是违禁品，该有的处罚、罚款还是少不了的。"

"那当然。"

告别了高源他爸往回走的路上我的心情却愈发沉重，奔奔做的什么行当我心里再清楚不过了，她是一个特殊行业里的领袖，她的人际关系隐秘而又曲折，对于正负极到底是朋友的分享还是售卖我并不清楚，但我确信，正负极只有是朋友之间的分享我和小 B 还有奔奔才有唯一的出路。

我跑到一个公用电话亭给奔奔的秘密手机打电话，我不知道为什么那么敏感，我不敢在家里打电话，老觉得家里的电话会被人监听。

我跟奔奔说让她赶紧回北京，我已经问过了专家，既然药是朋友从国外带回来的，又是单纯地送给小 B 用，根本就谈不上犯罪，顶多也就是违法，咱接受处罚不就完了嘛！奔奔马上拒绝说她不能冒这个险，她知道自己犯下多少事儿，一旦抖出来都够枪毙的了。

我又连忙向她保证，说北京这边路子都蹚得差不多了，不会有什么大事儿。回来也就是交点儿罚款的事儿，不会有大问题……任我说出大天来，奔奔已经铁了心在外地躲着。

晚上回我爸妈家，我爸一开门就说了海淀分局往家里打电话找我的事。我妈这个人平常咋唬得特猛，一遇上事就蒙了，不知所措，一副欲言又止的样子。

她说我最近瘦了不少，冲了一杯奶粉递给我让我喝了回屋去休息，其余的一句都没多说。她不问，我反而沉不住气了，坐到沙发上，对着屋顶静静地想了一会儿，思忖着这事儿应该怎么跟他们说。

"爸，妈……这段时间我遇上点儿麻烦，想来想去还是得跟你们说一声儿……"

老头儿老太太交换了一下眼色，继续缄默，等着我说下去。

"前段时间有个朋友问我知不知道哪儿能买到……买到一种药，"我没好意思说是春药，说正负极他们也听不明白，就说一种药估计他们也能想到不是什么好东西。两人又相互交换了一下眼神，我又继续往下说，"是一特好的姐妹儿……问我，你说巧不巧我还真知道另外一个朋友那儿有，我就带她去了，我那个朋友就把自己那瓶药送给她了……后来……后来这不她出了点儿别的事儿了嘛，就把这药的事儿又扯出来了……警察说那是一种新型毒品，所以就到处找我……了解情况。"我支支吾吾说完了只觉得一阵一阵的委屈，喉咙堵得慌，心里酸酸的。

老头儿老太太都没说话。我知道他们这会儿肯定都在琢磨，琢磨怎么样帮我解决这件事。

"我去找过高源他爸了，叔叔说这不算什么大事儿，就是违法了，应该是还没构成犯罪……嗨，其实这里边也没我什么事儿，我把情况都跟他们说清楚了，没我什么事儿了……"

话还没说完，我妈照着我的脸就是一巴掌，倒是不重，可我还是觉得特堵心。

"初晓，你多大的人了？成天跟不三不四的人狗扯羊皮的，早跟你说，你不听，现在找上事儿了吧！从小到大，我就没法不替你操心，我跟你操不完的心！"我妈说着说着眼泪就流下来了，感觉就像是径直流进了我的嗓子眼儿，涩涩的。

我脑子里一片空白，品着眼泪涩涩的味道，心里暗暗地想，原来亲情和爱是有味道的。

我妈胆小怕事，这是有原因的。作为有一个像我这样的孩子的母亲，她承受了比别家孩子妈更多的风险，从小到大许多的意外已经证明了这一点儿。我一直以为，她都习惯了，可能我跟高源搬出去住的这几年没给妈妈找什么麻烦，她已经彻底放松了这种心理承受能力的磨炼，所以才会像现在这样显得那么慌张和束手无策。一个人对另一个人动手多半是因为内心无法承受的恐惧，就像动物攻击人类大多是因为受到惊吓。

"从一开始我就不同意你往这什么文艺圈儿里混，多乱哪……要不是你铁了心要在文艺圈儿里混个什么名堂出来，现在好好在报社待着，也不至于跟小北吹了……说起小北我心里就堵得慌，这么些年我一直就没想明白人家小北到底哪点儿比不过高源……"她还要说下去，被我爸用眼神制止了。他干咳了两声，说："你先到屋里躺一会儿，让你妈给做点儿好吃的。"

这些年他们老多了，特别是我妈，她头发少了许多，白了许多，她流出的那些眼泪有不少都渗进了眼角的皱纹里，一种很沉重的责备来自我的良心。

在我妈心里，张小北永远是比高源更踏实、更厚道、更有责任感、更适合娶我做老婆的人。最早的时候我妈说，张小北宽容，除了他没人能受得了我的脾气。事实也是如此，关于当年跟张小北是怎么好上的我已经记不清楚了，好像那次我把他送到医院，他为了表示感谢请我吃了一顿涮羊肉，又请我看了几场电影，之后就频繁地到我们家来蹭饭吃。我当然也不肯吃亏，频频地到他们家回访。他妈那时候身体很好，老太太做的炸糕很好吃，包的茴香馅饺子也是被我扫荡的内容之一。常常我去到家里的时候他们已经做好了饭，张小北他妈还要再给我包一顿饺子，她给我盛一碗热汤，说是原汤化原食。

我跟张小北正式好了一年多，认真地说，他的确比高源敦厚质朴，从来不像高源那样总是急赤白脸和我抬杠打架。那个时候我说一件什么事，张小北永远都微笑着点头，即使不赞同也绝不公然反对。跟他在一起的每一天都过得波澜不惊，没有大喜大悲，有的只是他给我的不求回报的呵护与爱，这些感情成为压在我心坎的巨石，即使现在想起来还是觉得沉甸甸。

结婚也是张小北提出来的。那一年春节我俩在地坛逛庙会，他买了两串糖葫芦，一串山楂的，一串橘子的。我刚开始说我要吃山楂的，咬了一口，太酸；我又说我要吃橘子的，张小北又把橘子的给我，吃了几口，又觉得太甜；又要吃山楂的……最后两串糖葫芦都叫我吃了。张小北一边替我擦了擦沾在嘴边的糖渣渣，憨憨地冒出一句："要不咱结婚吧初晓。"

我紧张得不行，慌张中瞥见一吹糖人的，我就随口说哪有吃你两串糖葫芦就得跟你结婚的，您好歹得再给我买个糖人吧。张小北巴巴地跑过去买了好几根，我一边逛庙会都给吃光了。

吃人家嘴短，回去之后我们就向双方家长宣布了要结婚的事儿。转天，张小北父母就来登门拜访了，拎了大包小包的礼物，那样的排面儿让我妈相当震惊，要说受宠若惊也一点儿都不过分。我有时候常想，我妈那么喜欢张小北，是不是也与那时候张小北他妈给她带来的那件进口的羊绒大衣有关？

约好去领结婚证的前一晚我睡得很踏实，早卜起来坐在桌子旁吃饭，外面的太阳很好，照得一切都亮堂堂。我趴在窗户上往大街上看，车来车往，川流不息，不知道为什么，忽然就反悔了，大概当时看到那种朝气蓬勃的景象，到处都充满着活力与希望，不甘心早早结婚就这样过上一眼望到头的日子——就那么波澜不惊地跟着张小北过一辈子。

张小北说得没错，我骨子里充满着躁动，一刻也不能安分。

记得我在大街上说出内心真实想法的时候，张小北略微愣了两秒，然后伸出冰凉的手捏了捏我的脸叹息一声说道："你这种女的，老这么让人不省心，不娶也罢。"

# 34

我在父母家待了几天，随时等候派出所传唤。关于这种等待的滋味，早在我上大学的时候就用几句朦胧的爱情诗句表达过，其中有一句是"等待永远是慌乱而令人心焦的"。

在很长一段时间里，我自认为这是自己写过的最有哲理和最经得起推敲的文章了，而在等待配合调查而被传唤的日子里，我没有慌乱也没有心焦，衣来伸手，饭来张口，算是被父母正式接管了。

转眼快要到五一，到处鸟语花香，我妈不知道从哪里得来的消息说白云观有法会，鉴于我的生活最近一段时间各种状况不断，她要带着我一起到白云观去烧香。我这种追求自由和真理的时代青年到底拗不过我们家老太太"人法地，地法天，天法道，道法自然"的说教，虔诚地跪在神像面前。我妈让我许愿，然而我的心愿太多一时竟不知该许哪个。

我妈说，道家思想的核心就是虚心，虚就是放空的意思，把心事说给神仙听，放空了心事，人才能轻装上阵，更好地学习和生活。我听了也觉得有些道理，于是跪在神殿外把心里的不痛快全都抖搂给神仙听，光顾着说心事竟然忘记了许愿，这就跟送完了礼却忘了求人办事一个道理，不禁暗暗责备自己。回家的路上我问老太太都许了什么愿，她叹了一口气说，求神仙保佑咱们全家平平安安、保佑我长命百岁别让你气死。"呵，您来这一趟够值的，"我忍不住笑出来，"一张门票十块钱还白送您一盒香，您一人进来让神仙办仨人儿的事儿，这能行吗？"

"你这孩子怎么老这么吊儿郎当的，你就不能严肃点儿……"话没说完她突然怔住，直直看着前方，我顺着她眼神看过去，只见乔军正陪着高源他妈朝这边走来。我妈迅速拉了拉衣角整理了头发，准备跟她的未来亲家来一场邂逅式的会晤。

我捅了捅她的肩膀低声告诉她，"她那人特矫情你知道吧？"

"怎么说话呢！那好歹是长辈！"

"这个长辈有点儿矫情，你心里得有数。"说完我就躲到她身后，准备接受接下来发生的一切。

高源他妈看见我们娘儿俩的工夫，我妈已经快走几步迎了上去，"沈老师，怎么这么巧啊在这儿碰上了，真够巧的你说……"

"谁说不是呢……今天没事，我看天气好就叫乔军跟我出来转转，难得这么好的天气……"她说这话瞟了我一眼，"您也出来转转？"

"是，这不也是看着天儿好……"

"两天没见怎么像换了个人似的，越来越像正经人了！"我转而揶揄乔军。

我妈在后腰狠掐了我一把，我差点儿没跳起来，规矩地跟高源妈妈打了个招呼："沈阿姨。"跟她打招呼的瞬间唤起了我儿时的记忆，小时候我妈骑车带我上托儿所也老这样，遇见个人我不说话，她就掐我屁股。

"嗯，"她点头答应着，神情不阴不阳，"你堂哥呢？走了？"

"回……上海了。"我表现得特坚强，死扛到底，斜了我妈一眼，她的表现不错，装得什么都知道，替我扳回一局。

两个老母亲各自都竭力保持着自己那份儿矜持在那儿拉家常，听得我不自在。

我妈这人一贯庸俗，可是我万万没想到她那么庸俗，跟高源他妈有的一拼。乔军在一边也听得龇牙咧嘴，我朝他挤挤眼睛，努努嘴，他心领神会，向高源他妈告假："阿姨，我跟初晓有点儿事，要不您跟初晓妈找个地方先聊着，回头我来接你们。"

"哎，咱还没去拜拜呢……"她不乐意。

我豁出去我妈了，把她往前一推："妈，你就陪沈阿姨再去拜一趟，把您没跟神仙说完的话再叨咕叨咕……"

不等她俩做出反应，我拉着乔军跑出好远，走了几步，扭过身子对老太太吆喝："妈，聊够了自己打车回家啊，别让我爸着急！"她在我身后骂了句什么，我没听清。

我拽着乔军朝医院去了。

除了高源出去拍片子的时候，这一次是我们在北京分开时间最久的一次了。

夏天快到了，满大街的姑娘们穿得都那么好看。我开着车，叼着烟，穿件白背心，外面套了件毛坎肩，一条洗得发白的牛仔裤，脚上趿拉双旅游鞋，要搁上世纪九十年代初，我这可是全国最流行的打扮了。可是，现在都21世纪了，听奔奔说，这个年代里女性最流行的打扮就是真空。

高源跟乔军他们老没正经的，经常在大夏天坐我们家胡同口的马路牙子上看漂亮女孩儿，逐个儿给人家打分儿。尽管我对此种行为深恶痛绝，有时也会在旁边偷听并按照他们的评判标准给自己打分儿，甚至有一次厚着脸皮请他们谈谈对我的看法，乔军大笑，"打分儿就打分儿，还说什么谈谈看法！能不能坦诚点儿，能不能坦诚点儿？"在我一顿猛拳招呼之下，俩人商量给了个八十分。那是三年前了，多少是含了水分的，亮分儿之前我跑出去好远给他们一人儿买了一根儿冰棍。

到了医院门口，停了车就拽着乔军，问他："乔军，你跟我说句实在话，我现在能打多少分儿。"

"你嘛……"乔军把嘴撇得跟歪瓜似的，"想听真话想听假话？"

"真话，真话。"

"我给你个及格分儿，千万别声张。"

"你什么意思？"我一头雾水。

"人家要知道连你这样儿的我都能给及格分儿，以为我审美降级了。"

"你该好好看看病了。"我颇鄙夷地看着他。

紧追着乔军到了病房，刚要进门，看他又转身出来，把门关上了。看见我过来，拦住我："嘘，别出声儿，睡着呢！"

我当胸给了他一拳，开玩笑地说："闪开！我就是来陪睡的，床上没我他能睡着才怪呢！"

"你别嚷嚷，真睡着呢……"乔军有点儿要急眼的架势。

我登时明白了什么，"谁在里边？"我瞪着眼珠子问乔军，声音不大，充满杀气。

乔军一笑："你是作下病了吧！"

"切！"我白他一眼，顺手把门推开，张萌萌坐在床头的椅子上，眼睛红红的，高源好像刚发过脾气，刺猬似的，头发都竖着。

"你来了。"高源瞥见我，招呼了一句，"提前怎么没打个电话过来。"他一点儿不慌乱，语气平和。一边跟我说话一边把床上的被子往里拉了拉，张开双臂，让我坐过去。

我做了两个深呼吸，咽下了一口气。斜了乔军一眼，这突如其来的事件显然叫他也不知所措。我瞪着他，想杀人。

他目光躲躲闪闪："你别看我呀……"

"你不看我怎么知道我看你？！"

"问题……你看我我也不知道怎么回事。"乔军说得无可奈何，也挺没好气地看着高源，眼睛里都是不满。

我看到乔军的表情，感到一丝欣慰。

"没事儿，没事儿，你们都别瞎琢磨！"高源特不耐烦地朝我挥手，使唤我，"倒杯水喝。"

我还真有点儿蒙了，难道他最近功力进步这么快，连我都不怕了？我又看看张萌萌，双眼跟灯笼似的，又红又肿。

"怎么了你们？"我提出了一个疑问，没理会高源要喝水的请求，看看乔军，他跟我一样疑惑。

"没事儿，没事儿，跟你说没事儿了。"高源不耐烦地看着我跟乔军，"快点儿，我喝水！"

高源待在医院这些日子胖了点儿，也白了，一着急，整个面部表情特像个很多褶儿的肉包子。他的病床边上放着《七龙珠》《阿拉蕾》和《挪威的森林》之类我称之为充满低级趣味的书籍，还有一本我极力推荐他看的《活着》，正放在枕头边上，从书的折旧程度上看，他至少已经翻过几遍。看来这小子多少有点儿进步，搁以前，我推荐的书他打死也不看。每当我充满敬仰地提起某位国内外作者，他都不屑一顾地白我一眼，然后不冷不热地抛过来一句："可悲呀你，看他的书，那是个情感压抑者。"最后还强调一句，"不折不扣的！"好像他什么都懂，无比骄傲，谁都不能入他法眼。

我看着他，站着没动，乔军推了我一把："倒水去呀！"

"凭什么呀！"我叨咕了一句。

张萌萌这时候摇晃着臀部优雅地起身去给高源倒了杯白水，递到高源跟前。高源刚要伸手，我大喝一声："不许接！"这一声吆喝得特响亮，把我自己都吓了一跳，他们三个人，六只眼睛跟听见班长喊立正似的，齐刷刷地看着我。高源看了我一眼，把杯子从张萌萌手里接了过来，刚要喝，我又喊了一嗓子："你敢？！不许喝！"

乔军又从背后捅我，我抬起腿照着他脚面子跺了下去，乔军一下蹿了起来。

"不许你喝她倒的水！"我又说了一句，急眼了。

看得出来，高源犹豫着。

有那么半分钟的沉默，他把杯子放到嘴边，喝了一大口，我觉得心凉透了。

我一跺脚，转身就要离开，刚要走出门口，就听身后"噗"的一声，高源把喝到嘴里的一口水给喷了出来，不光是白水，还有口水。

"我吐了，我吐了……你看你看，初晓，我没喝下去！"高源在后边机关枪似的放了一大串儿，同时，我听见乔军特夸张地捂着肚子开始大笑。

我在门口的地方转回身去看高源，他正眼巴巴地看着我，见我转身，仿佛踏实地松了口气，骂了一句："你他妈干脆一刀杀了我算了！"

# 35

高源的伤好得差不多了。张萌萌一走，我就把他从病床上轰了下来，我自己躺了上去，听着音乐，看着漫画书，高源坐病床前张萌萌刚才坐过的椅子上给我削苹果。乔军大骂我无耻，最后实在看不下去了，摔上门出去找那俩老太太了。

"她干吗来了？"我一边大吃大嚼，一边问了高源一句。

"你瞧你现在这德行，跟个母蝗虫似的！"高源拿我欠他八百块钱的眼神特藐视地看着我。

"我就问你她干吗来了？"

他从茶几上又拿了一块苹果塞住我的嘴，"你现在这么不自信了吗！"他继续说，"这回在医院住了这么些日子，我想明白了好多事儿。"他一拍大腿，"其实都是今儿早上想明白的……初晓你说人跟人之间最重要的是什么？"

"情谊。我觉得情最重，别的都是胡扯，别人我不知道，咱俩之间情谊最重，我要不是看在这么多年跟你一起的情分上，早把你甩了。"经历了这些事，我一下子觉得自己长大了。其实我跟高源都是心理年龄比实际年龄小很多的那类人，我俩豁出命在家里打得天翻地覆那会儿，谁也不会想一想打完了怎么办。不想，打完了就好了，顶多我不解气，再把他拎过来一通暴打，之后总不忘给他揉揉。"前几天我在我爸妈跟前把话撂下了，不管怎么说，我今年都得把我自己嫁出去，要是这回咱俩真掰了，前脚你滚蛋，后脚我立马找个替补，我爸妈挺不容易的，我不想再让他们替我操心了……我肯定还是会想你的，咱俩好歹好了这些年……"说着说着眼泪就要流下来了，自己都觉得特煽情。

高源闷着头不说话，他现在也变得越来越不像他自己了。以前他喜欢说话，让别人听，现在他喜欢听别人说话，大部分时候沉默。

他想了一会儿重重地点了点头："你终于长大了。"高源拍了拍我的头，像个父亲一般，说得语重心长，"小北跟李穹离婚，我自己出的这个车祸，你又给卷到小B那破事里头……最近事儿还真不少……我发现你成长了。"他总结了最近一段时间发生在我们周围的这些大事，好像也有些怅然，"人和人之间最珍贵的是信赖，我和你之间最珍贵的是义气。"他说得没头没尾。

高源的胡子也不知道多久没刮过了，足足有半寸长，头发乱蓬蓬的，像个鸟窝。他这样子真有点儿像 80 年代穷困交加的知识分子，浑身散发出一种人穷志不短的高贵。

"初晓我跟你商量个事儿……"

"说。"

"你以后能不那样吗？"

"哪样？"

"脾气，改改。"他在我怀里把头仰起来，眼巴巴地看着我。

这一刻真安宁，谁也不说话，我感到心跳有点儿快，高源也是，我觉得这才是真正恋爱的感觉。

"又该给我买袜子了，夏天的衣服也都是旧的，鞋也该换了，还有回头你给我买新的保龄球，说好了，等我出院跟乔军一帮客户到锡华打比赛……"

我差点儿没晕过去，每当我刚感觉到一点儿浪漫，找到点脸红心跳的感觉，他肯定把我拖回到活生生的生活当中。

一巴掌打在高源脸上，我没好气地从病榻上跳下来，"不管，没钱，自己买去！"

高源立马掏钱包，往我跟前一扔，"拿去！信用卡在呢，你随便花！"像个骄傲的暴发户。

"少拿你那信用卡吓唬没吃饱的俗人们！"我白了他一眼，"谁还没见过钱哪。"又蹿回床上，"我先睡一觉，你看着点时间，估计你妈快回来的时候叫我啊，跟她相遇就是我的噩梦。"

高源也爬上床，跟我一起睡。很久没在一张床上睡觉了，他枕着医院的脏枕头，把我搂在怀里，我枕着他的小细胳膊，把脸埋在他胸口的地方，听得见他心跳。

做了个梦，梦见我在大学里，高源站在我宿舍楼底下，像电影里一样用方言扯着嗓子喊："安红，鹅想你，鹅想你想得睡不着觉，错错错，是想睡觉。"

我一听见他这么喊，光着脚丫子就往楼下跑，冬天、半夜里，我穿着背心短裤，冻得浑身颤抖。就那么一直跑，一直跑，却怎么也跑不到楼底下。那个看公寓的大妈，在我的梦里特健康，面色红润，根本就没什么半身不遂的毛病，在后边追我，叫我回去睡觉，手里用红布托着一个拳头大小的东西一边追一边喊："初晓，初晓，你的孩子，你的，你的……孩子。"我就停下来，等她追上往她怀里看，果然有一个小孩子，像手掌大小，粉红色的皮肤，瞪着两个小眼睛，手指头放在嘴里吮吸着。一见我看他，忽然笑了，挥舞着两只小手，喊我妈妈。我心跳加快，继而陷入恐惧，一边朝那个小孩喊我不是你妈一边高呼着高源的名字一路狂奔……那个小孩子忽然跳进我的怀里，抓住我的衣襟不肯放，"妈妈，妈妈"，我一下子就惊醒了，一头汗。

张开眼，高源满脸惊诧盯着我，"做噩梦啦？"

我愣愣地看向他，看他眼睛里流露出的那些叫作爱情的东西，忽然感到很难过，想了一想说："我梦到你了，还有……还有一个小宝宝，他跳进我怀里，搂着我的脖子，一个劲儿地央告我让我别丢下他不管，我就一直跑，一边跑一边朝他喊我不是他妈，一边跑一边喊着你名字……"

眨眼间高源的眼泪流下来。

"是我的错，我的错。要是我那个时候同意结婚，他就不会跑到你梦里求你把他留下了。"

关于那次怀孕，的确是个意外，那个小生命在我们完全没有准备的情况下到来了。我在最快的时间里做出反应，跟高源商量结婚的事，如果不结婚，我无论如何没有勇气把他生下来。

我们正哭得稀里哗啦的时候，背后传来我妈的声音："作孽呀你们两个真是作孽……这么大的事，你们都不跟家里说，你们，你们真是作孽呀，两个祖宗！"

我赶紧从床上爬起来,抹了一把脸上的眼泪,看见我妈和高源他妈,还有乔军,三个人站在门口的地方,她气得直打哆嗦,脸色煞白,大滴大滴的眼泪往下掉。高源他妈也没了先前那股子嚣张劲儿,眼圈红着,强忍着没落泪,而乔军杵在门口就像根木头。

我赶紧走过去,把我妈眼角的眼泪给抹掉了,搂着她肩膀说:"你要是先哭出来咱就输了。"

我妈甩手给我一大嘴巴,把我打蒙了,捂着脸,站在一边,没喊疼也没哭。

她大口地喘着气,让我当着高源和他妈的面儿给他们一个交代,为什么叫一些不三不四的小流氓开车把高源撞成这样。

我登时明白过来,是高源他妈跟她说了什么,她那样有尊严的人,一辈子光明正大地做事,最不能容忍的就是我做出没有道德的事。高源他妈这招还真狠,既打击了我们家老太太的气焰,叫她在自己面前横不起来,又激得我妈恼羞成怒对我下手……一石二鸟。

我知道她心里窝火,又刚好听到了我跟高源的对话,心都要碎了吧……于是什么也没说,坐在病床上耷拉着脑袋。

我妈又逼进了一步:"你把这事儿跟沈阿姨说清楚,要不把这件事情交代清楚了,你就别回家!咱们彻底断绝母女关系……是你叫人干的,妈把你送到公安局,不是你干的,你跟妈回家……你爸妈养活你一辈子。"

"你是个不分黑白的浑蛋!"我把满腔怒火撒到高源身上,扭身又对着他妈,"你也是!凭什么你们就说是我干的?你们有证据直接上派出所去报案得了,别一天天传闲话好像给了多大的恩典放过我似的……有本事现在咱们就去派出所!"

我妈愣了一下,眼泪又下来了:"我就说我女儿不能干这种事……"好像受了莫大的屈辱。

我搂着老太太肩膀:"咱回家!"

"初晓……"高源一下子蹦到门口,堵住我们的去路,"别走!"他使劲拽我的胳膊不顾我的挣扎,"初晓,你听我说,我知道不是你,我真他妈的不是东西,我怀疑你,我早就知道不是你……"

他说得特肯定,仿佛已经得到了答案。

"是张萌萌。"高源蹦出了这几个字,几双眼睛一齐盯着他,"她今天来,就是跟我说这事儿的。"

# 36

张萌萌是低着头走出高源病房的，我只在刚进来的时候看到她通红的双眼，感觉她整个人有点儿浮肿。我觉得她有些可怜，一个挺好的女孩儿，怀着那样美好的一个梦，有手有脚却只有靠陪男人睡觉去实现理想。我甚至想如果她能像奔奔一样，把这件事儿当成一个事业并且干得鞠躬尽瘁，可能她会比现在快乐一百倍。

人为什么要有崇高的梦想？不过是在艰难和肮脏的世界上给自己一个支点。

张萌萌走出去的时候，我跟乔军、高源三个人默默看着她，忽然就想起了张楚的一首歌——《姐姐》。我记得上大学的时候，我们班那些瘦得跟麻秆儿似的男生们，一到冬天下雪的时候，就跑到实验楼的楼梯口坐着，狼一样的在雪地里号叫，他们的声音已经飘到了很远的地方。不知道为什么，当张萌萌红着眼睛从我身边走过的时候，我又想起我们班那个已经在车祸里死掉的，很瘦、很腼腆，却能在任何时候旁若无人放声高歌的喜欢张楚的男生。他总是在嘴里唱："感到要被欺骗之前，自己总是做不到伟大。听不到他们说什么，只是想人要孤单容易尴尬，面对我前面的人群，我得穿过而且潇洒，我知道你在旁边看着，挺假……"

原本高源是不想告诉我张萌萌今天来的目的的。要不是中间这俩老太太从天而降，高源不会告诉任何人是张萌萌找人撞的他，他这种人遇到这种事就喜欢死扛，说到底，他是怕我奚落他，怕被我看了他的笑话，要不是为了我，要不是为了我们，要不是因为我妈抡圆了给我的一个嘴巴，他一定会竭力保守这个秘密。

乔军使劲地清了清嗓子，像往常一样，他在高源最需要他说点儿什么的时候说话了："两位阿姨，走，我带你们出去散散心，甭跟他俩这儿较劲，回头自己生一肚子气，这俩又好得跟一个人儿似的，干吗呀！自己弄一肚子不痛快。"不由分说，乔军把俩老太太拽走了。

一下子就安静了，仿佛一锅沸腾的水里突然被人加了一瓢凉水。

值班护士过来，大概又有病人投诉我们大声喧哗，她进来一看，病房里只有我跟高源两个，没说话，关上了门又出去了。

我深吸了一口气，问高源："你能不能让我省点儿心？你要是没钱给她，你跟我说啊，我就算自个儿手里没有，我……我找张小北借点儿钱，给足了她，你也用不着受这份罪了，对不对？多大仇啊就找人撞你……"

高源也一屁股坐在椅子上，斜着看我，极其不满，过了很久他才叹了一口气，"这事儿就让它过去吧，我向你道歉，因为我的不检点给你带来了很多麻烦、困扰……我跟你说实话，其实我跟张萌萌并没有实质性的肉体关系，这点我可以对天发誓……差一点儿就有了，最后一刻我守住了底线……你一定要相信我。"

"我相信你，后续的事情你自己处理好。"有时候你明知道对方撒了谎，然而谎言中流露出的深深自责却叫人不忍拆穿。我深深明白相爱的人之间除了要有爱情还要有一份侠气，因此这话说得平静而坚决。

高源像是心底的石头落了地，灿烂地笑出来，"要不你再睡会儿？等我缓缓精神再慢慢和你说。"

于是我倒在床上又睡过去了。

恍惚间听见高源和一个什么人说话，偷偷张开眼睛，是贾六。我在心里斗争半天，该不该爬起来跟他说点儿什么。想起那天我跟个女土匪似的冲进公安局把贾六给举报了就有点儿惭愧。

俩人说了点儿没用的话，贾六又交代高源好好养病什么的，就回去了。我一骨碌从床上爬起来，盯着那扇被贾六刚刚关上的门。

高源也不说话，看我愣了半天，问了我一句："你发什么呆哪？"

我下了床，趿拉着鞋，走了两步，在椅子上坐下，系鞋带。

"要回去啊？"高源干巴巴地问了一句，我嗯了一声，算是回答。"那回咱俩在图书大厦你不是买了好几本书吗？那作家叫什么来着？随便他是谁吧，你明天再给我带一本过来。"

他穿件洗得有点儿褪色的大背心，坐在床上，两条小细腿晃来晃去的。

我系上鞋带，斜了他一眼，学着他以前说我的口气说道："那是个情感压抑者，看他的书恐怕不会给你带来什么好心情吧！"

"别说，有时候你还真随我。"高源凑过来，双手捧着我的脸，看了半天，让人心里热乎乎的，不再像个孩子。我骨子里其实特别喜欢高源现在这样，比较深沉地凝视我的脸，感觉上，相互凝望的眼神里，充满爱情。"左边脸上发现两颗青春痘，有一个刚要冒出来。"高源说得特别严肃。

"少跟我贫！"我站起来，往外走，停在门口，"给你个任务，催着点儿你爸把那件事儿赶紧了结了。"我说的是那件正负极惹出来的事，小 B 都已经没事儿了，我这还得三天两头被喊过去问话，我都快疯了。

"你瞧你现在这脾气，跟个村长似的。"高源在我后背上打了一巴掌把我送出了病房。

本打算在胡同口遭遇一把贾六的，开车到家才晚上七点多，那帮开黑车的又围在一起玩扑克，报纸和几个茶缸子在马路边摆了一溜，就是没见贾六。

停了车，我跟一个平常和贾六关系比较铁的哥们儿打听，贾六这会儿怎么不在啊？那哥们儿跟我说贾六拉着他小蜜去长富宫撮大饭去了。我一边停车一边还在寻思，神速啊，两个月没见着，我们工人阶级也开始嗅蜜了！话又说回来，这男的有了女人就是不一样，都当自己是大款了，贾六之前要请我吃个煎饼我都觉得他够意思，最放血那回是请我在希尔顿撮了一顿日本菜，还是因为钱来得太容易。

刚把车停好了，我就接到乔军打来的一个电话，说带那俩老太太去簋街吃羊蝎子了，刚给送回去。我问俩人还相互较劲吗？乔军哈哈笑着让我放心，说这俩人革命友谊算是结下了。放下电话我就想，我妈也真没追求，一顿羊蝎子的工夫居然跟阶级敌人跑到一个战壕里了。

和乔军打完电话我就上楼了，出了电梯就见到张小北门神一般站在我家门口。

　　"你这干吗呢？"我没好气地问了他一句，往前又走了两步，看清楚张小北一脸的萎靡，酒气熏天，我冷哼一声，"你现在可够牛的张小北，这革命的小酒是天天喝……"一边说着一边拿了钥匙开门，被张小北一把推开，整个身体结结实实撞到了墙壁上，胳膊一阵发麻，他突然指着我破口大骂："初晓你别他妈的老觉得自己个儿特不错把谁都不当回事，我告诉你啊，你的本质……什么德行我心里有数，别跟我装高尚。"一边数落我，一屁股还就坐在地上不起来了。

　　喝多了的人有一个共同的特点，就是一句话能絮叨上百遍，车轱辘话来回说，他一遍一遍跟那儿重复："别跟我装高尚，别跟我装高尚……"

　　我也一屁股就坐在地上了，自己点了一支烟，默默地抽着。脑海里忽然就浮现出李穹拽着我出去喝酒喝高了那回的情景，她苦闷地咽下一口酒之后对着我深沉地说道："酒是穿肠的毒药，色是刮骨的钢刀，初晓，你听听，这话说得多好啊，多好啊……"我使劲闭上眼睛，却怎么也甩不掉李穹的影子和她近乎绝望的声音，我想我是不是也需要喝点儿酒了。

　　我把张小北拖进屋里，找出上回他灌我时候喝剩下那半瓶米醋，捏着腮帮子都给他灌进去了，没几分钟，他冲进厕所，抱着马桶，吐得惊天地泣鬼神。

　　片刻的沉寂过后，我听到洗手间里传来张小北悲哀的呜咽声，断断续续的，继而，是哗哗的水声，这个蠢货为了掩盖他的眼泪把淋浴器打开了。那些哗哗哗哗的流水声，掩盖着一个男人绝望而受伤的心。

我想起许多年前那个美好的早晨，当我终于决定摒弃与张小北安定的情感，决意去追逐我骨子里向往着的所谓的不俗的生活，并且坦率地告诉他我的决定的时候，张小北展现给我一个来自男人特有的宽容的笑，用手轻轻地捏了捏我的脸，若无其事地说道："你这样的女人太闹腾，这么不省心，不娶也罢。"这么多年来我一直没敢告诉他，其实我当时感觉到他的手在颤抖，我坚信，当他转过身进了洗手间的时候，那些哗哗的水声，同样掩盖了他的泪水，掩盖了他不再坚韧的心。

想到这些，我的心中一阵微微的抖动，十分酸楚。猛地从沙发上起身推开洗手间的门，只见张小北脸上盖着一条毛巾穿着衣服躺在浴缸里，热气腾腾的洗澡水顺着脸上的毛巾流下来，他听见动静，把脸上的毛巾拿下来，露出通红的眼睛。

对视了足足有两分钟，我从牙缝里挤出一句话来："你丫装什么孙子啊，想哭就痛快哭，躲浴缸里掉什么眼泪啊！"

"你管我呢？"他说得有气无力，伸手把帘子拉上了，长长地叹了口气，"初晓，跟我结婚吧。"张小北的声音颤抖着，伴随着水声一齐灌进我的耳朵里，"我跟你说真的呢，结婚吧，跟我。"他又重复了一遍，把水关了，周围一片寂静。见我不说话，他继续说道："你跟她们不一样，我对她们跟对你没法一样，你他妈的从一开始就让我死心塌地听你的话，你说不跟我结婚，我听你的，不结；之后你又说李穿不错，我听你的，把她追到手了……我什么都听你的，我到今天才发现，你让我干什么我全干了，你让我干的事……我他妈全干了……我真不是人啊……"

"你别他妈的死不要脸啊，全世界就数你最不是东西，到现在你婚也离了，李穿也让你甩了，张萌萌你也玩够了，你还想怎么着啊？"我顺手抄起洗漱台上的香皂朝张小北的方向扔了过去，被浴帘挡住，掉在地上，一直滑到马桶旁边，"我疯了吧跟你结婚！"

"我跟你闹呢，就你这样的，打死我都不娶！"张小北像换了个人，突然变得平静，"别站这儿行不行，我来一回你就想占我一回便宜……你配不上我，根本配不上。"

"德行！"我咬着牙骂了一句，把门摔上退了出来。

电视里正播放着一个娱乐节目，李穿当嘉宾，电视里看她十分漂亮，她跟一个现场的观众合作玩二人三足的游戏，非常轻盈。另外三个嘉宾都被他们远远地甩在了身后，到达了终点，她和那个观众拥抱了一下，笑得很灿烂。我不知道她做了演员之后是不是真的比以前快乐，但我想，至少她获得了一种金钱以外的满足。

我给李穹打电话，通了，她正在青岛拍片子。我说李穹我刚才在北京台的一个综艺节目里看见你当嘉宾了，你现在可比从前漂亮多了。李穹反问我是哪个综艺节目，我说就是现如今中国最红的女主持人主持的那个，她就很高兴地说，哦，是那个啊，那天那个主持人特别势利眼，去参加了那一次之后再请打死也不去了。她问我这些日子过得怎么样，我跟她说我在家看电视，张小北喝多了，在洗手间吐呢，我没好意思说张小北在洗澡。李穹听了旋即笑出来，虽然她极力掩饰，我还是觉得她的笑声里充满了讽刺，她说："初晓，我之前说什么来着？我就知道你跟张小北不简单啊……张小北连做梦的时候叫的都是你的名字，我跟他睡了这几年，也不知道听他喊过多少遍了。前年有一回，是一边哭一边喊的，我都给你记着呢，初晓。"我说李穹胡扯，我要真跟张小北有什么见不得人的关系，怎么会把张小北在我家的消息告诉她，李穹就哈哈笑着说："初晓，今天我跟你说句实话，我跟张小北离婚不为别人，就为你……什么张萌萌李萌萌我压根儿都没放在眼里，这么多年在张小北跟前你就明里熄火暗里煽风，你不是好人。"她说完就把电话挂断了，我再打过去，关机。

我把酒柜上的杰克丹尼拎了出来，对着瓶口一口气灌下去小半瓶，长长地打了一个嗝之后，恍惚看见张小北从洗手间出来了，忘了对着他说了一句什么话，我就睡过去了。

# 37

初夏早晨的阳光很刺眼，我躺在床上，连鞋也没脱。昏昏沉沉，头重脚轻，像昨天晚上被谁用锤子砸过。

张小北不知什么时候走的，我到洗手间晃了一圈儿，发现浴缸和洗手台都清理过了，他是个勤快人，打扫得很干净。

手机响，我看了看号码，是大米粥，挂断了，又响，我又按断，我心说你再打一次，我就把电池抠出来。果然电话就不响了，改发短消息了，我看了一眼，"姑奶奶，快给哥们儿回电话，急事。"我心说我才不管你急不急事儿。

喝了点儿热水，舒服多了，为了暂时忘掉大米粥发来的那条短信我得给自己找点儿事儿干，打开电脑上网，一头扎进一个叫作"北京之巅"的聊天室，挥舞着我的鸡爪子开始与人闲聊。

在聊天室里看到一个很有意思的名字——我与你硬件相同软件不同，这网名透着幽默还有鲜明的职业特征，想必是一个 IT 行业从业者。我一下子冲上去，揪住这家伙就问："你是什么配置？"他显然没想到我能问出这么有深度的问题，过了片刻，反问我，我的硬盘坏了，部分重要文件丢失，怎么办？我心里暗笑，这家伙还真有意思，又问他，到底是什么类型的文件，有多重要。他说是 EXE 执行文件，爱情程序。我说既然坏了就把硬盘格式化吧，所有文件重新安装一遍。他说他特别后悔，应该把爱情文件留个备份，要是当初拷到软盘里就好了。最后我又问他究竟是因为病毒感染还是文件本身就不完整，若是有病毒就杀毒，若是文件本身的问题，还是赶紧卸载吧。

我发出去这行文字之后，点燃了一支烟，思索着我们刚才的对话和我自己的爱情，拼命地回想昨天我喝完酒之后跟张小北都说了什么话，怎么想都想不起来，可以肯定的是，我说了很多，好像声音还特别大，很激动。

我想可能我们每个人都像一台电脑，相同的配置，安装了不同的软件，有不同的用途。

我本人这台电脑安装了许多的编辑软件，好像就专门用来做文字处理的，高源是用来编辑图像的，张小北应该算一个大的数据库，李穹就像一台486。退回十年以前刚有486的时候，一万多一台，用惯了 386 的人们都会感觉再没有比 486 速度更快的电脑了，谁也不知道奔腾处理器是什么东西。现在，李穹这台 486 的硬件被换到一个新的外壳里，看起来像是一台新电脑，但许多软件根本不能安装了……我想起奔奔，已经很久没有她的消息了，如果我们都是电脑的话，奔奔也是，她是一台服务器，不知道在这个太阳刚刚升起的时刻里，她又躲在哪个没有光的角落里睡大觉。

就在我思索着这些有深度的问题的时候，那个"我与你硬件相同软件不同"已经发了很多条消息给我了，他一直问我在干什么，为什么不回答他的问题。我老实地告诉他，我在发呆，想一些关于电脑的问题。我把我刚才心里所想的东西都说给他听，他觉得有道理，他说他自己就好像是一台性能不太好的笔记本电脑，被一个喜欢台式机性能又觉得笔记本电脑很酷的用户拎来拎去的，他感到十分郁闷。我在心里给他所谓的"用户"画了画像，那想必是一个思想保守又渴望改变的人。

从早晨一直跟他聊到中午，说了许多心里话，感觉就像在路途中遇到一个趣味相投的好朋友，久久不愿下线说再见。大约他也有同感，以至于主动邀请我见面喝咖啡。我说见面就算了，要不咱们通个电话吧。他送来一个笑脸说留电话就不必了，萍水相逢的人见面喝一杯咖啡然后相忘于江湖是最好的，每当苦闷的时候想到自己并不孤单，这世界上还有和自己一样的人也是一种慰藉。我想他真是一个有趣的人，不仅懂得克制还有天马行空的幻想，于是爽快地答应跟他见面喝咖啡。

我们约在秀水街旁边的一个咖啡店，他说他将穿着一件褪色的红色背心黑色的牛仔裤，我瞥了一眼衣架上挂着的一件高源的蓝色T恤，告诉他我也穿黑色的牛仔裤和一件有咸蛋超人图案的蓝色T恤。我们约好了不见不散。

关了电脑，我又把自己甩到沙发里窝了一会儿，迷迷瞪瞪的，一想起下午这场约会，我隐约还有点儿兴奋，想象那该是个什么样的人，以及未来会不会和这个陌生人衍生出其他的故事。

沙发上窝够了，给大米粥回了一个电话，他一接电话就冲我嚷嚷："初晓你真够呛！打那么多电话怎么不接啊？"

"我忙啊，怎么着你说！"

"得，你这一忙，差点儿耽误了大事儿！"大米粥煞有介事地叹了口气，"林老板的一个哥们儿，一个香港导演，前儿去姜母鸭吃饭，也不知怎么就喜欢上小赵了，他想请小赵出来一起唱唱歌吃吃饭增加一下了解，你去给问问？"

我一听大米粥说这话，突然愤怒，"你这真不叫大事儿，叫缺德事儿好嘛！就你们这帮人孙子整天仗着有俩糟钱就净干些欺男霸女的缺德事儿！小赵要是你妹妹你也这么干？谁没有父母啊！"我一激动，把奔奔同志的口头禅给出溜出来了。我想，要是奔奔知道这事也会这么骂的，我忽然发现，其实奔奔是个好人，如此纯粹。

大米粥嘻嘻哈哈地笑着："咱别那么激动行不行……人家也没说干别的，人就说吃吃饭唱唱歌，万一人家姑娘要是愿意呢，你这也是一份儿功德！怎么说这也是个机会，那多少人……削尖了脑袋还碰不上呢……你怎么知道人家要什么？没准人家感激你一辈子呢。"

这回轮到我不说话了，回味大米粥说的这番话也觉得有些道理。人各有志，我毕竟不是小赵，最后还是答应代替大米粥向小赵发出邀请。

我临出门的时候换上了高源那件印有咸蛋超人的蓝色T恤衫，把头发随便往头顶上一绑，用个卡子给别了起来，看着镜子里我自己的模样，再怎么打扮也有点儿老黄瓜刷绿漆的嫌疑。

我现在已经不怎么喜欢发牢骚说自己不够好看了，乔军挂在嘴边的一句话叫作"好事儿不能让你一人占全喽"！他总拿这句话开导我，他说有人是靠脸蛋儿吃饭的，当然就漂亮；初晓你是拿笔吃饭的，你再长漂亮了，别人怎么活啊？我一想也对，可是奔奔又漂亮，又年轻，她还有满脑子的思想，所以上帝偏爱她，不光让她用自己的身体去吃饭，也用别人的身体去吃饭。

下午两点，我准时到了贵友大厦旁边那个咖啡厅门口，逛秀水的那些老外一个个兴致勃勃的，脸上带着充满莫名其妙的优越感。

停车的时候差点儿跟一辆不知道哪个使馆的车撞上，那孙子咣地一脚刹车把车停下来，指着我叽里呱啦一通数落。责任不在我，我下了车冲他就过去了，用英语问了他一句："你怎么回事啊？"还没等怎么着呢，收费员就冲过来了，嘴里冲我吆喝着："怎么回事，怎么回事？"我皱着眉头，像个刁民似的斜着看他，我说："你问谁呢？你没看见他别我？"我对收费员也没什么好印象，他们只要看见开车的，就好像谁都欠他们二百块钱似的。

"我都看见了。"他先跟我说，接着又用英文跟那司机不知道说了些什么，我惊诧于停车场收费员的英语水平，叽里呱啦说得倍儿流利，但不管他怎么说，那老外硕大的身躯就矗立在原地，一边摇头摆手嘴里还说着不干不净的话。收费员没辙了转身走向我，嘴里叨咕着："我操，这傻B！"虽然声音很小，还是被我听个清楚，停车场管理员的形象在我心中登时光芒万丈。

"走吧，走吧，你赶紧走！"他对我摆手，"这事遇上的多了，真拿他们没辙！"

我钻进了那家咖啡馆。装修特别考究，一进门，闻到一股咖啡的香气，一水儿的英文报纸和杂志，环视四周，有几个位子上坐着几对男女，轻声细语地在交谈，在最里面，光线比较暗淡的地方，我发现了一个穿红色背心的背影，不由得心里一动，定了定神朝他走过去。

"你好！"我脸上挤出轻快的笑容，敲了敲桌子迅速在他面前坐下，不想，定睛看到的却是高源！"怎么是你呀！"我眼珠子都要弹出来了。

高源看见先是一怔，恍然大悟一般揉了揉头发，"我还纳闷儿呢，咸蛋超人蓝 T 恤我也有一件……"他特别无可奈何地叹了口气，"你怎么阴魂不散啊。"

"我也不知道是你啊！"那一刻心中竟有种莫名的幸福感涌动——茫茫人海就算随手捞一个陌生的网友闲聊仍然是高源。

"是不是早就知道是我了？"他一脸严肃地问我，"别笑了，别笑了！"见我只是笑，他挥手在我脸上比画了一下，"真是的，你就是阴魂不散！"

"是不是特别庆幸自己当时那些憋了很久的情话没说出口啊，你老实交代！"

"谁呀？！"高源又开始瞪眼睛，"我这可是头一回！哎，你说实话，是不是老这样跟陌生人见面啊？"他充满怀疑地笑着看我。

"对天发誓，真是头一回！"

他绷不住还是笑起来，"算了，我原谅你这回吧，谁让我不开眼呢，聊天室那么多人我怎么偏偏就跟你聊上了！"忽然又悲戚起来，"看来我这辈子是逃不出你的手心了……我可不是想出来干坏事啊！"

"少废话，你请我吃饭！"

# 38

晚上我到餐厅，把大米粥交代我的事情原原本本跟小赵说了。这个四川女孩儿还像从前一样特别腼腆地跟我笑，红红的脸颊上充满着青春，她低头不语，像是在仔细地思索。

"这种事情你自己拿主意，我也是受人之托，其中的利弊我想你也清楚……"我一边说话，一边觉得脸红，仿佛回到了万恶的旧社会，充当起了某种不光彩的角色，一想到这些，我赶紧闭了嘴，想找一没人的地方抽我自己两个嘴巴。

小赵微笑着，问我："初晓姐，那我要是和他要朋友，我能把他带回老家叫我父母看看吗？从老家出来的时候我爸妈说，要是要朋友一定要带回家让他们看一下。"

我的心中一阵抖动，心脏像被人用手使劲捏了一下，隐隐作痛。

"小赵,这种人他大概率是不会真的和你回家见父母的……"我面前是小赵刚给沏好的茶,冒着热气,很香,"他们只想要朋友。"

小赵哈哈地笑起来,她笑起来露出洁白整齐的牙齿,特别漂亮,我想我要有这么一个妹妹,我得有多疼她啊!我又想到我妈要知道我干这种事情,我出了家门直接就得叫人送进残联。

乔军带着一帮朋友来吃饭,看见小赵和我坐着聊天,冲进来笑嘻嘻地要捏小赵的脸,被小赵躲过,扬起手来打了乔军一巴掌:"讨厌,老捏人家脸!"小赵脸更红了,乔军看着她的模样跟占了多大便宜似的,笑得很满足。

"我妹妹最近又漂亮了啊,尤其是叫某些绿叶那么一衬托……"他坏笑着看我,我白他一眼,"哎,对啊,你干吗来了?"他问我。

"你管呢!瞧最近把你美的,你这十年的夙愿总算实现了,什么时候请客啊?"我想把话题岔开,十年的夙愿是指他对李穹的感情。

乔军嘿嘿地笑着:"走啊,一起吃点儿?"他指了指包间的方向,"都是关系不错的客户,一帮地方台的朋友。"

我摇摇头:"我还是不去了,过几天得出差,回去归置归置。"我起身,往外走,又回过头来嘱咐小赵:"今天姐姐跟你说的话你就当没听见,咱不理他们!"小赵含着笑点头,将我送到门口。

我刚坐到车里，乔军电话就追了进来，劈头盖脸地一通骂："你现在出息了啊，你也是个女的，要是你有个妹妹，将来有个闺女，你也这么干？！真他妈的浑蛋！"我静静听着乔军狗似的咆哮，一言不发，我知道小赵把我跟她说的话跟乔军说了。

"……这事儿我要跟高源说，高源肯定抡圆了抽你大嘴巴子！"我心里一激灵，高源肯定不敢打我，可是我就是特别害怕让高源知道我十了这么龌龊的事。

"我告诉你初晓，我拿小赵当自己亲妹子，你不拿自己当正经人我管不着，你拿我妹妹不当正经人……别怪我对你不客气。"

隔了一会儿，乔军叹了口气，接着批判我："你真是堕落了初晓，简直……简直肮脏，高源就是瞎了眼才将就你这样一个人渣……"

"当初高源跟张萌萌腻腻歪歪想凑到一起睡觉的时候，你也像这样骂过他吗？"被他骂急了我毫不客气地怼了一句，电话那头乔军就像是挨了一闷棍没了声音。

男人总是用双重的标准衡量周围的人们，宽容永远留给同性。

回到家，我开始整理行装，准备去新疆完成剧本的写作，两三个月才能回来。正好高源的片子也要开始拍摄了，他后天出院，大后天有一个开机仪式，这一忙又得小半年。我可能真的已经熟悉了我与高源之间聚少离多任想念在时空穿梭的日子，每当我们都忙碌起来，情感关系就会空前的稳定。大约是到了一定的年纪便不再相信有情饮水饱那样的话，婚姻关系不仅仅是男女搭配干活不累的合作关系，还是权力战争，经济基础决定家庭地位，我和高源都不是那种委曲求全的人，赚到比对方足够多的钱自然可以让另一方做出更大的让步。

我知道乔军不会把小赵的事儿告诉高源，如果高源知道一定也会像乔军一样对我不齿，乔军不说我便可以保存一些在高源面前的尊严，可是一种来自我内心的谴责和孤独却让我感到强烈的不安。

第二天一大早我给高源打电话，将小赵这件事情的来龙去脉都讲给他听，言语中带着懊恼。哪知高源却说，我只是好心办了坏事，以为小赵会像大部分遇到这种"机遇"的女孩那样做出常规的选择，殊不知小赵的眼光已经超越了她的阶层和年纪放得长远。听他这样说，我不由得感慨高源真是学会了宽容对我越来越有耐心，要搁以前，他不像乔军一样跳着高儿地跟我大吵一架，把我阴损一顿肯定不算完。

我爱的人正从犀利变得温吞，越来越像张小北。

关于新型毒品的案子似乎不了了之了，警察再也没找我协助调查。至于小B，向受害人支付了大笔的赔偿金之后，对方息事宁人，再追究下去也没有意思。

我和高源在去参加发布会的路上接到了奔奔的电话，她说在外地待烦了，一门心思想回北京。当我告诉她事情已经基本过去了她可以放心回来发展她的事业的时候，这位可爱的小姐妹兴奋得哇哇大叫。

心情一好，奔奔电话里跟我聊得特别起劲，我不停地看表，不得已告诉她，我们马上要到达活动现场参加高源的新片发布会了。奔奔一听立即追问，"发布会？在哪个饭店？我跟你说北京的五星级饭店那是咱的根据地呀！"她一说这话我就头皮发麻，连连求饶："求求你咱见面儿再聊吧，我这儿还有事儿呢！"奔奔就哈哈笑着跟我说明天就回来，跟我见面是没时间了，只得等她把该忙的都忙完了，再跟我会合。我连连感谢："我谢谢您了姑奶奶，你回来了我该走了，就等着你的业务蒸蒸日上的时候回来你请撮饭！"

奔奔一听我要离开，问我："操，那你什么时候回归啊？应该挺快的吧？"她说到这儿我又开始脑袋瓜子嗡嗡的，"我还想着过些日子是姥姥生日，她好歹也认识几个字，就喜欢你这样的文化人，我本来还想带你去看她，也让她老人家知道我好歹跟文化沾点儿边儿……"

"姥姥"是把奔奔从大街上捡回家又养大的一个老太太，最早的时候我听贾六说起过，贾六说他以前拉着奔奔来看过老太太一次，可能就是因为做了一辈子善事，老太太八十岁了身体还特别棒，头

不昏眼不花，一个人住在南城一间四合院里。说是四合院，其实就
是个大杂院，只不过姥姥家的房子多，占据了大杂院的三分之一，
奔奔就把单独的两间小房中间加了一道门，使得姥姥的家也成了大
杂院里独门独户的小院儿。贾六说不管奔奔在哪儿，干什么，老太
太家里总不断人，都是跟奔奔相好的姐妹和哥们儿来看老太太。听
到贾六说这话的时候，着实在心里觉得奔奔是一有情有义的江湖
儿女，但想起他形容奔奔那句"丫枪毙十回都该够了"还是觉得有
道理。

听奔奔说要给姥姥过生日，我便答应她推迟一天出发去新疆，
先陪她回去看姥姥，奔奔这才欢天喜地地放了电话。

高源的发布会做得像模像样，很多圈子里的朋友或者师兄弟来
捧场，从医院刚出来就站到镁光灯底下，高源的脸显得有点儿苍白。
他介绍他的女二号出场，那是个刚从表演专业毕业的姑娘，个子很
高，很腼腆地笑，露出深深的两个酒窝，说实话，这个女孩儿没有
张萌萌那么动人，但是眼神清亮。

很多记者向高源和他的演员们提问，他们对这部戏信心十足，
有人问起女一号为什么没来参加今天的仪式，高源说她还在另外的
一个剧组里面拍戏，可能晚一点儿赶过来。

著名演员何希梵先生也来了，他看见我就笑嘻嘻地走过来，说
初晓，你看人家高源多风光啊，你老公要是成功了，你这好日子也

就算来到了。我说他成功是他的，我有手有脚，凡事都靠自己。不远处乔军看到我和大米粥在交谈，轻蔑地把头转向一边，自从小赵那件事情之后，我在他的眼里轻如鸿毛。

人群当中有一点儿躁动，是张萌萌来了，主持人清了清嗓子向在场的人介绍道："下面隆重向诸位介绍女主角张萌萌老师。"随着镁光灯的闪烁，张萌萌妩媚地笑着向所有的人致意，相信她站在舞台上看到了站在角落当中的我。

我不知道又是哪个老板出面为她保住了女主的位置，可以肯定的是代价不菲，能够让一个清高的电影导演放下尊严与伤害他身心的人握手言和的理由一定不是金钱，而是他所期待的未来。隐忍和克制是一个人走向成熟的开始。

张萌萌说了什么话之后周围的人开始鼓掌，场面一度热烈，于是我也跟着鼓掌，尽管不知道她说了什么。这欢声雷动的感觉肯定特别好，高源在人群中搜索到了角落中的我，我朝他的方向挥手并跟着现场的人们大声地欢呼，动作夸张又滑稽，台上的高源忍俊不禁笑了出来。

有记者要求高源当场为大家表演一个节目，高源下意识看向乔军，乔军则默契地跑到角落里拎出一把旧吉他递给高源，片刻，从他指尖流淌出我熟悉的旋律，一瞬间，许多年前那个鲁莽青涩的少年又一次回到我的眼前。

许多年前，他和几个大学的同学在夏天的黄昏跑到北大西门的一块空地上，穿着前胸或者后背的地方印着"别理我，烦着呢！"或是"没钱，别爱我！"的大红字的泛黄的白色背心，一张张瘦骨嶙峋像刚挨过饥荒似的脸，只有眼睛里面闪烁着悸动的光芒，他们没完没了地对着那些过往的美丽的姑娘深情地高歌：梦里的天空很蓝，我就躺在你睫毛下，梦里的日子很忙，我就开始想要回家，在那片金色的山坡，我要埋下我所有的歌，等待着终于有一天我们在时间穿梭……

时至今日，那些花儿一样绽放过的过往的姑娘都早已不知去向，只有我和高源在时间里穿梭到了现在，穿梭到了今天发布会的现场。高源以及当年唱歌的那些小子们也早已褪去稚气，然而那一双双悸动的眼睛，宛如天上的恒久的星辰，穿过红尘的滚滚硝烟，闪烁在今天的镁光灯下，没有丝毫的磨灭。

# 39

高源出去拍戏，我感觉自己又恢复了自由，直接去了父母家找
饭辙。我妈正在案板上"咣咣"剁猪肉，扬言要包出跟外边饺子馆
里卖的味道一样的饺子，我说为什么呀，老太太就挥舞着菜刀冲到
客厅里，跟我说："问你爸去，没良心啊，吃了一辈子我做的饭，今
儿跟我说还是外边饭馆里的好吃，尤其是饺子，馅大，皮儿薄，他
还说我再做几十年也做不出来一样的味儿来。初晓你说，你妈做饭
手艺到底怎么样？"我看着她系着围裙，拿着菜刀的模样，蓦然想
起我做饭时动辄挥舞菜刀的毛病是来自她的遗传，印象中，从我上
中学开始，谁要敢说她做饭不好吃，她就是这表情、这架势。

我把老太太扬着菜刀的手给放下来，"你们俩老这么较劲有意思
吗？他还不是想叫你给做顿好吃的嘛！一将你你还就上道儿！"我
把她的围裙解下来，菜刀也拿过来，接着剁猪肉。

又有几个星期没回家来看看他们了，父母的日子过得还是这么有滋味儿。

"我爸呢？""跟小北学打保龄球呢，出去俩钟头了。"我妈说起张小北就跟说起自己儿子似的，"我发现小北这一离婚人变了不少，眼瞅着白头发起来了，人也跟着瘦下去了，你说怎么就碰不上那合适的人赶紧给他再张罗一个？"

真是应了那句话，人一上了年纪就爱闲操心，"你瞎给人家操的什么心啊，人家想找什么样儿的你知道？自己家这点儿事还摆不开呢，倒有空儿给人家瞎张罗！"我把案板剁得震天响。

"唉，"我妈长长地叹了口气又把话题转到我身上，"你也不小了，你说你跟高源……就说你们年轻人观念开放，那该办的手续差不多也该办了吧，这几年你们也闹出不少事儿了，婚礼可以补办，差不多就先把证儿领了吧！"

"怎么一回家就叨叨这点事儿啊？"我手里攥着菜刀冲到客厅，冲她嚷嚷，"你再说我走了啊，就不能说点儿别的！"

老太太叹了口气，不说话了，拿个喷壶给君子兰浇水。她真的老了，年轻时候那点儿个性也都没了，要搁前几年，她会愤怒地扬起她罪恶的手，先给我一巴掌再说别的。

正在我不知道说点儿什么安慰老太太的时候，张小北跟在我爸屁股后边回来了，我妈情绪又高涨起来，张罗着和面包饺子。

我跟张小北说了我要去新疆的事儿，他问我去多长时间，我说也就三个多月吧，等秋天北京凉快下来，我就回来了。话音落下，我妈冷冷地哼了一声，我也不知道她究竟是什么意思，只要我一跟张小北说话，她就发出这种不屑的冷哼。

"您什么意思啊？我就这么不招您待见，说句话您跟这儿哼一声说句话您跟这儿哼一声的……我怎么了，哪句话说得不对？"

我妈扁扁嘴又白了我一眼，"我就看不上你那吊儿郎当的样儿，人家小北问你什么你就不能看着人家好好回答？一天拉着个脸嘴里跟含着热茄子似的呜里哇啦，你嘴让热水给烫啦？"

"我说话就这样儿，这是我的特点不行吗！"我气得就快跳起来了。

张小北忙笑着打圆场，说"阿姨您管她干吗，打从我认识她她不就是这个德行嘛，我都习惯了。"扭脸儿又问我，"对了，你那张照片还有吗？回头给我吧。"

"什么照片？"我一愣。

"就春节的时候从书里掉在地上那张，在北海照的。"

张小北这么一说，我就想起来了，就是我一直也想不起来是因为什么拍下的那张照片，是谁给拍的。

"好像还在书里夹着呢，我给你找找。"我进了里屋，翻出厚厚几本书和以前的日记，我一时想不起来是夹在哪里了。张小北也跟了进来，我看了他一眼，好像最近是显得憔悴了一些，"哎，你还记不记得咱为什么拍的那张照片来着，我怎么都忘了。"

他随手捡起桌子上一本画报翻看着，心不在焉的样子，过了好一会儿，才开口说道："那天是我生日，二十五岁生日，腊月二十七。"张小北说话声音不大，让我觉得心里有点儿不舒服，好像最近几年我都忘了他的生日是什么时候，临近春节的时候只知道他会送个红包给我，忘了他的生日也是在那个时候。

我随便翻了翻，就把书本都合上了，"找不着了，下回我好好给你找找吧。"他白了我一眼，"你就是懒得找，什么找不着啊！"说得轻蔑又无可奈何。

"你知道还问！"我也白了他一眼，"受累打听一句，您最近忙什么呢？"

"我能忙什么，混着呗！"

"瞅你那德行！"谁跟我说混我都信，唯独张小北说我不信，他把时间真当金子看，早几年的时候看见我混日子，恨得跟什么似的。"不过呢，你现在也算如愿以偿了……什么时候再婚啊？"

"那得看你什么时候把红包给我准备好。"他坐椅子上仰头看着我，干笑着。

"没钱！"

"没钱你给弄点儿贵金属也成啊，将来我未来老婆，你未来嫂子拿出来还能跟人说，瞧瞧，这是著名导演高源的老婆送的……"

我被他憨厚的表情给逗乐，伸手在他脑门上拍了一巴掌："贵金属没有，还有点儿纯铝，厨房呢，铝锅，你要喜欢你拿走！"

张小北气得直翻白眼儿："昨天萌萌给我打一电话，说高源又把她找回去了，还去上高源的戏。"摸不清他跟我说这些是什么意思，他跟张萌萌到底是怎么一回事儿，我含糊地应着："发布会上我看见她了……你对她……你还爱她吗？"

张小北想了想："这爱不爱的吧还真说不准……说真心话我挺心疼她。"顿了一会儿，点了一支烟，又接着说："我没法不爱她，你知道吗？"他眼巴巴地看着我，问道，"你知道？她怀孕了，前一段时间，可是她背着我偷偷给做掉了……我觉得奇怪，她之前巴不得就想怀孕，要跟我结婚……"

"什么时候啊？"

"刚过完春节，时间不长。"张小北摇摇头，"我就是想不明白。"

他想不明白，我却恍然大悟，一时间脊背发凉几乎栽倒在地——终于明白张萌萌找人开车要撞死高源的恨意来自哪里，那是他们的小孩啊！

"小北，你这辈子最爱的女人是谁？张萌萌？李穹？还是……未来的某个人？"我禁不住发抖。

"我这辈子最对不起李穹，"说起李穹，张小北满眼的伤感，"对萌萌……心疼多一点点儿吧……最爱嘛……嗨，什么爱不爱的都什么岁数了还爱来爱去的……走走走，包饺子！"

"甭跟我这儿装大尾巴狼！不说拉倒！"我趁机走出房间，踉踉跄跄脚底下拌蒜。听见手机响，拿起来一看，是奔奔。"小祖宗，杀回来啦？"

奔奔在那头一通狂笑："哎哟，忙死我了，四脚朝天啊！"我一听她说话就想乐，之前是忙到脚丫子朝天我还勉强能理解，这回四脚朝天我理解起来还真有点儿难度，"这些日子我不在，可把首都人民想坏了！"奔奔感慨着，"谁他妈的还没个父母啊，姐姐你说我这些日子不在，多少人没地方泻火啊，这回好了，这回好了，我回来了啊。"

听她说话的口气，简直，简直像劳模进城参加了半个月的表彰大会，终于又回到工作岗位的感觉。

"求求您了，能不能好好说话？明天上午我陪你去看姥姥，现在我正忙着呢。"挂了电话，我自己嘟囔了一句："真是世风日下！"

"都是妈生爹养的孩子……唉！"我妈妈重重地叹了口气，就不言语了。

自从春节过后，我发现周围的人动不动就喜欢叹气，甚至感觉到自己被忧郁笼罩。当我第一次意识到这些问题的时候我就开始努力回到从前的轻松当中去，却总是事与愿违。

我的生活分成许多个圆圈，有一些是朋友，有一些是亲人，有一些是工作伙伴，有一些既是朋友也是亲人。有时候我想自己好像是一个陀螺，在这些圈子里转来转去，很难说清哪里能找到归属感，只知道他们组成一个深深的海洋，而我自己，就像一只孤单的海豚，不停地在呼唤，身陷其中，不能自拔。

包着饺子，我从口袋里摸出几个硬币来，说咱把硬币包到饺子里吧，谁要吃到带硬币的饺子，谁就洗碗。其实这都是我跟高源玩剩下的，我知道他们也许不喜欢，因为他们跟高源是不同世界的人。果然，老太太首当其冲反对，她说："脏不脏啊？你这孩子浑身上下最多的就是毛病！"同时送给我两个卫生球。我又看看张小北，用眼神征求他的意见，他嘿嘿地笑着说："你就是懒！一会儿吃完了我收拾！"说着还用蘸了面粉的手在我脸上抹了一把。他才三十出头就活得像个小老头儿，内心的桎梏并不允许他活得随心所欲，和这种人生活在一起不仅没有乐趣，简直枯燥至极。

# 40

我想，张小北他现在很孤独。

我很想再像从前一样跟他耍贫嘴，可是生活总是要从轻松走向沉重，任何人对此似乎都无能为力。

晚上，我带张小北来到以前我跟高源经常来的一个酒吧，在电影学院旁边，叫黄亭子。这里很安静，最早的时候常常有诗人在这里聚会，对于诗人我了解得不多，我觉得诗人普遍的特点就是有点儿忧郁，有点儿像现在的张小北。

我看诗人海子写的诗，因为他那一句面朝大海春暖花开。

当我跟张小北走进黄亭子的时候，遇到几个学生模样的年轻人正在大谈食指与北岛，其中一个大声地说了一句："我认为食指就是我们中国诗人的灵魂。"有几个人附和，过了一会儿，那个说话的学生愤怒地指着一本最新出版的诗集里的其中一篇，对着旁边的同伴咆哮："无耻啊无耻！这首诗的作者分明是食指，这里却说是郭路生！这些无耻的嫖客！"说着重重地将诗集摔在桌子上。

张小北愣了一下，压低了声音问我："食指跟郭路生不是一个人吗？"

我白了他一眼，没有言语。

黄亭子太安静，太安静的地方很容易就让人说些掏心掏肺的话，我们要了两瓶啤酒，相对而坐。

"那天你洗完澡怎么就走了，我跟你说什么了？"我忽然想起那天张小北喝醉之后跑到我家里，喷出所有思想之后又离开了，我想大约是因为我喝醉之后跟他说的那些话，可是我又实在想不起来我当时说了什么。

张小北一仰脖子半瓶啤酒下去，不说话，干巴巴地盯着我。

"问你呢，我那天跟你说什么了？"

"你说你自己是个浑蛋，毁了人家李穹这一辈子，你说她恨你恨得牙根儿痒痒，你还说……"张小北说到这里打住了，眼神很游离地瞟在距离我们不远的那些年轻人身上，"别的就没了。"

我蓦地想起那天和李穹打电话的场景。那天她说着说着声音就

开始发颤，我觉得她好像哭了，我记得她说这么多年以来，我在张
小北面前明着给熄火暗地里煽风，尽管我自认为没有做过那样的事，
但在当时当刻，我都觉得自己做了。

"说吧，我还说了什么？"我也半瓶啤酒下去，长长地舒了口气，
"是不是我说了什么让你伤心的话？"

"也没有……"张小北犹豫着该不该说，"我主要是怕我自己那
天犯错误……虽然我离婚了，也不能把这福利都让给你不是，多少
好姑娘排着队呢。"

"你给句实话张小北，这些年我在你心目当中是不是一个省略
号啊？什么都是，又什么都不是。"我自己听见这话都觉得有点儿脸
红，问完了我就后悔了。

"你在我心目中像女流氓一样，没文化，敢拼！"

我嘿嘿地笑着，看了看旁边那帮学生年轻的脸，借着酒劲儿高
声念道：

> 从明天起，做一个幸福的人，
> 喂马、劈柴、周游世界，
> 从明天起，关心粮食和蔬菜，
> 我有一所房子，
> 面朝大海，春暖花开。

从明天起，和每一个亲人通信，

告诉他们我的幸福，

那幸福的闪电告诉我的，

我将告诉每一个人，

给每一条河每一座山取一个温暖的名字，

陌生人，我也为你祝福，

愿你有一个灿烂的前程，

愿你有情人终成眷属，

愿你在尘世获得幸福，

我只愿面朝大海，春暖花开。

念完海子这首诗，那些爱好诗歌的年轻人起身为我鼓掌，"谢谢。"我对他们说。

张小北错愕地看着我，突然咧开嘴就笑了，继续之前的话题，"其实那天你跟我说……其实也没说什么……"他开始神情严肃地看着我。

"说！"

"你说，我太装了……咱们说好了领证儿的那个早上，你特别难受，因为觉得我当时已经蒙了……你说要是当时我不那么死撑着面子，大声儿哭出来……没准儿……没准儿你当时就反悔了……"

"就这？"我颇鄙夷地乜着他，"那你跑什么呀，我还以为说了什么让你心痛欲绝的话呢，害得我这几天睡觉都不踏实，吃饭都不香！"

张小北摇摇头，"我没看出来。"顿了一下又说，"合着这么多年以来……你一直都知道那天我躲在厕所里掉眼泪了？"

"我是不是有点儿聪明过头了你说？"

"没什么聪明不聪明的，你就是忒把自己当回事儿了。"

我正要反驳他几句的时候，旁边那一小撮集会的文学青年全都站起身来，特别恭敬地看着门口的方向。我好奇心本来就强，见他们都跟中了邪似的，我也禁不住向门口看过去。

我先看见了小雨，以前跟高源剧组的化妆师。她头发绑成一个朝天锥，穿条肥肥的短裤，白色的大背心，脚上蹬着一双像高源穿的那种德国伞兵的靴子，正要起身和她打招呼，就见她身后那个拄着拐杖的诗人走了进来。

很早就听过他的名字，今天第一次见到他，感觉他跟我想象中的差不多，唯一不同的地方就是他不戴眼镜，而我印象当中的诗人都是像徐志摩那样的，戴着眼镜，喜欢围条围巾。

诗人一进来，学生们连忙都给他让座，都叫他何老师。他五十多多岁了，但显年轻。坐下没一会儿，就有人问到有关北岛的问题，诗人便回忆起他们交往的那些日子，我正听得起劲儿，想听他接着往下详细介绍的时候，他看了看其中一个学生年轻的脸，无限感慨似的，"你知道吗？我有一个女儿，她跟你的年龄差不多大，她和你长得很像……"没等他说完，一个学生就问道："那您女儿也写诗吗？她也爱好文学吗？"

诗人沉默了片刻，看看身边的小雨，扯动嘴角笑了笑："我把她弄丢了。"很沉重的表情，小雨的手抓着诗人的胳膊，似乎给他一点儿力量，于是诗人又很振作似的，坚定地说："不过，我相信，我的女儿一定很出色，她会像你们一样的聪明，充满理想，一定是一个充满浪漫情怀的女孩……"他的声音很好听，我想，他女儿真是很不幸，诗人肯定会是一个好爸爸、女儿奴。

灯光昏暗，小雨一直没有发现我的存在，一直到我的电话响起来。这个时候电话一响所有的人都显得很反感，我迅速地将电话拿起来，点头向那群人笑了笑表示歉意，向门外走去。

走到门外，我接通了电话，是奔奔。"有什么指示小祖宗？"

"你别逗了姐姐，忽然想起你了，哪儿呢这是？"

"在一酒吧跟朋友聊天呢，黄亭子，电影学院边上，明天几点啊？"我答应明天陪她回去看姥姥。

奔奔想都不想："明天中午吧，我睡醒了给你打电话，姐姐你上那种酒吧有什么劲啊，要不你来找我，歌舞升平，觥筹交错，有朋自远方来不亦乐乎……"

"我受累跟您打听一句，哪位朋友又从远方来了？"

"你甭管了，反正来我这儿的肯定都是地主一级的，连富农我们都不带玩！来不来啊？"

音乐很震撼，一边跟我说话，一边还有人招呼她喝酒，她跟人急："滚，没看我跟我姐姐打电话呢？瞧你一脑门子官司，滚蛋！"

"你忙你的，我这儿正好遇见一个诗人，朋友，聊一会儿。"

"哎哟，诗人！成啊，我还没见过活的诗人呢，有时间你介绍我认识认识。光听说李白、杜甫，还有那谁来着，初唐四杰，这我知道，昨儿刚记住的。"她显得很得意，"听说这诗人都是什么他妈的跳跃思维，我琢磨半天，丫的，就是他妈的前言不搭后语地说话吧……"

"奔奔，奔奔……"我拦她半天也没拦住她说话，好容易等她停下来了，我赶紧说道，"您先忙着，忙您的啊，回头我明天等你电话。"

"怎么这样啊，要不说道不同不相为谋呢，我就知道你们这帮人特他妈矫情，得，得，你明天等电话吧。"没等我反应过来表个态呢，她把电话挂了。

我刚要回去，跟出来的小雨撞个满怀。

"怎么走啊，你一进来就看见你了，没好意思打扰你们。"我跟小雨打招呼，诗人对我点点头，保持着优雅的笑。

小雨指指诗人："他最近身体不太好，我今天是从天津赶回来看看他，还是跟你们高源请的假，今天得早点儿回去休息了，有时间再约吧。"

# 41

天开始闷起来了，打了几个闷雷，眼瞅着雨点落下来了。这天气还真是说变就变了，就跟生活里这些乱七八糟的事儿似的，没个准儿。雨下得不大，淅淅沥沥的，让人心里更添堵。我看看表，快十一点了，跟张小北说，咱回家吧。

张小北完全没有要走的意思，抓着我问了一个问题："初晓，你说你们女的都喜欢什么样儿的男人啊？"

"这个可不好说，得分什么样儿的女的。"我也又重新坐回去，又叫人开了一瓶啤酒，"比如张萌萌吧，她就喜欢你这样的，你有钱啊，她喜欢钱，所以就喜欢你；你再比如说李穿，李穿也就喜欢你这样的，你心好啊，李穿自己心眼儿好，她也就喜欢你心地善良……你再比如说，我妈吧……我妈她也喜欢你这样的，你傻啊，我妈就喜欢反应有点儿迟钝的，她管这叫憨厚。"

"那你呢？"

"我？我当然也喜欢你这样儿的了！"我坏笑着，借着昏黄的灯光看清楚了张小北眼角细碎的皱纹，"我这人你还不了解？爱钱，虚荣，不吃亏……反正跟你这么说吧，馋懒皮猾坏这几样占全了……我的每一个缺点你都能弥补……你说我能不喜欢你这样的吗？"

张小北在对面听着我说话，气得眼睛都鼓出来了，我赶紧哄他，嬉笑着："你瞧你这人，动不动就生气！跟你开玩笑呢。"我给张小北点了一支烟，递到他手里，"依据我多年行走江湖的经验，本人认为男人要是想找到理想的伴侣具备两个优点就够了，要么帅，要么有钱……"说到这里，我看了他一眼，看得出来，这小子听得很投入，"这两点你都符合，什么样儿的女人找不到？"

"你果然还是这么肤浅。"他轻蔑地笑笑，然后长叹一声，"我受了多少苦才换来有今天哪！"

他的确吃了很多苦才换来了今天，别的不说，光说他在天桥底下卖光碟那时候，冬天冷，夏天热，无论是大雨滂沱还是风雪交加，张小北都坚守在天桥底下，工作环境的恶劣以及他工作热情的高涨自然不必说了，要不他也不会晕倒在路边，也就不会给我这个学习雷锋把他送进医院的机会了。抛开这些外界的困难都不说，光说人民群众对他工作的不理解，张小北同志能这么几年如一日地坚持为人民服务就非常的不易，对女同志不敢太热情，怕人家管他叫流氓，对男同志不敢太冷漠，怕人家瞧他不顺眼，动不动就群殴他，对老年人不敢不尊重，对孩子们不敢不爱护……真不知道他是怎么熬过来的。

"甭管怎么说，你算幸运的！"

"行，行，行，你接着说，不幸运的什么样啊？"

"不幸运的就像高源那样啊，既没钱，长得也不好看。"我看了张小北一眼，他用充满怀疑的眼光看着我，"……所以就只能跟我这种特优秀的人在一块儿对付了。"

张小北哈哈大笑，他很久也没这么笑过了，有半年了甚至更长时间，他整个人变得木讷和无趣。从前他也常常会带着李穹在周末开车到怀柔钓鱼，或者到卧佛寺的茶馆里喝茶，到朋友家打麻将或者酒吧里坐一坐，他们的生活很有品位也很快乐，自从他和李穹开始像猫和老鼠一样生活，张小北整个人一下子就苍老起来了。

"你可忒贫了你，一般男的贫不过你！变着法儿地夸自己！"张小北一说起我贫嘴就这一句话，翻来覆去地说，我听过不下一千遍了。"你得注点儿意，对高源好点儿……"张小北跟我说这话也不是一两遍了，他在高源面前从来不表达这些对高源的赞许，他喜欢跟高源一起聊天，看着高源疯子似的充满激情的眼神或者动作，他常常不动声色地赞许地看着高源，或者说，他总是用一种兄长般爱护的感情对待高源，我想，那绝不仅仅是因为我的关系。

我说不早了，回吧，明天我还得跟奔奔去看她姥姥呢。

张小北抽了最后的一口烟，站起来拍了拍我脑袋，用领导那种低沉而充满磁性的声音说道："小鬼，我们走！"

我回家又看了一个电影之后才睡的，这种迷魂汤似的电影让人看了感到压抑，我做了一晚上的梦，梦里掉了很多眼泪，醒了之后却又忘了梦到什么，可能是因为被电话的铃声惊醒的缘故。

奔奔也刚睡醒，迷迷瞪瞪地跟我说话，说她刚醒，马上去洗脸刷牙，过一个半小时到我家楼下。我放下电话一骨碌从床上爬起来了，赶紧洗澡换衣服，等着奔奔来找我。

我把我爸和我妈上回从香港带回来的西洋参找出来两盒准备送给姥姥，本来是想给高源父母的，刚开始的时候一直想不起来给送过去，后来想起来了，跟他们的关系又不好了。

我把西洋参装在一个塑料袋里，又到衣柜里翻出去年冬天给我妈买的一件羊绒衫，纯灰色的，我妈死活不穿，说显得太老，我本来打算去退的，上个月才想起来，到成府路的那家专卖店一看，人家说厂家早就撤走了。这种颜色，老人家穿还是合适的。

奔奔在楼下给我打来电话，我拎着东西就下楼去了。在楼梯口我就看见她坐在贾六的车里对我招手，贾六看见我出来，高兴地按了按喇叭。我本来想自己开车去的，看见贾六，直接就上了他的车。

"妹子，你可想死我了。"我一上车，贾六将大半个身子扭过来，龇牙咧嘴地对着我笑，"你忙什么呢又！"没等我回答，他又接着说，"我一回北京，先被派出所叫过去问话，这才知道是高源出事了，操，敢情找到我这儿了。"贾六到现在也不知道为什么会找到他那儿，我含笑看着他，没说话。奔奔接过来，说了一句："贾六你这种社会败类，出什么坏事你都肯定在被怀疑之列的！"贾六一只手伸过去，盖住了奔奔的脸，被奔奔打开。"我那天赶紧去医院看了看高源，你正在床上睡觉呢，跟他说了两句话就走了，没好意思叫你。"贾六笑着跟我说。

"高源跟我说了，六哥你还真行，能想起来去看看他，高源那种姥姥不疼舅舅不爱的主儿，也就你还知道惦记着。"

我这么一说，贾六就嘿嘿地乐了，他这人不经夸。

几个月不见，我对奔奔和贾六都有了一些陌生的感觉，除了奔奔，我和贾六都意识到了这一点儿。

很早以前，贾六曾跟我说起过我们之间的关系，他说初晓，你这个人特别随和，对谁都特别友善，可是你这人不简单哪，对谁都留点儿距离，看着好得跟一个人似的，其实你心里清楚着呢，特别留神跟别人的距离。你说这距离有多大，还真不大，就那么一点儿，他当时还很夸张地瞪着眼睛，叉开拇指和食指比画了一下，就这么点儿距离，可是跟你没这点儿距离的人还真不多，我知道的除了高源还真就没别人儿了。

为什么我说贾六是一个挺聪明挺有意思的人呢，就在这儿！他对人比一般人更挑剔，对我他表现出了足够的宽容，我的那些毛病在他眼里都是优点，除了刚开始我们接触的时候是因为他想多在我这儿拉点儿生意，大部分还是因为我从没看低过他，从来没有。

我们聊了一路，从城北开到城南用了将近一个钟头，到了姥姥家门口，贾六吁了口气，说："今儿还真不错，没堵车！"

奔奔一边下车，一边跟贾六说："要不你也进来待会儿得了，就一老太太，一会儿还能把我们送回去。"

贾六看看表："真不行了，妹子，我约好了送一个韩国人去机场接人，我得走了。"说着启动了车，对我摆摆手，"我先走了妹子，有空儿咱再细聊。"

我点点头，也对着他摆摆手。奔奔紧走了两步，趴在车窗上跟贾六说道："晚上我用车啊，别再接活了，我那儿最近忙着呢！"

"我知道，我知道。"贾六答应着，"走了，走了，来不及了，晚上见吧妹子。"

对贾六来说，没有什么事情比赚钱更能引起他的兴趣了。

奔奔给姥姥买了很多东西，提着两个很大的袋子，里面装了好多类似脑白金和那个广告里老演的补钙的什么口服液，我第一次知道她还这么细心。我们俩一起往院子里走，我把我手中的塑料袋给她看了看，说："有件羊绒衫，本来是给我妈买的，你别嫌弃留着给姥姥穿吧。"

奔奔没说客气的话，点点头，她今天没化妆，穿了一碎花的裙子，很秀气。

才走进一个院子，奔奔就喊着"姥姥，姥姥"，正对着门口的一间房的门打开，出来一个精神矍铄的老太太，面容很慈祥，对着我们笑。就像奔奔说的那样，她看起来一点儿也不老，面色红润，身板绝对硬朗。

等我们走近了，老太太拍着奔奔的肩膀嗔怪着："这么长时间也不说回来看看。"

奔奔一改往日的玩世不恭，含笑看着老太太："我不是忙嘛？姥姥，我给你介绍，我的朋友，初晓。"我赶紧对着老太太笑着叫姥姥，把礼物放到椅子上："没什么准备就来看您。"老太太特别满足地看着我跟奔奔笑，"甬准备，你们回来看看，我就高兴。"说完了扭头给我们倒水。

"姥姥，初晓是编剧，写电视剧的。"奔奔跟在老太太屁股后头介绍我，"她写了好几个电视剧了，她男朋友是拍电影的，导演！"

估计老太太连导演跟编剧到底是干什么的都不清楚，但绝对从奔奔的眼睛里头看得出来，是个好职业，一个劲儿地点头，说你们先坐着，我给你们切西瓜去。

刚想坐下，奔奔拉着我到里屋："初晓，走，我给你看我爸照片！"

"什么？你爸？！"我眼珠子差点儿没瞪出来，不是孤儿吗，怎么又跑出一爸来？

"我姥姥捡我的时候，跟我裹在一起的一张相片儿。"在里屋的一个相框的背面，奔奔极其兴奋地拿出一个信封来，"我姥姥说，当时这照片背面有字儿，就写着他是我爸，我估计，也早该死了，给你看看，大帅哥！"说着把一张发黄的两寸照片从信封里拿了出来，递到我眼前。

我盯着照片看了一眼，特别清瘦的模样，三十岁上下，戴着眼镜，站在天安门前拍下的一张照片。我看着看着突然觉得眼熟，嘴里嘟囔着："我怎么觉得我见过这人啊。"

奔奔忍不住笑了出来："姐姐，您要能认识这个人，那我谢谢您了。"姥姥一不在，她就开始跟我贫，"也就说您是个文化人，见过的人也不比我多啊，我见过的男人那……就不多说了，你以为我就没留心看过？我都没发现谁跟他长得有一丁点儿像！"

"我真觉得眼熟，你让我想想。"我攥着照片往外屋走，一直走到门口，在阳光底下看照片上的人，脑子里飞快地转啊转啊转，就是觉得特别眼熟，等到最后，姥姥把西瓜切好了，招呼奔奔和我去吃西瓜的时候说了一句："天儿热，你瞧瞧你衣服都湿了。"

我一听这话差点儿一个跟头栽出去，倒不是因为姥姥说奔奔衣服湿了，我真把这人想起来了，没错，我真的见过这个人，奔奔的爸。

# 42

我给小雨打电话的时候，她正在高源的剧组里忙着给张萌萌补妆，大约是在拍戏现场，我才刚和小雨说了个开头儿，就能听见高源像狗似的咆哮："叫你们关电话，关电话，怎么还打呀！小雨赶紧把电话关了，等着开机呢！"过了一分钟，高源大概是跳到小雨跟前了，特别大的声音，"叫你关电话！没听见啊！"小雨特无辜地嘟囔："是你老婆给我打的……"

高源把电话接过去，特别没好气地训斥："等着拍戏呢，你捣什么乱！"我说我有事找小雨，"有什么事收工以后再说！"临挂电话他又叮嘱我，"不许再打电话，听见没有！"我刚想说点儿什么，有个声音传进我耳朵里："导演，停电了。"我就听见张萌萌哈哈大笑，她说："这回好了，连供电局都帮着初晓！"听见她的声音我只感到厌恶。

其实打从一开始我见张萌萌并不怎么厌恶她，她怎么说都算长得挺好看的，虽然我自始至终站在李穹的立场上，我都觉得张萌萌总不至于属于被唾弃的那类人。直到她跟高源的事情彻底败露，我才像李穹一样对她有了厌恶的感觉，想要一刀捅过去那样的恨。但是现在，好像那种感觉又没有了，说起来也真奇怪，我甚至觉得当初我在众人面前给她的那一巴掌显得很幼稚。

我说："真对不起导演，我真是有特别重大的事情要跟小雨谈，特别特别重要，忒重要了，简直没再比这重要的事了，简直……"

"得得得，别跟我这儿废话！"高源气不起来，语气缓和了不少，"你不是去新疆了吗？"

"这不跟老板请假了还没动身嘛！"那一天我给大米粥打电话，说去新疆的事能不能再推一个星期，大米粥说，要不你就北京待着算了，实在不行那哥们儿在青岛还有间别墅，你就到青岛去写得了，海边的别墅，你一个人住着，就当去避暑。

工作人员这时候又跑过来跟高源汇报："导演，电话打过了，人家说没准儿什么时候能来电，发电机也问过了，没戏。"

"真他妈操蛋！"高源自己嘀咕了一句，对着电话跟我喊上了，"你们慢慢聊。"

我在电话里嘿嘿地笑着，听见张萌萌又在旁边说话了："初晓，一会儿有人来看我，要不你跟着一块儿过来看看高源？"她说话的语气就跟我们俩关系多铁似的，我不禁纳闷儿，什么时候跟你这么熟了？正犹豫的工夫，小雨接过电话："要没事就过来吧，何老师的女儿找到了是好事儿……还有一件更大的事儿我得跟你商量。"

"这事还有什么好商量的，你跟何老师一说，我也跟奔奔一说，父女相认，皆大欢喜啊！"要不说近墨者黑，跟奔奔待得时间稍微一长，我说话的腔调不由自主就有点儿随她，"我意思是说，这是好事儿。"

"我要跟你商量的是另外一件事儿，跟你有关系。"她这么说倒让我有点儿摸不着头脑了，我跟何老师压根儿不认识，怎么他的事儿还要和我商量？还跟我有关系？

简单地整理了一下东西，把高源喜欢的几本漫画也塞在书包里，准备叫贾六把我送过去。

正想给贾六打电话的时候，文化公司林老板电话追过来了，开口就说："初晓，听萌萌说你要去天津？我正准备走呢，要不我接着你，咱俩路上还有个伴儿。"

我登时明白过来，他就是张萌萌的靠山，家大业大的中年已婚男就跟当初的张小北一样，这种不正当的男女关系让他们一说就成了爱情，实际上就是奸夫淫妇。

一上车，林老板就冲我奸笑，直接翻上回在十三陵打人的旧账。通常他这样左右逢源从不肯吃亏的男人都很有钱而没什么人性，不能得罪。

"再说这个可就没意思了林总，喝多了谁还没闹过几回酒诈，人家张萌萌都没再提了，你现在出头可显着小气了啊。"

林老板半天没说话，憋了一会儿冒出来一句："柿子专拣软的捏呗？"

"那您这可就是造谣了，我就属于软柿子，骂不还口打不还手，要不您抽我试试？打完左脸我保证就把右脸贴上去。"我笑嘻嘻看着他。

他看着我沉默了片刻，"做女人……糊涂点好。"

"我都跟您坐一趟车去探班了，还不够糊涂？"

"萌萌也不容易，年纪小，不懂事，你当大姐姐的多包涵也就过去了。"

"懂，我懂，做人留一线，日后好相见嘛！"我看着车窗外的夜色，对他说也是对自己说，"不过我真是纳闷儿，张萌萌的确是漂亮，可是你说这个圈子里比她漂亮的那可就多了去了，要论聪明懂事儿，我相信在您身边儿她可能还真排不上号儿，怎么就……那么……都觉着她好呢？"

这是我一直以来的困惑，也曾经试图跟张小北探讨过这个问题，他说得特坦白，说不清楚，就是说不清楚的喜欢她。据我观察，林老板对张萌萌的感情跟张小北对张萌萌的感情还是有差别的，林老板对她是喜欢，张小北是爱，喜欢跟爱还是有区别的。喜欢是一种愉悦的心情，就像林老板一看到张萌萌的时候，那张枣核形状的脑袋就情不自禁地左右摇晃起来，脸上的皮肤都泛着光华。而爱里面会有包容的成分，这个女人身上的缺点张小北看得很清楚，比如说虚荣，急功近利，但他还是愿意为张萌萌成为一个演员的梦想去低声下气去求人，用他的话说，他就心甘情愿去做他宝贝萌萌的垫脚石，他盼着张萌萌好，越来越好。

林老板说，男人到了他这个年纪就开始感觉生活无趣，有钱，有事业，有老婆孩子，甭管走到哪儿都得挺直了腰板，因为挺得直才扛得住，而自己内心的疲惫，被人捧在手心当成太阳去仰视那种深深的渴望永远深埋心底不敢示人。张萌萌就是那个可以让他无比眷恋、可以尽情做小孩而不必担心被伤害的人，商品社会付出金钱而得到精神滋养，公平交易。

很久很久以前，小 B 曾对我说过一句大实话，她说："漂亮的脸蛋永远不是稀缺品，大部分的功成名就只是在恰当的时机遇到一个肯给你机会的人。"

到了天津，张萌萌像小鸟似的扑向林老板，"亲爱的，你可来了。我要的东西带来没有？"我看向高源，高源对张萌萌的表现司空见惯，丝毫不觉得尴尬。

林老板跟张萌萌耳语了一阵，张萌萌就走过来招呼我和高源、小雨三个人："初晓，咱一起出去吃点饭吧，都饿了。"

"不了吧，我找小雨商量点事儿。"我笑着回绝，"林老板风尘仆仆赶来看你，我们就不打扰了。"

"那要不我们回来给你们带点儿。"我惊讶她心胸如此豁达，模样好看，面子上又叫人过得去，谁不喜欢呢？不过一想起初次相见她面对李穹的一副不卑不亢的神情，我竟有些恍惚。

我跟小雨说了我在奔奔的姥姥家看到的那张照片，很可能就是她的男朋友，那个诗人，我以为小雨也会跟我一样地兴奋，急于让他们父女相认，小雨却顾虑重重。

"你说说为什么不能告诉何老师奔奔的事啊？你要和我商量什么？"

"不是好事儿。"小雨笑了笑，"说不上来为什么，就觉得这事有点儿复杂。"

"我怕奔奔起疑心，没敢把照片拿回来叫你看看，真的就是何老师！"

"倒不是这个……"小雨沉思了一会儿，"你一说我想起来，他以前好像说过，当年他把女儿放到街边时放了一张照片在襁褓里……这事要说起来……还得再和高源商量商量……"

"他那种自认为不俗的人，要是能对这些事情表现出多少热情那才奇怪呢。"在这一点儿上我绝对有信心。

小雨忽然就笑起来，口中喃喃自语："金钟罩，铁布衫，小李飞刀，爱情子弹在呼啸……"然后将自己重重摔在床上，表情非常沉重。

我看着她，心里想，真是诗人的女友，说话也是前言不搭后语，神神道道的。

过了一会儿，小雨问我："还记不记得我跟你怎么认识的？"

"高源介绍的。"

"那我跟高源呢？"

"你可真够逗的啊！"我也倒在床上，转过脸看着她，"你问我？你们不是以前在一个组里嘛！"

"那又是怎么跑到一个组里去的？"

"那我哪儿知道啊。"我懒懒地，忽然有点儿犯困。

小雨笑起来，"看来高源真没告诉过你，也是，他这个人像他爸爸，心里永远隐藏得住秘密。"

"嗯？"我一骨碌爬了起来，"听起来大有文章啊，你还知道他们家的事儿？"

"他才是高源的爸爸。"

"谁？"

"何。"

我一个没留神，从床上滚到地上，半天没回过神来，"这玩笑开大了吧。难道高源也是抱养的？我怎么从没听他说过……"

"谁说高源是抱养的啦？"小雨也坐起来，胳膊抱着双腿，瞪着我。

"同父异母？"

小雨点头，不置可否。

高源抱着几罐可乐进屋的时候，我和小雨都在思考，两人在床上背靠着墙，并排坐着。高源推门进来，我跟他打招呼："嘿，何源！"

高源愣了几秒钟马上反应过来，气恼地把可乐往地上一扔，"你大爷，初晓！"

我没以为他生气，继续以戏谑的语气开着玩笑："你的身世已经暴露了……说说吧，未来的路想怎么走？"

"有完没完，有完没完！"高源登时发火，额头上的青筋都暴了起来。

我连忙哄他，"对不起啊，真生气啦？"我从床上爬起来，跳到他跟前，摇晃着他的肩膀，"对不起，对不起，跟你开个玩笑，至于生这么大气么？"

我这么一道歉，高源还来劲了，使劲儿地一甩胳膊想将我甩开，我下意识向后退，一脚踩在可乐瓶子上，侧身倒在地上，下意识里伸出右手去撑地，一阵酸疼蔓延到了肩膀。

"完了高源，你让我生活不能自理的愿望终于实现了。"我皱着眉头说道。

小雨一脸的紧张，"别瞎逗，到底有事没事啊？"

我看着高源，想装作若无其事却疼得龇牙咧嘴，"断了，真断了，我有感觉，骨头碎了。"

这回高源信了，也慌了，抓着我的肩膀说："走，上医院。"

真是应了贾六同志的那句名言了：命苦不能怨政府，点儿背不能赖社会！离开北京时全须全尾，刚到天津，胳膊断了！

从医院回宾馆的路上，高源抚摸着我的头发，教育我："瞧见了吧，教训是血淋淋的，你这都是毛病，别动不动瞎开玩笑……"

"能不能不这么刺激我？"我右胳膊上打着厚厚的石膏，缠了足足有一斤绷带，剧组的车里没空调，热得我直犯晕，"告诉你啊，教训是血淋淋的，看你这狗脾气以后改不改！"

"改。"高源说得很轻，说完了赶紧拿眼看了看剧组的司机，司机也正看他，高源立刻现身说法，"小董你以后找女朋友务必慎重，模样丑点儿都不要紧，性格必须温婉，我就是你的前车之鉴。"司机是个小伙子，二十刚出头的样子，听高源这么说，咧开嘴笑了起来。

高源说暂时先让我留在天津几天，回北京也是给我妈添堵，他在剧组忙得没黑天没白日的，倒是我和小雨、张萌萌碰面的时候多，李穹要是知道我能跟这小蜜蜂关系这么亲近，肯定对我不依不饶，搞不好会绝交；张小北要是知道了，可能真的会找不着北。看到这样的局面，高源倒是有些欣慰，他说："冤家宜解不宜结，人人都会犯错，总要往前看，看长远……"他的言语和表情同时充满玄而又玄的神秘，让我很是不解。

都说女人是从男人眼里看女人，我在男人眼里看到的张萌萌是迷人的，充满挑逗的，有时很柔弱需要保护的。我想，男人的天性都是虚荣的，他充满当英雄的梦想，在张萌萌的面前，大约男人的这种成为英雄的梦想会被更加强烈地激发出来。

那天我陪高源在港口拍夜戏，海风强劲，我扯过高源的一件夹克穿上，拉链头卡住了，我一只手鼓捣了好久都拉不上去。张萌萌走过来，二话没说把头埋进夹克衫里，将拉链头含在嘴里再用力一咬，伸手将拉链拉好。"怎么样？"她看着我的眼睛。

"佩服。"我说。

"佩服什么？"

"能文能武，可咸可甜。"我们相视而笑。

那天张萌萌拍完了一组镜头之后，可以休息两天。林老板打来电话，说要来天津接她回北京。张萌萌拿着电话，声音柔柔地跟姓林的那冤大头发嗲，连我听得骨头都发软，想起她帮我修拉链的做派，再看看眼前的境况，我总忍不住恍惚。

见她打完了电话，我忽然想起来一件事，于是问她："萌萌，你觉得我们能成为朋友吗？"

她笑笑："你不会把我当朋友的，我自己知道。"

"为什么？"

"呵呵，还用问？"她看着我，她真是长了一双会勾人的眼睛，就算看着我的时候也忍不住放电，受不了。不知道为什么，就是没有办法接受她这款儿的女孩儿，没办法和她成为朋友。

"我觉得你早晚有一天会成功的。"

"为什么？"她用特别期待的眼神看着我。

我靠在沙发上笑了笑："说不出来，就是感觉。我感觉你跟高源都会成功，萌萌我总觉得你的好日子就要来了。"

我所谓的好日子是不必再依附于男人的生活，不知是不是也如她所愿。

"……你知道吗？你身上有一种很特别的气质。"

"什么气质？"她显得有点儿兴奋。

我摇了摇头，表示不想说。

"说呀，说呀，什么气质？"她瞪着铃铛似的眼睛追问我。

我心一横，说就说！"姨太太气质。"

"啥意思？"她想了想，"你说我是二奶相儿呗。"白了我一眼，

"你就是拐着弯儿骂我呗？"

"我可没说你是二奶相儿。"见她不悦，我忙否认。

"姨太太不就二奶吗？"她并没有生气，反而骄傲地昂了昂头，"说就说呗，我不在乎，别人说什么我都不在乎，人各有志你懂吗？"

"懂，我懂。"我忙不迭点头，"而且万分同意你的话，人各有志。"

回北京之前的晚上我和高源聊天到了深夜，关于奔奔，关于他妈还有何老师，关于他心中对许多人和事的看法。我和高源之间不只有爱情，更多的可能是义气，有如一对肝胆相照的兄弟。

# 43

　　回了北京，大米粥听说我的胳膊断了，巴巴地跑来看我。看我是假，主要是来确认一下我的胳膊是不是真的断了，因为经常会有编剧因为拿了人家老板的钱又写不出来作品谎称身体不适。大米粥是这个行业里的老油条，这些猫腻可是瞒不过他的法眼。等到他跑到我家里来，一看见我的惨状，立马换上了满脸的痛心疾首："真是的，真是的，真是怕什么来什么。我哥们儿前天还问，说会不会你不想写了，要不要另找别人，我还说让他放一百个心，人家真是放一百个心到厦门去忙活了，你说你又出了这档子事。"喝了口茶，看了我一会儿，自己又叨咕了一句，"要不这么着，订金你也甭退了，写多少算多少，剩下的你麻利儿再给找个人接着写，一天、一分钟都不能耽误，真的，真的，拿着本儿咱就开拍，时间不等人啊！"

　　我一听就不乐意了，"凭什么？合同写得清清楚楚，我这属于健康原因。"

我这么一吆喝，大米粥一口茶喝呛了，一个劲儿咳嗽，脸憋得通红，"这不是着急吗！"

"你还是我朋友吗，我人都这样了，你不安慰安慰，倒先着急怕挣不着钱了！还有没有一点儿人情味儿了！"

"我不是那个意思……"他忙不迭解释，"我就是说啊，谁想到会有这种意外啊，你呀，既然都这样了，你就踏实在家养着吧，青岛那边你随时可以去住，当养病了，反正那别墅也谈好了，空着也是空着。"

他这么一说，我忽然又想起上回小赵那档子事来："上回小赵那码事我还没跟你算账呢！以后这种欺男霸女的勾当咱能不能少干点儿，谁家没个兄弟姐妹呀，都是他妈的爹养妈生的，你们这帮人以后就少干点儿缺德事。"

"得得得，这话你说八遍了！"大米粥听烦了，"我不也是受人之托吗？"

"你受人之托我不管，以后反正别让我干这没脸的事！人家有人因为这事跟我闹掰了。"

"怎么着？有别人看上那小姑娘啦？"大米粥狡黠地笑了笑，"说实话，那女孩儿真是不错，那长得……看着就旺夫相儿！不是，到底谁看上啦？不会是乔军吧，他也老往那个店里去我知道。"

"低级趣味！"我白了大米粥一眼，"你当乔军跟你们似的？"

"谁们？谁们啊？那是他们！"他伸着脖子，拿手指了指门口，"我要真不那么洁身自好，我怎么到现在还是一个人，可能吗？"大米粥抽上一支烟，"跟你说点儿正经的！"

"就你这种生下来就不是正经人能说出什么正经话来……"

自从我和大米粥认识，他说出来的正经话还真是不多，看他一脸严肃，我也不好意思再揶揄，平心静气听他把话说完，听完之后再也没法平静，愣愣地看着他问道："真的假的？"

"绝版真的，就昨晚上的事，我在现场呢！"

我又马上给李穹打电话，手机关着，家里没人，打乔军的电话，也关着。李穹啊李穹，我早就想到了她得吃亏。

我又愣了一会儿，赶紧一拍大腿，进了里屋抓起背包往外跑，"你怎么不早说啊！"我一边往脚上套鞋，一边责怪大米粥，"你这会儿有事没事啊，要没事跟我看看去！"

"我没事，可你上哪儿找她去呀！"大米粥站起来跟着我往外走。

大米粥说李穹叫人给打了。她现在跟大米粥在一个组里，方明的导演，昨天晚上她刚拍完最后一场戏，一起在街边上吃了点儿东西，李穹吃完饭去了一趟洗手间，最后一个出来，有的人已经开车走了，大米粥也正对着饭店门口的方向在倒车，李穹刚出来，朝她的车走去，没走几步，就冲过来两个人，其中一个揪着她的头发，给了她两个耳光，另外一个也对她又踢又踹，大米粥一看，立刻冲下车叫那两个人住手，两人一看有人过来，撒腿就跑。

大米粥说，被打之后的李穹整个人都是蒙的，没走几步一头栽在地上，摔得满脸是血。大米粥想要报警被李穹阻止了，他又赶紧带着李穹去了医院，眉骨的位置缝了六七针之后又把李穹送回家，临了李穹还叮嘱他，千万别报警，别和任何人说。看来李穹对大米粥的了解不亚于我，知道他有一张破瓢一样漏的嘴。我追问大米粥这事儿他都和谁说过了，大米粥对天发誓，就和我一个人说了。于是我又瞪着眼睛警告他："不许外传知不知道！"

李穹住的房子是原来她跟张小北的家，离婚以后张小北就搬走了。他们这个小区环境和治安都很好，就连门口的保安站在那儿都透着神气。我跟大米粥到了小区门口，被保安拦住问了个底儿掉。进了小区，大米粥感慨地说："这年头，这么认真负责工作的能有几个？为什么都不认真啊，不就是怕招骂吗？"自己觉得特别有道理，点头称赞自己半天。

我和大米粥站在二十五号楼底下呼叫八楼的住户，门口有摄像机，他们在家里能看到是我和大米粥，乔军一边开门一边说了一句："你们怎么来了？"我跟大米粥进到楼里，电梯直接入户，到了八楼，乔军已经把门打开，站在门口了。

"你们怎么来了？"他见我们从电梯里出来，又问了一句，"你胳膊怎么啦？"

"摔了一跤。"我一边回答着看了他一眼，径直进了李穹的房间。李穹她在床位沙发上坐着，一看见大米粥便怪他："我就知道你得跟她说！"

我和李穹的关系真是不比从前了，搁在从前，出了这样的事情，李穹准会第一个想到给我打电话，跟我商量。如今我们之间这样生分，我不知道究竟是为了什么。实际上这么多年以来，我和李穹之间的情谊一直是我的骄傲，原以为会是一辈子的朋友，那样热烈、彼此信赖的友谊我不知道它们消逝去了哪里。

最后一次来这个家也已经是一年前了，那次是来打麻将。李穹打牌有个毛病最喜欢做大牌，她那一次豪华七对已经上听，单吊八万，我打牌一向手都很臭，坐在李穹上家，即便那样也算准了她要条子，死攥着不放。我上家是张小北公司的副总，那哥们儿也狠算计我的牌，我不要什么他就发什么。后来牌都快抓没了，谁也不和，李穹有点儿急，哆嗦哆嗦地点了一支烟，一脸真诚地看我说了一句："到底有没有八万，给一个！"

我心一软把个八万放出去了，引来张小北和他副总的责骂，死扛着不给钱，最后还是李穹差点掀了桌子才让那俩人不情愿地掏钱。

李穹一边往钱包里装钱，一边笑嘻嘻地说："这种高级炮手就是各位的榜样！"

之后，李穹开车，带着我们仨到崇文门附近的一条胡同里找了一个门脸很小的小吃店，请我们喝汤。我直到现在还记得，那里吃饭的桌子和椅子都是简单的三合板钉起来的，油腻腻的好久没擦洗过的感觉，连碗筷也是黏糊糊的没洗干净。老板特别喜欢钓鱼，是李穹陪她爸一起钓鱼的时候认识的。那天我们谈笑风生，说了许多笑话，李穹笑起来的样子很像美国那个著名的大嘴明星。

我们先是吃了点儿羊肉，后来叫老板给宰了一只王八放在涮过羊肉的汤里，味道非常鲜美。李穹还警告我说当心喝多了会流鼻血，我当时没听，一下子喝了有六七碗，直到现在，我一直也没机会告诉李穹，那天我回家之后，真的流了好多鼻血。

我面前的李穹鼻青脸肿，额头上贴着绷带，我对她笑了笑，扬扬我同样缠绕着绷带、打着石膏的右臂，什么话也没说，李穹心领神会，艰难地对着我咧了咧嘴。

大米粥揪着乔军进了书房，不知道去商量什么，我想，他是在向乔军描述犯罪分子的样貌。

"还疼吗？"我尽量还像以前一样地跟李穹说话，像以前一样地尽量放松我自己，尽管这很困难，就好像贾六说过的那句关于我的话一样，我跟李穹之间也有了那么一点儿距离，你说这距离大不大？还真不大，就那么一点点儿，究竟这一点儿差在哪里？我不知道。

"你怎么搞的，还正好是右手！"

李穹从冰箱里给我拿了一罐冰茶，在我旁边坐下来，"我还行，现在不怎么疼了，就是肿得厉害，昨天晚上疼得特别厉害。"

"我这是自己摔的。"我先交代自己胳膊的问题，接着又问她，"知道是谁吗？"

李穹摇头，表情很无奈。

"得罪人了？"

"没有。"她还是摇头。

"伤口厉害不厉害？医生怎么说？"我看着她的表情，心里一阵又一阵地感到酸楚，转移了话题。

"这儿缝了六针，"她比画了比画额头，"其余的地方都不碍事儿，我问了，说不会留疤。"她停了一会儿问我，"高源怎么样？"

"他还好，天津呢。"

接下来，我们都没有话说了。我喝着冰茶，脑子里一片空白，望着门口的方向，李穹将头靠在沙发的靠背上，眼望着天花板，过了一会儿她忽然想起了什么似的，叮嘱我："别告诉他。"

我点了点头："知道。"李穹说的他是指张小北。

"别想了，"我伸出手去拍拍她的大腿，"要不咱俩去青岛住一段时间吧，这时候北京也怪热的，正好我手不能打字，你跟我一起去得了，帮我打字，还能休息休息，怎么样？"

李穹想了想："过几天再说吧，昨天报案了，可能公安局这几天得找我问话。"

正说着，有个人给我打来电话，是个出版公司的编辑，说是我有部小说他们很感兴趣，想出版。我问是哪篇，他说就是关于一个美国男人和一个中国女人在北京生活的，很有卖点。我想了想，的确是写过这么一部小说，一年前了。我不记得给过哪个出版社的编辑，他说是一个朋友推荐给他的，我问谁，他说也是我的朋友，一个开出租车的师傅。

他一说开出租车的师傅，我就知道是贾六。去年冬天，贾六说想买一辆新款的夏利，是夏利厂和日本丰田公司合作生产的，听说网上有图片，就到我家里来看图片。正好我刚打出来的稿子在电脑旁边放着，他走的时候就带走了，说是拿回去不忙的时候看看，没想到他不光自己看，还给别人看。

我想都没想立刻答应下来，说要是你们觉得好能出版当然好了。编辑又说，我听您开出租车的朋友说，您男朋友是导演高源，您本身也是编剧，我们正在策划一本演艺圈生活状态的书，稿费很可观，正想找人写，您写正适合。

我当即拒绝说不好意思，这个工作我不能接，因为我和男朋友有共识，不管接受采访还是发表评论，我们只针对自己，别的同行我们不参与不评论。

放下了电话，李穹正微笑着看我，眼睛里面满是赞许。

我嬉笑着："干吗这么看着我？"

"没什么。"李穹摇摇头，"我有时候真羡慕你，潇潇洒洒，充满自信，就跟谁都拿你没辙似的。"

李穹这么一说，我又忍不住嘚瑟，"我本来就这样！"

她笑，"德行，一说你胖你就喘！"

这时候乔军和大米粥出来了，乔军说走吧，咱找个地方吃点儿饭去。我看看李穹，她显然不愿意出去，摇摇头："你们仨去吧，回来给我带点儿。"

"那好吧。"乔军点了点头，"咱们走吧。"

我看看李穹懒懒的样子，我说别出去吃了，出去买点儿菜，就在家里做点儿吧，一边吃饭一边还能合计合计接下来怎么办。

听了我的话，李穹显得很欢喜，吩咐乔军："乔军你开车跟何希梵一起去买菜吧，我跟初晓把冰箱里的扁豆择一择，你看着买点儿水果什么的。"

这样，乔军和大米粥去买菜，回来以后，我们四个人每人做了一个拿手的菜。喝了一点儿红酒，加了冰块和柠檬的。那顿饭我们吃得很愉快，席间没有再谈及李穹这次的意外，我们说了许多的笑话，都是李穹和大米粥他们拍戏的时候闹出来的。

那天吃过饭之后我跟李穹的关系又恢复到了从前，借着酒劲儿，我跟李穹又相互说了许多肝胆相照的话。回家之后我妈给我打来一个电话，问我去哪儿了，我说我去安慰李穹了，又把事情从头到尾给她叙述了一遍。我妈用赞扬的口吻说，这就对了，朋友之间就要相互信赖，相互忠诚。我嘿嘿地笑着跟我妈说："得了吧老太太，这年头儿除了狗，谁还能对人忠诚！"老太太勃然大怒，大骂我是个混账东西。

# 44

　　半夜里我睡得正香，忽然听到电话响，接起来一听，是高源打来的。他先问了问我的胳膊怎么样，我又主动地跟他说起了李穹的事情，他恨恨骂一句："他妈的，到处都是臭流氓！你告诉李穹，我挺她，等我忙完了咱们陪她一起到派出所，必须把这些流氓给揪出来，没王法了！"我想到他义愤填膺的模样，心里头热乎乎的。

　　高源又说起了他上次在国内得奖的那个电影，他说拿去了柏林参赛没想到获得了最佳导演的提名。他说起被提名的事情来声音淡淡的，我却格外兴奋，一下子困意全无，点了一支烟，抱着电话坐在地板上听他说话。

　　高源说他最近老睡不着，烦，脑子里很乱。他在电话那头絮絮叨叨的，说起话来也是东一句西一句的没个主题。我说要不我明天去天津看看你吧，他就说不用了，你还是找时间多跟奔奔聊一聊吧。

我就知道，这小子肯定因为这件事在烦，早就想到他把这事情看得很重。在天津的那几天，基本上我已经把整件事情的来龙去脉弄清楚了：高源现在的父亲，到现在还不知道高源不是他的儿子，高源也是在大学毕业之后的一次体检当中，偶然知道了他爸和他妈不可能生出他这个血型的孩子来。高源的爸妈都是 A 型血，高源的血型是 AB。

高源说那时候他刚大学毕业，心里想着这件事，想问他父母又不敢问，后来实在忍不住了，就问他妈，说是不是当年在医院里抱错了孩子，他们家老太太才告诉他整件事情的经过。

高源妈妈跟何老师是邻居，也是青梅竹马的恋人，就在两个人准备结婚的时候，何老师的父母被下放到农场劳动改造，何老师和其他子女也去了东北插队，从此跟高源妈妈失去了联系。已经怀孕的沈老师只得怀着无奈迅速结婚，嫁给了高源现在的父亲并早产生下高源。事情过去了这么多年，高源说他妈妈不愿再提起过去的事，因为没有任何一个人做错了什么。

电话里，高源幽幽地说，他对诗人没有感情，毕竟这三十年来精心养育他的是他现在的父亲，他已经认定了自己是老头儿唯一的儿子。如果说一定要有一个人受伤，高源自己倒宁愿是他们家老太太，他说老太太比老头儿坚强。

说起与诗人的相识也很有趣。高源从大学毕业的时候就知道了，他的亲生父亲是另外一个人，却从来没想过去寻找。直到他毕业三年之后，在一个电影学院同学的聚会上，小雨带着诗人也去参加，最后所有参加聚会的人在一起拍了一张合影，高源拿到合影之后就随便地放在他们家他一直空着的房间里。

忽然有一天，他妈给他整理旧东西的时候发现了那张照片，发现了照片上的人，于是把端坐在中间的一个清瘦的戴眼镜的学者指给高源看，并且告诉他这个才是他的父亲。高源跟我讲这些的时候是在天津他住的宾馆凌乱的房间里，他说得特别平静，他说他知道了以后当时觉得血管里的血汩汩地流动发出一种声音，让他整夜整夜地不能安眠。连续几天，他翻来覆去地想，后来实在受不了了，就给小雨打了一个电话，把事情原原本本跟小雨说了，在小雨的安排下跟诗人见了一面。他很尊重何老师，可是并没有多少激动。何老师比他还要平静，他们用一个下午的时间在一起聊天，像老友那样坐在一起聊天，并且约定如无必要不再相见，以便最大程度上维持各自生活的现状。

高源说他对何老师没有特别的感觉，血缘并不能替代日复一日的养育以及润物无声的言传身教，他们家老头儿始终是他敬爱的父亲。然而他对奔奔的感觉又不同，许是因为自己没有兄弟姐妹的缘故，当我跟他说起奔奔的时候，他能感到血液在血管汩汩流动的声响。

高源在电话里叮嘱我，"找机会试着跟奔奔谈谈，说话要到位。"说话到位的意思按我的理解就是点到为止，不说是也不说不是。

出版公司打来电话要跟我签合同，我打车到了东四的一个胡同，胡同比较宽，能并排行驶两辆出租汽车。街边的房子都开着门，一家又一家的小商店和小吃店，也不知现如今住在胡同里的人们是不是还像我小时候那样，每天早晨在院子当中的水池子旁边刷牙洗脸，是不是每天早晨第一件事就是到公共厕所倒痰盂。也许那样的生活只留在我的记忆中，早已经一去不返。我现在住在北京城的北部，周围大学林立，繁忙而浮躁，新建的高楼鳞次栉比，道路上的汽车川流不息。我是在什么时候熟悉了这一切而丢失了我珍贵的童年与少年岁月？胡同里安详浓重的生活气息让我感觉到安宁，这才是真正适合生活的地方，充满人情味儿。我这样想着，走到了胡同的尽头，找到了电话里说的出版社，是一家很大的出版公司。

见了编辑，他介绍了一些出版社的背景，又跟我谈起了约稿的事情，并没有再提及签合同的事儿。我有点儿生气，问他："不是说签合同吗？"

他才急急忙忙地拿出合同叫我看了看，我简单地看了看那些条款，就在上面签了字。编辑邀请我一起吃饭，我指了指胳膊，说我得早点儿回家休息了。

我跟他告了别，在出版社门口遇到了小 B，很多日子没见她，她显得苍老了许多，我想，她新增加的那些皱纹当中也许有一些是关于正负极。

她看见我的胳膊："怎么了你？真是的，最近忙，我也没来得及给你打电话聊聊……咱们出去坐坐？"

"还是不了，我现在做什么都不方便。"

"别呀，说真的，我正好有事要找你呢，可巧今天就撞上了。"她看看表，"你等我一会儿，我进去找个朋友，就说两句话，咱就找个地方坐一会儿，喝两杯咖啡，你等着我啊。"说着，她进了我刚才签合同的房间。

我只好站在原地等她。过了一阵，她从里边出来了，我才注意到她最近好像瘦了很多。

她从包里掏出车钥匙，"看我现在瘦多了吧，嘿嘿，我告诉你吧，做手术了。"

我有些不解地看着她："什么手术？"

"上车。"她打开了车门，让我上了车，然后自己也坐了进来，趴在我耳朵边上特别神秘地跟我说，"我刚做完的吸脂手术，怎么样？苗条多了吧。"

她撩起上衣让我看她的肚子，那伤口像两只大大的眼睛，瞪着我看，吓得我直哆嗦。小B得意地看着我："吃什么减肥药啊，减肥茶啊，都他妈的瞎扯，一点儿作用都没有，还是手术，立竿见影。"

"不疼啊？"

"疼啊，怎么不疼，这就是变美丽的代价，干什么事儿没代价你说是不是？"她发动了汽车，带着我在胡同里绕来绕去的，好容易绕到了二环上，她问我："想去哪儿？"

我先给奔奔打了一个电话，约她中午一起吃饭，她刚睡醒，老大不情愿地说了一句："好吧，找一个离我近的地儿啊。"

我就跟她约在了贾六第一次带我见到奔奔的那家粤菜馆里。

奔奔还没到，我跟小B闲聊着。小B想找我一起开个演出公司，她说："初晓你看，这帮圈里人哪个不整点儿副业呀，开餐馆儿、办酒吧、弄个什么俱乐部。最次的，人家也弄个自己的工作室什么的，咱现在有的是大把的机会呀，弄个演出公司，到北京、上海、广州这几个大城市来回着，顶不济了，咱到地方去啊，凭你老公现在的名气和我前夫现在在演艺圈儿的地位，咱挣钱还不跟玩儿似的。"她说得特别有激情，仿佛地方人民欠她几百万。

我对开公司没有兴趣，早先，高源在国外的那个同学跟我商量过，要把"姜母鸭"兑给我，说反正也不耽误我搞创作，请个经理人，回来每月过来收钱就成，每天的流水都上万，这样的好事儿到哪儿去找！我并不是不想发财，术业有专攻的道理还是懂的，请个经理人我就什么心都不用操，按月过来拿钱就成，这简直就是天方夜谭，就算经理人是我亲爸爸都做不到。

见我不乐意，小B咂咂嘴："你不感兴趣情有可原，顶不济你还有个依靠，有高源呢，我现在是什么都得靠自己了，人老珠黄，唉！"她重重地叹息了一声，不再提开公司的事了。

"靠自己就对了，这年头儿可什么事都难说，高源要真出息了，还不定怎么样呢，除了狗，谁还能对人那么死心塌地呀！"小B一听就哈哈地大笑起来，也不管周围有多少人在看她。

奔奔来了，穿得像个模特，走路一摇一摆的，像在表演。看见我胳膊上的绷带，她也意外地叫起来："怎么着姐姐，几天没见怎么这打扮啊？怎么弄的？"

"没事儿，摔了一跤。"

奔奔坐我旁边，抬眼看了看对边的小B，尖叫起来："哟，姐姐，你这变化可有点儿大了啊，我差点儿没认出来。"我以为奔奔也看出来小B最近是变得苗条了许多。接下来她说的那些话别说小B听了不高兴，连我都觉得脸上挂不住。端详着小B的笑脸，奔奔吧唧来了一句："姐姐你那些皱纹可是够深刻的，才几个月没见呀，怎么就这样儿了，他妈的局子里就是摧残人，幸亏我溜得快。"她自顾自地说完了，扭头招呼服务员，"嘿，妹妹，添点儿茶。"

我看看小B，脸都绿了。也是的，就奔奔这水平，知道的是中学没毕业，不知道的人还以为大学中文系出来的呢。至今，我也没想过用"深刻"来形容谁的皱纹，"摧残"这词非到万不得已我也不敢乱用，这厮把世态炎凉和对犯罪分子的讽刺一起带出来了，看着她年轻的脸，忽然想到她是诗人何老师的女儿，更加笃信遗传与天分。

小B气得要死，还得给奔奔赔着笑脸说话："奔奔，上回的事姐姐对不住你了，今天姐姐请客，千万别往心里去……"

"姐姐你这话算说到点儿上了……"奔奔喝了口茶，坐正了身子，压低了声音，像模像样地跟小B说，"你知道你妹妹我是做哪行的，你守着我，自己出去找男的，你这不是砸我的招牌吗？我都没法不生气！"

"奔奔，奔奔！"我低喝了两声，对面小B的脸红得像个熟透了的西红柿，"赶紧点菜！"

"不着急，不着急！"奔奔把我递过去的菜单往桌子上一扔，"真的，姐姐，下回你再那么的时候给我打电话，你放心，你放心……"奔奔拍着胸脯，一副肝胆相照的表情，"你放一百个心，你是初晓的姐妹儿，就跟我奔奔的亲姐姐一样，一样一样的，真的，我就是你值得信赖的朋友。"

小 B 坐不住了，阴沉着脸站起身，"初晓，刚想起来我还有点儿事，先走了，你们慢慢聊。"说着就往外走，我赶紧两步追了上去，我说小 B 你别往心里去，丫奔奔就那样，千万别往心里去。

小 B 迟疑了片刻，点点头："这丫头嘴也忒他妈狠，想想也是，上回她挺无辜的。要是我，我也生气，你们吃，咱下回再约。"

我回到座位，奔奔正教一个服务员倒茶的学问，挺腼腆的一个服务员特别虚心地听奔奔讲。可能是店里没什么客人的缘故，一会儿另外一个服务员也围了上来。奔奔做了一次示范，把茶壶递到她们手里，叫两个人按照她教的各做一次。第一个听奔奔说话的服务员很轻盈地拿起桌上一个还没用过的杯子，在空中展现了一个优美的弧度之后，将茶杯轻轻放在桌面上。一只手拿起茶壶，另外一只手扶在上面，先在杯子点里一点儿，然后微笑着看了奔奔一眼。"对了，这就对了，一次，两次，三次，哎，对。"奔奔很欢喜地说，"这就是凤凰三点头。知道了吧，还有，记住喽，倒茶七分满，三分人情在，这里边学问大着呢！去吧去吧。"两个服务员也欢喜地离开了。

我想，会不会奔奔打心眼儿里不愿意接受高源这样一个哥哥或者诗人这样一个父亲呢？

# 45

晚上回家，我妈给我洗澡，我死活要穿着内裤和一件挎篮背心躺在浴缸里。老太太进来一看就不乐意，跟我嚷嚷说我是你亲妈，给你洗个澡你还用穿着衣服？我便对她哼唧，我说我是真不习惯，我三十多了，哪能光着身子在你面前呀，不好意思。

老太太颇不屑一顾，说你个没良心的，你长到三十岁了跟你妈说不好意思？你都上小学了你还光着屁股睡觉，到现在，你小时候光着屁股洗澡的照片我还给你留着呢。不由分说就扒我衣服，非说穿着衣服不好洗。

我躺在浴缸里，举着打了石膏的右手，我妈一点儿一点儿地特别小心地给我擦后背，我忽然觉得特别幸福。

"妈，我觉得我特别幸福，你们当年没把我给扔了。"说完了，我自己忍不住笑了出来，不知道为什么凭空来了这么一句。

老太太嘿嘿地笑着，又接着给我擦背，很舒服。我忽然想起了奔奔，不知道她姥姥有没有像这样给她洗过澡。

一边洗澡，我一边把奔奔的事给我妈说了，她显得比我还伤悲，一度红了眼圈。

下午吃饭的时候，我问奔奔，我说奔奔要是你有个哥哥像高源这样的，你高兴吗？

她乜斜了我一眼，说我可不指望着我有个那么体面的哥哥。我指望着能有个像你这样的姐姐就行了，就算我上辈子积德了。

我点了几个她爱吃的菜，她最爱吃的就是蚝油生菜、素炒土豆丝了。

我还征求了她的意见，我说："奔奔，那你把我当你姐吧，高源就是你姐夫，就把他当哥哥你愿意吗？"

奔奔哈哈大笑："你把我当亲妹妹，你不在乎，咱妈受得了吗？我呀，我还是当我自己吧。"她说完了跟服务员要了一瓶果茶。

我知道每个人都有不一样的生活，不一样的际遇和旅途，独自成长的经历使她相信这世上真正属于你的只有自己。

"奔奔，我知道你爸爸是谁，我认识他。"

奔奔的眼睛一亮，几秒钟之后又暗淡下去："你就别拿我寻开心了。"

"真的，我真知道。"我在公众场合拿左手吃饭太别扭，只能不停地喝水，奔奔也给我要了一瓶果茶，她显得相当不认真。

"你爸是个诗人。"

她一口果茶没咽下去，喷了出来，喷了我一脸。咳嗽了半天，她指着我："姐姐你不带这么玩你妹妹的啊！我知道你是编剧，你妹妹我挣俩钱容易吗！别回头你弄一生活不能自理的老头儿，告诉我是写诗的，是我爸，非让我养活着。我崇拜文化人不假，可我也不是雷锋啊。"

"瞧你这样儿，至于的嘛，是个诗人就吃不上饭？现在都什么年代了！"

借着话头儿，我把事情一五一十地跟奔奔说了，包括诗人和高源他妈的故事，包括高源的想法。我说的时候，奔奔一言不发地听着，我说完了，她还是一言不发，她的样子让我有点儿沉不住气，我不顾高源"说话要到位"的指示自作主张把这事都跟奔奔说了，不知道她有什么反应，心中充满忐忑。

过了半天，奔奔才开口："行，我知道了，我先谢谢你了。我还有点儿事，今天就先到这儿，等你胳膊好了，我请客。"她收拾了东西就往外走，叫我给拦住了："嘿，别走啊，你还没说呢，到底怎么个意思啊？"

"什么怎么个意思啊？"她看着我，一脸的诧异。

"什么什么个意思啊？当然是我跟你说的话了，你爸，你哥！"

"得，得，得，跟没说一样！"她又坐回来，端起我面前的水喝了一口，"你跟我一说，我知道了，这就完了。那句话怎么说来着，道不同不相为谋啊，我还是踏踏实实过我的日子吧，也省得叫亲人们惦记着。"说完了话，拎起小坤包就往外走，走了几步又回来，"回头你看见我爸，我哥……操，真他妈别扭。"她自己叨咕了一句，"反正就是你说的那俩人，你受累替我问声好儿，我这整天忙得昏天黑地的，就不去看他们了。"

谁家要赶上这么一闺女那才叫头大，清醒得叫人不知所措。我从下午离开那餐馆就开始琢磨这事，琢磨到现在也没想出个头绪来。

穿好了衣服，我在客厅里看电视，我爸又被张小北拉出去打保龄了，我妈切了点儿西瓜放在茶几上。我问她："妈，你说奔奔要是你女儿，你怎么办？"

她瞪着眼珠子看向天花板好半天，我很巴望着她能说出点儿有深度的话来，没想到她憋了半天就憋了一句："得亏她不是啊……"

"啥意思？"

"我操不起那个心啊，哪个父母不疼儿女，谁不盼着自己儿女好？想管吧，管不了，不管吧，又怕孩子走歪路，我这心脏受不了哇！"说完她起身离开了客厅，剩我一个人在沙发上胡思乱想。

我迷迷糊糊地睡着了，恍惚觉得有人拿手拍我的脸，张开眼，张小北回来了。我把他叫到里屋，跟他说了李穿被打的事，张小北一下子就变得沉默起来。

"好好的结婚生孩子得了，当什么演员啊？又不是没人娶她！"张小北忽然来了一句，"你们演艺圈也太乱了，有关部门也不管一管。"他瞪着眼珠子拿手指头指着我，仿佛是我干的。

"嘿，嘿，嘿，麻烦您受累把手放下，欺负我们残疾人是不是？再说了，是他们，他们，"我强调着他们，"我就是行业内的路人甲。"

张小北沉默了两秒，来了一句"我走了"，都没容我再说句话，急匆匆离开了我家。他前脚走，后脚李穿电话就追了过来，上来就问我："你跟他说的？"我登时明白过来张小北跑到外边给李穿打电话去了。

"啊，是啊。"我含糊着，"不是故意的，他正好今天来我们家，闲聊，聊起来了。"

"不是告诉你不许往外传了吗？"

"他也不是外人啊，是你前夫，出了这么大的事儿不该让他知道？"

"你可真是闲的呀，你知道这个孙子刚才来电话上来跟横狗似的先把我骂了一顿，气死我了……"李穿有点儿恨恨地，"不是，他又上你们家干吗去了？"

"没事儿，他来找我爸，最近老跟我爸在一块打保龄球，俩人做个伴儿呗。"

李穿很夸张地提高了声，"是找你爸啊，还是找你啊，我告诉你实话吧初晓，张小北对你绝对是贼心不死……"

"怎么样了事情，警察那边怎么说？"我赶紧转换了话题。

李穿那边丁零当啷地也不知道在干吗，鼓捣了很久，她才说话："还能怎么说啊，就问了问最近得罪了什么人没有，都跟什么人来往，我都告诉他们了……"然后就又没声音了，又是一阵丁零当啷，我忍不住问了她一句："你干吗呢？"

"我收拾东西呢，你不是说去青岛吗？"

"行啊，过两天，等我明天回家也收拾收拾东西。"

"那我先不跟你说了，乔军一会儿来，我先给他弄点儿吃的。"

我还没说话，她就把电话给挂断了，真正有异性没人性。

# 46

几天以后，我跟李穹到了青岛，住在青岛著名的太平角路。

在机场上飞机前，李穹还见到一个以前的同事，跟她一起飞国内的，现在是一条国际航线的乘务长了。我们遇到她的时候她刚执行完飞巴黎的任务，穿着得体的制服，拎着皮箱优雅地从工作通道走出来，远远地看见李穹挥手。李穹问我："她是跟咱挥手儿吗？"

等她走近了，李穹才看出是旧相识，高兴得差点儿蹦起来，"你瞧你还这么苗条，怎么保养的啊，跟那时候没什么大变化。"

"还年轻啊，我儿子都五岁了……"俩人拉着手到休息室里聊了一会儿，我在旁边的书店里翻杂志，最新一期的文化周刊上介绍了高源拿到柏林参展的电影，文字旁边还有一张高源工作时候的照片。我美滋滋地掏钱买下了一本，坐在一边的椅子上仔细研读。周刊上说，高源的电影代表了中国新一代导演的最高水准，在亚洲电影界也是一个代表，他们觉得高源是得奖的大热门，激动得我当时就给高源拨过去一个电话，结果又受到了这个工作狂的一通狂批。

在飞机上，我把周刊拿给李穹看。李穹拿在手里盯着高源的照片看了看，对着我笑了一下，她脸上的伤还没有完全好，戴了一个能遮住半边脸的大墨镜，镜片略微有点儿三角形，远处看，活脱脱一个大头苍蝇。

李穹看完报道，对着我狰狞地笑了下："好啊，高源总算熬出来了，你也该好好收拾收拾自己了，别整天牛仔裤大背心的。"

"我不，牛仔裤大背心是我的个性。"

"那你就等着瞧吧，到时候别怪我不提醒你。"李穹把遮光板打开，飞机外面的云层在我们眼前掠过。

我问李穹："李穹，坐飞机的感觉有什么不一样？"

她想了想，对着一个空姐的背影看了良久："要是我那时候没跟小北结婚，可能我会跟我那个同事一样，看起来年轻一点儿，也能熬个什么小领导了……人啊，就是不能回头看，得到了，又失去了，硬着头皮朝前走就完了！"

"李穹，我打个不恰当的比方啊，就比方说马上就到世界末日了……就现在，你最想做什么？"我问李穹这个问题的时候，脑子里想像着跟高源结婚时候的情景，我想，我妈一定会穿得很漂亮，一定会很高兴，她女儿终于嫁出去了。我想高源也一定会很高兴，脸上的皮纵到一起，像一个绽放的花朵，至于我自己，我一定是穿着婚纱，露出肩膀的那种，许多的朋友欢聚在我的四周，一片的欢腾。

"我最想给小北打个电话。"李穸头向着窗外，不知道是在看天还是在看地，"我要告诉他，我不后悔跟他这几年，我还要告诉我要死了，希望他能为我掉眼泪，为我而哭一场……"她像是在喃喃自语，然后突然地面对着我，"这个愿望简单吧？不过分吧？我最好的几年都给了他，"她看着走过的空姐，微笑着，"当年我跟小北结婚的时候，就跟她们差不多，年轻，有理想，未来有无限的可能……现在我一无所有，初晓。"她显得非常伤感，让我有点儿不知所措。

"得了吧你，你问问这些姑娘，哪个不想当演员？空姐、阔太太、女明星，你够可以的了。"我自己说这话的时候都觉得喉咙里发涩，李穸心里的苦我应该知道。

我伸手把遮光板又放下来。

"要是现在、这一刻就是世界末日了，小北会哭的。"她看着我，用墨镜后面不可捉摸的眼神，"他最牵挂的人没有跟他在一起……那天我跟你说的话全是真的……关于张小北的那些，他做梦的时候常常都是喊着你的名字。"

"我知道啊，这事儿你和我说过了，我做梦还老喊他名字呢，也不代表我对他念念不忘啊。"

她笑而不语。

北京到青岛一个多小时，大米粥安排的朋友在机场等候着我们，见了面直接把我们送到了一栋海边别墅里。我们住的那条路上，清一色的都是一百多年历史的欧式小洋楼，据说都是当年德国人建造的，从楼里出来，走上二十多步就是海边，从另外一个门走出去，是幽静的小路，很多苍翠的树木遮挡住太阳，简直美飞了。

把行李扔到房间里，李穿就张罗着出去转悠。我们俩一个鼻青脸肿的，一个挎着打着厚厚石膏的胳膊，穿着拖鞋和短裤就到外面晃悠了两圈，离我们住的地方不远是一个度假村，一水儿刚出海的海鲜。李穿一见到海鲜，马上忘了北京那些不愉快，化悲痛为饭量，一通胡吃海塞。

夜幕降临，我们一起到住地不远的酒吧去喝上几杯，有几次我们都喝醉了，就在午夜无人的大街上一路狂奔，一直跑到双腿发软，再也挪不动步的时候就往地上一躺，听着海浪的声音，很久很久都不起身。

那天又去酒吧，居然在里面见到了久违了的小B的前夫。他和许多当地的演员围坐在一起，天南海北地胡侃，仿佛带头大哥。

我一看见他，两步冲上前去，大喝一声："身份证拿出来！"

他挺诧异地转回头，看见我和李穹立刻哈哈大笑，跟我犯贫："怎么着大编剧，又跑这儿体验生活来了？"

"你不是也来了吗？"我笑他也笑，接着他跟在座的人介绍我跟李穹："这个，北京城里一大祸害，初晓，高源的老婆。"

我打他一巴掌："我还没结婚呢啊！"他哈哈大笑，又跟周围的人介绍："虽然还没办婚礼，已经有许多事实了。"他接着介绍李穹："这位，大美女，演员李穹。"

在座的人都很兴奋，拽着我们坐下来喝酒，我俩好不容易挣脱了向外走，酒吧老板又追了出来，"你看，你们来了这么多次，我都没留神，要知道是你们，我怎么也得给个折扣吧。走，走，走，回去喝两杯，我请客。"吓得李穹也不管我了，撒丫子开跑，大黑天的她还戴着墨镜，居然没撞到墙上。

经过那次在酒吧的经历我跟李穹踏实了一阵子，她脸上的伤已经好了，偶尔会去海边游泳，我就在沙滩上看着她。偶尔我们也去商业街去买点小玩意儿，或是去真正的渔村看渔民出海。更多的时候，我们俩都待在屋里不出门，没有电话，也没有人来找我们，我将构思的剧本口述出来，她帮我打字，我们每天都过得很快乐而匆忙。

转眼，三个月的时间就过去了，我和李穹共同完成了一部剧本，回到了北京。

# 47

要不是在飞机上翻杂志我还不知道高源的电影在柏林得奖的消息，这么大的事情，他怎么不给我打个电话过来报喜？问李穿，为什么高源得奖之后不知道给我打个电话？李穿白了我一眼："他也得找得着咱们呀！"我们俩往海边一待就是三个月，中间也给高源打过几次电话，都关机，后来也就没再打。

李穿那天说了一句很贴切的话，"高源的脾气跟狗有一拼哪，太狗了。"我嘿嘿地笑着，李穿也笑，笑过之后把矛头指向了我："再说你，你这脾气呀，怎么说呢，狗跟你有一拼！"我被她的表情逗得上气不接下气。

秋天了，北京的天气开始转凉，下了飞机，我跟李穿各自钻进了一辆出租车，直奔各自的根据地，我给我妈买了好些鱼片和海米。

本来我是想直奔老太太家的，我坐上出租车之后先给高源打电话，还是关机，再打家里的电话，一直占线，就临时改变了主意，先回家去看高源了。

胡同口遇见了贾六，坐在一辆崭新的捷达轿车里，我从出租车里向他挥挥手，他一看见我，扔下手里的小报大声地朝我吆喝："嘿，妹子，妹子，停下，停下。"出租车师傅看了我一眼，用眼神征求我的意见停还是不停，我想贾六叫我停下也无非就是向我显摆显摆他新买的轿车，多庸俗啊，我还想早点儿回家看我们家高源呢。我指指前方，示意师傅别停，出租车一直停到了我们家楼门口，我蹿出来，拎着大包小包爬楼梯，总算到了家门口，累得一头汗。

掏出钥匙开门，开到一半，门开了，高源他妈一脸的苦大仇深站我跟前。

"沈阿姨，您在啊？"在医院那次的交锋之后我们总共见过两次，上一次是高源的发布会结束以后，我们俩买了一些东西回去看了看他的父母，沈阿姨对我的态度友善了许多；再有就是这次了，她穿着一件黑色薄毛衣，咖啡色的裤子，站在门口的地方不动声色地看着我。

"谁呀？"高源可能刚放下电话，从里屋走了出来，瘦了，有点儿黑。我记得很早很早以前，我跟高源开玩笑的时候说起过，我说应该在高源的额头上给他贴一张标签，上书"此人易爆，请勿靠近"，后来由于种种原因，这件造福于全人类的事情一直没干，结果今天又把我自己栽里头了。

高源一看见我，话也没说径直揪着我刚刚痊愈的那条胳膊进了里屋，他妈妈见状慌忙拦住高源，"有话好好说。"

高源拎着我摔在里屋的地板上，我的右臂撞到墙，一阵发麻。我只觉得莫名其妙。

"怎么了高源，有事说事，我这刚进门先让你摔一大跟头儿是怎么回事？"

"你、你、你……"他一时也说不上来话，指着我的那双手一个劲儿地哆嗦，"你他妈到底想干什么？我们全家都毁在你手里了！你到底想干什么！"

"我怎么你们了？"我刚要爬起来问个究竟，听见了敲门声，高源他妈开门，贾六进来了，不容我说话，高源一个箭步冲到了门口，用一只手挡着贾六的胸前："你干吗来了？走，走！"

我也趴在门口，看着贾六和高源，我到现在还没明白怎么回事。

"高源，高源，你听我说，真没初晓什么事，怪我，怪我那天喝了点儿酒……"

"少废话，走，走，别让我看见你！"

两人真有意思，一个要进屋，一个不让进，一个愣往里闯，一个还是死也不让进，贾六就一个劲儿地重复那句"怪我，怪我，你就听我说两句……"，高源不停地告诉贾六"少废话，你给我走人"。我想，这俩人怎么了？我琢磨着我得说点儿什么。

我走过去抓住高源的胳膊，我说："咱消停一会儿，有话好好说成吗？"

我话音刚落，高源他妈不干了，冲到我跟前指着我鼻子开始训我："初晓，你还要高源怎么好好说啊，你把我们家都给毁了，你看看报纸上写的都是什么！"她抓起茶几上的报纸扔给我。

"您等会儿……"我趁她喘口气的工夫赶紧把她的话打断，"我这刚进屋儿你们就一下说了这么多，信息量有点儿大，我都还没明白是怎么回事儿呢……到底出什么事儿了？"我听着老太太说话，好像我搞得她家破人亡了。顿了一下我又说，"你们先让我歇会儿，有事儿咱慢慢说。"我走向沙发一屁股坐下去打算歇口气儿，贾六两步冲到我跟前，"初晓，妹子，哥哥跟你说句话，你可千万别生气，我那天喝了点儿酒……你还不知道我？好吹！那天晚不晌儿，跟胡同口拉了一个人，他说咱这片儿住着好些有名儿的人，我就说可不是，你跟高源就住这小区里头……我跟丫说你们俩跟我都熟着呢，丫的不信，我给他送到了，还坐我车回来，请我喝酒……我那天喝多了，真喝多了，就把奔奔跟我说的那点儿事都给抖搂出来了，临了，丫还跟我合了张影，给了我一千块钱……我操，我要知道他妈的他是娱乐记者，我打死也不跟他出去喝酒啊，丫挺的我要再看见他，我废了这四眼儿蛤蟆的心思都有！"

听贾六这么一说，我有点儿明白过来发生了什么事儿，接着拿起高源他妈扔过来的报纸粗粗看过，登时明白了事情的经过——报纸上洋洋洒洒上万字都在讲述高源和奔奔还有诗人的血缘关系，其中还有奔奔在"1919"吃了摇头丸以后的照片，另外一张报纸的题目更令人气愤——生父穷困潦倒，高源不愿相认。

人家说得一点儿没错，防火，防盗，防记者。

明白了事情的原委，我也并不觉得十分委屈了，谁让我不顾高源的叮嘱，自作主张把事情的来龙去脉全都告诉了奔奔呢。奔奔心里当贾六是个亲人，这种事情她能不跟贾六说才怪！我早该想到这一层，只是事情来得太突然，让人措手不及。

"高源，对不起。"我感到惭愧。

"你一句对不起能解决什么问题，我们全家承受多少压力呀！"高源他妈说到这里眼泪也流下来了，让我看着心堵，"你叔叔被气得住在医院里，他们单位几个年轻人照看着，我跟高源想去看看他，他都不见……昨天高源在病房外头站了一宿啊……这事儿我本来打算烂在肚子里一辈子，现在不光你叔叔知道了，全天下的人也都知道了……你让我们怎么出去见人！"高源妈妈继续控诉我，"还有老何……他本来身体就不好，一辈子活得小心翼翼本本分分，最在乎名声的一个人，明明什么都没做错，就因为没赶上好时代，结果弄得现在报纸上到处都在说他女儿是卖淫女……你叫他怎么承受得住！"

我无言以对。

"就算所有的人你都不关心，你总该关心高源吧，高源为了拍电影吃了多少苦？好容易现在刚有点儿起色，你自己瞧瞧这报纸上把他说成了什么人啊，不孝子，花天酒地，乱搞女人！"她颤抖的手一张一张翻着报纸叫我看，那些报纸在她手里哗哗作响，响得我心惊肉跳。

我从沙发上站起来，发现自始至终好像高源都没跟我说过话呢，我便走过去拍了拍他的肩膀，"报纸娱乐版还不都是这样，看你现在有名气了，都想借着炒新闻冲销量……要不咱开个发布会吧？找个律师开发布会！"

高源沉着脸，一言不发。我又小心地宽慰他，"别太在意，高源，一切都会过去的。"接着扭身从旅行包里掏出一块石头，那是我在夜市上好不容易淘到的，像是一张表情丰富的人脸，长而瘦的脸颊，眼睛细长，活脱脱像高源咧着嘴笑的模样。当李穹第一眼发现这块宝贝的时候她惊叫起来，我一口价买下，如获至宝。我献宝一般将石头递到高源面前，"快看看这个……"话没说完，高源极不耐烦地将那块千百万年才长成的石头打掉在地，我趴到地上去捡，那张石头脸裂开一条竖纹，轻轻一碰就从边上断开，碎掉了一块。

虽然有些心疼那块石头，但想到高源此时情绪烦躁，我也并没有怪他，一边蹲下去捡起那些碎片一边嘟囔着，"大老远带回来的，你好歹瞧一眼……"

高源听了噌的从沙发上起身，打开书柜的抽屉，拿出手绢包着一包东西扔在我面前的茶几上，"我还没问你呢，这怎么回事？"语气跟眼神一样冰冷。

"我还没来得及跟你说，是不小心的……"

不等我说完，高源他妈走上前去打开手绢尖锐地惊叫起来，"怎么回事？你到底是什么意思？"她因为愤怒浑身都抖动着，"就没有你这样的！你瞧不上这镯子可以给我还回来，怎么就给摔碎了！"她一边说着掩面痛哭，那嘤嘤嘤的哭声使我胆寒。

"沈阿姨我真不是故意的……您别哭，等我以后挣了钱……再买个更好的，我会赔给你……"我的本意是想安慰她，使她不至于太难过，然而话一出口也觉得不妥，这显然不是赔与不赔的问题。

高源突然咆哮，"初晓你他妈浑蛋！这是镯子的事儿吗？"他随手抓起茶几上的水杯狠狠摔在地上，那些碎片散落在我脚边，每一片都像尖刀扎在我心上。

他妈妈崩溃了，"可怜我对你这份儿心啊。"

"对不起……"我站在原地竭力忍住眼泪保持最后一点尊严，"对不起阿姨，对不起高源，以后我会赔给你们的。"

一直站在旁边的贾六看傻了眼，忙不迭走上来拍了高源一把，"高源你这是干吗？冲动了啊……这事儿都赖我，都赖我……"他过来拉我胳膊，"妹子，你别生气，大人不记小人过，千错万错都是你六哥的错儿，千万千万，你们俩别再闹了成不成？高源也是冲动了，他冲动了，你看六哥面子，原谅他成不成……"他又去拉高源，"兄弟，今儿这事儿全赖我，有什么事儿你冲我来，求你了兄弟，要不你打我一顿吧，你打我一顿我心里好受点儿……"

眼泪夺眶而出的那一瞬间，我推开面前的贾六冲出了家门，我留给自己最后的一丝体面是不在高源面前落泪。

# 48

哭咧咧给张小北打电话的时候他还在公司开会，我告诉他我在1919等他，不管他忙到几点都等他过来陪我喝酒。放下电话没多会儿就见他气喘吁吁跑进来。见了面就开始没鼻子没脸地数落我，"作！你就作吧！"他一副恨铁不成钢的表情，"你跟高源，你就不能有话好好说？你把人传家的镯子弄碎了你还不让人说？我就纳了闷儿了，明明这事儿就是你办得不对，人家说你两句、人骂两声儿发泄发泄这不很正常嘛，这就受不了啦？就离家出走跑出来喝闷酒？我发现你这人……浑身上下你除了毛病什么都不剩了！"看来下午发生的事情他已经知道了。

我已经喝了一些啤酒微微有了醉意，并不接他的话茬，"对，你说得都对，我这浑身上下这点儿毛病就是我最后的倔强了，怎么着？我就这样！"

"高源都告诉我了……一个巴掌拍不响，别老说人家高源这个那个的，你自己也有问题，你得正视自身的问题，你得做出改变……"他端起酒杯喝了一口，"高源已经不是过去的高源了，人家现在是国际电影导演了……"

听他说起高源我登时来了精神："你说这话我就特爱听！我告诉你张小北，别管多有钱，你也就是一土大款，你跟人家高源怎么比？人现在是国际大导演了，你除了有俩糟钱儿你还有什么！人比人得死啊……可悲啊你！"一边说着，又喝干了大半瓶啤酒。

张小北黑着脸被我噎得说不上来话，过了半天突然开始喝酒了，一瓶又一瓶，一直喝到我心里发慌夺过他手里的啤酒，"别再喝了，你喝多了。"我说他喝多了，其实自己的舌头已经不利落，"趁我还没喝多，还有一丝丝的理智，劝你，别再喝了。"

张小北兀自笑出来，"你自己都喝得跟王八蛋似的还劝我？你有什么资格说别人？"

我竟无动于衷，索性厚着脸皮，"我就这样儿，只许自己放火不许别人点灯。"

他看着手里的空酒瓶，沉默了很久，"借着酒劲儿告诉你一个秘密……我这一辈子，最后悔的事儿就是当年没有挽留你。"

"你别拿我开涮了行吗！"我又递给他一瓶啤酒，"您大汽车开着，大房子住着，开那么大买卖，三十岁正当年……你知道明天遇上谁呀？谁能对谁死心塌地啊……今晚上说的话明儿早上你就忘了……安慰的话会说你就说，不会说别硬说……要不你还是喝酒吧。"

他果然不再言语，大口大口地灌酒，就像一个在沙漠里行走了太久的干渴的旅人终于见到了水源。

喝到最后我实在有些坐不住了，摇摇晃晃地站起身要回家。

他忙不迭拉住我，"我送你。"

"好。"

我们俩互相搀扶着，晃晃悠悠走到马路边去拦车。很晚了，我和张小北喝得太多，杵在街边几乎站立不稳，等了许久也不见有出租车经过。我掏出手机，"信不信我现在给高源打个电话，他马上来接我？"借着酒劲我无比骄傲，"知道吗，高源的电影得了国际大奖，你跟人家怎么比？你就是再有钱……"

"我就一土大款……"他极认真看着我，"什么也甭说了，人高源就是艺术家，阳春白雪，我……就一土大款，配不上你行了吧？"

我们俩一齐大笑起来，笑得前仰后合。

一辆空驶的出租车停在眼前，上车以后我很认真地对他说："其实你并不土，你是质朴。"这话令他十分受用，一边笑着伸出手用力在我脸颊捏了一把。

他送我回了家，房子很空，高源不知道去了哪里，进了屋张小北就脱掉了衣服，倒在沙发上，他说："你睡卧室，我睡客厅，咱们互不干扰！"话音落下两秒钟已经传来了呼噜声。我顾不上理他，冲进厕所抱着马桶一通吐，吐完了才到客厅把张小北揪起来，"赶紧起来，回家去睡去，一会儿高源回来看见你在我家留宿这算怎么回事啊，孤男寡女的人家该怎么想？赶紧起来，回家……"见张小北睡得酣畅，任我怎么摇晃都叫不醒他，情急之下我扭身去厨房拿来一瓶米醋，还没等往他嘴里灌，他像受到惊吓，猛然从沙发上坐起来，茫然地看着我，"你干吗？"

"给你醒醒酒。"

他一把打过我的手，"你神经病啊！高源呢？"

"你赶紧回家，别跟这儿睡，一会儿高源回来算怎么回事啊？"

张小北靠在沙发背上闭着眼睛歇了半响，然后晃晃悠悠地起身拿了外套走向门口，"就你这种女的，除了矫情你要啥没啥，我真不知道上辈子作了什么孽怎么就认识了你呢……"

我即刻跳起来叫骂，"去死吧你！"

家门"砰"的关死，他走了，我一个人坐在空荡荡的客厅，脑海里浮现出白天与高源争吵的一幕一幕，心里空落落的，一阵阵发慌。人的痛苦有很多种，最无奈的便是眼睁睁看着悲剧上演却无能为力，有时候生活像是一个巨大的陀螺，一旦开始旋转，便有一股无形的力量推着你向前走，身不由己。

我倒在沙发上昏睡过去，好像刚合上眼就感觉有人疯了似的摇撼我，张开眼睛，是高源，眼圈红红。

"干吗？"

"快起来跟我上医院，小北出事儿了。"

我登时清醒过来，盯着高源，"他怎么了？"

高源痛苦地闭上了眼睛，静默了一会儿："车祸，昨天晚上，酒后驾驶，四环上撞了。"

"严重吗？"我冲到房间里抓起一件外套，急慌慌向外跑，到门口发现高源却站着没动，"走啊！"我喊他。

高源突然泪流满面，"……人已经走了。"

我呆立在原地，大脑一片空白，连眼泪也流不出来，胸口一阵一阵地隐隐作痛，心碎了一地——那天晚上他原本把车停在了1919门前，如果不是因为我把他从家里轰出去，他根本不可能又回到1919开上自己的车……是我亲手将他推上了没有归途的高速路……

如果还有来生，希望我和小北还可以重逢。

张小北追悼会的那天，原本是投资公司给高源和张萌萌摆庆功宴的日子，他们不约而同缺席，赶来送了小北最后一程。十一月的天气特别晴朗，阳光刺眼。我妈无论如何不能接受张小北已经去世的现实，直到站在冰棺前做最后的诀别的那一刻，她才突然反应过来发生了多么不可挽回的悲剧那样悲痛欲绝，哭到不能自已，不知道的还以为她失去了挚爱的儿子。

送走了小北之后的很长一段时间，我都躲在父母的家里，不出门，也不说话，脑海里反复重现的都是张小北最后一次离开我家的场景，我从来没有向任何人说起过那天发生的事。这些年李穹总是在我耳边旁敲侧击说张小北对我言听计从，我从来都只当她是吃干醋使小性儿，现在我相信了，因为小北临出门的时候，我对他说"去死吧你"，他真的去了。

很多很多天以后，高源出现在我们家的客厅里，他在我们家，始终会显得拘谨，像个客人，而张小北总是很随意地在各个房间蹿来蹿去，还会去厨房帮我妈择菜。

高源在客厅里跟我说："初晓，我们结婚吧。"

我说我配不上你。

高源说我永远都忘不了你，还有我们一起度过的那些日子，我会一辈子都记得。

我突然恼怒，抓起茶几上的电视机遥控器砸向他，"你的一辈子还很长，一辈子都记得我的只有张小北。"遥控器把电视机打开，电影频道正播放着高源和张萌萌的电影，现如今，随便一个频道都能看见他们的片子。

从那以后，高源再也没有来找过我。从前，他是一个理想主义者，如今，他成了艺术家。

冬天的时候，我妈劝我出门去走走，她说很多事她都已经看开了，人间聚散总有时，保不齐张小北是先我们一步去了更好的地方。假使小北活着，他才瞧不上一个行尸走肉的初晓。为了把我从家里轰出去，我妈不惜重金给我报名各种插花、茶艺、美术班，偶尔也会以散步为名把我拉到公园的相亲角，可惜都不奏效。直到有一天，我在初次和张小北相识的天桥底下，遇见一个发传单的小伙子，"商务英语了解一下，"他穿着当年张小北同款的军大衣递给我一张海报，"小班教学，学英语，便宜。"和张小北一样的语气和神情，甚至于一样凌乱的头发，于是我毫不犹豫地掏钱报了名，只为每天都能见到这个跟小北长得很像的小伙子。尽管很快就发现他跟张小北一点儿都不一样，但初见他的那份激动足以给我走出家门的力量。我这个从不信鬼神的唯物主义者，从此坚定地相信张小北并没有走远。

我妈像是中了大奖，逢人便说我们家初晓学英语呢，要出国，其实是怕我嫁不出去砸在手里，面子上不好看。逼得我没有办法，只得开始动手申请大学，没想到一切都很顺利，我妈终于如愿以偿把我轰出了家门又轰出了国门，我知道她希望我在一个遥远的地方忘记从前，从头来过。

当我站在异国的星空底下，看见天空的星星，我会想起我们每个人的眼睛里闪烁过的那些光芒。冬天来了，我的窗前有一棵梧桐树，好像北京我的家。冬天来了，我回想起在北京圈里圈外的那些生活，像是做了一场梦。

小北，这些年，我很好。你还好吗？